喧溪

朱康清 著

XUAN XI

时代出版传媒股份有限公司
安徽文艺出版社

图书在版编目（ＣＩＰ）数据

喧溪/朱康清著.—合肥：安徽文艺出版社,2019.12
ISBN 978-7-5396-5937-4

Ⅰ.①喧… Ⅱ.①朱… Ⅲ.①长篇小说－中国－当代 Ⅳ.①I247.5

中国版本图书馆 CIP 数据核字(2019)第 264546 号

出 版 人：段晓静
责任编辑：宋潇婧　　秦知逸　　　　装帧设计：徐　睿
....
出版发行：时代出版传媒股份有限公司　www.press-mart.com
　　　　　安徽文艺出版社　　www.awpub.com
地　　址：合肥市翡翠路 1118 号　　邮政编码：230071
营 销 部：(0551)63533889
印　　制：安徽新华印刷股份有限公司　　(0551)65859551
....
开本：710×1010　1/16　印张：16.75　字数：250 千字
版次：2019 年 12 月第 1 版　2019 年 12 月第 1 次印刷
定价：56.00 元
....

（如发现印装质量问题，影响阅读，请与出版社联系调换）
版权所有，侵权必究

目录
CONTENTS

第一章 …………………… 001
第二章 …………………… 008
第三章 …………………… 017
第四章 …………………… 025
第五章 …………………… 031
第六章 …………………… 039
第七章 …………………… 048
第八章 …………………… 053
第九章 …………………… 061
第十章 …………………… 070
第十一章 ………………… 078
第十二章 ………………… 086
第十三章 ………………… 095
第十四章 ………………… 103
第十五章 ………………… 113
第十六章 ………………… 122
第十七章 ………………… 129
第十八章 ………………… 136

第十九章……………… 144

第二十章……………… 150

第二十一章…………… 156

第二十二章…………… 163

第二十三章…………… 171

第二十四章…………… 178

第二十五章…………… 185

第二十六章…………… 191

第二十七章…………… 198

第二十八章…………… 206

第二十九章…………… 212

第三十章……………… 221

第三十一章…………… 227

第三十二章…………… 234

第三十三章…………… 243

第三十四章…………… 249

第三十五章…………… 258

第一章

2007年1月18日早晨，雨过天晴的天空呈现着冬日特有的灰蓝色，刚刚升起的暖阳给地面和建筑物都涂上了一层淡淡的橘红。湿润而寒冷的空气吸入鼻腔格外清新，几乎没有一丝风，这样的好天气在桂原市的冬季里十分难得。

金冶医院新建成的住院大楼前，彩旗招展，人头攒动，四个巨大的氢气球在大楼前面高高悬停着。氢气球下悬挂的条幅上分别写着"热烈庆祝金冶医院住院部大楼竣工投用""预祝金冶医院住院部大楼竣工典礼圆满成功"等标语。大楼正门外安置了一扇巨大的电动充气彩虹门，彩虹门下的红地毯一直铺到医院大门外。请来的专业锣鼓队身着统一的黄色演出服，头戴红色花巾，提前一个多小时就来到了现场。鼓手和号手正认真地调试着自己的乐器，不时发出杂乱的声音。虽然是隆冬季节，医院护士担任的礼仪小姐却衣着单薄，外罩统一的白色护士服，斜披着红色绶带，笑容满面地站在台阶下准备迎接客人们的到。医院院长高汇泉西装革履地站在院子里，微笑着与大家打着招呼。离仪式开始还有半个多小时，领导和嘉宾还未到来，高院长不放心地在现场一处处查看，生怕有什么疏忽。

这里即将举行的是桂原市一所职工医院——金冶医院住院大楼竣工投用典礼。为了这一天的到来，高院长和他的前任可是操碎了心。

桂原市是金安省省会，地处长江与安河之间，北部是广阔的平原，南部是丘陵和山区。发源于安西山脉的桂河行至桂原市西北方向分成两支，一支叫东桂河，一支叫西桂河，东西桂河包绕市区东西两边，蜿蜒南下,最终注入长江。城市因地处两条桂河之间的平原而得名。桂原市地处中国大陆气候南北分界线上,是个典型的四季分明的中部城市。据考证,桂河流域夏商时期即有部落群居,秦朝时设县,三国时期曾为魏国重镇。2000多年的城市文化底蕴赋予了这里的人们极强的地域自豪感,当地至今保留着自己独特的方言。这里的人还十分喜欢一种叫桂琴戏的地方戏,说唱都是方言,外地人一句听不懂。

职工医院这个名称对于生活在城市里的老辈人来说并不新鲜,年轻人知道的不多,细讲起来却是应了一句老话——孩子没娘,说来话长!

新中国成立后,国家实行的是计划经济制度,工矿企业都是全民所有制。工厂是国家的,职工是工厂的,工厂就是职工的家。职工生老病死工厂都得管,因此工厂必须有相应的机构承担职工的一切生活服务,宿舍、食堂、幼儿园、学校、医院、澡堂、电影院,样样齐全。一些大型的工厂还有自己的火葬场,有些特殊的军工厂还有自己的法院、公安局、民政局。一个规模大一点的工厂简直就是一座小城市,而不少城市都是先有工厂后有城市的。很多国有企业都有自己办的医院,因为这些医院只对本单位职工开放,也不收费,所以叫作职工医院。计划经济不算经济账,单位领导为了职工利益,同时也是为了自己利益,舍得给职工医院投入,因此职工医院的医疗条件并不比政府办的医院差,一些大企业的职工医院规模甚至比省、市医院都大。即使是桂原市这样一座非工业城市,鼎盛时期,职工医院的整体实力都能占据全市医疗资源的半壁江山。

后来国家搞市场经济,国有企业的社会职能就成了一个包袱。背着这样沉重的包袱怎么参与市场竞争?从20世纪末开始,国家提出国有企业市场化改革,实施主辅分离,医院、学校等生活福利性辅业要与企业主体分离。但是请神容易送神难,改革就是利益的重新分配,触动利益比触动灵魂更难。一些较大的职工医院交给地方政府改为了公立医院,一些较小的职工医院随着企业的破产或撤销或自生自灭。那些不大不小的职工医院就不那么容易剥离了:交给政府吧,政府嫌负担重不愿要;撤销吧,那么多职工又无法安置。而且有些企业比如铁路系统、化工系统,由于行业特点,自己办医院能解决诸如工伤事故救援、职工家属医疗救助等很多难题,企业自身也不想剥离医院,因此这类职工医院因为这样那样的原因也就暂时保留了下来。像金冶医院这样躲过第一轮剥离大潮而幸存下来的职工医院,桂原目前还有二十多家。

这几年,金冶医院的主办单位也就是金安冶金集团公司也在积极推进主辅分离工作。集团办学校已经于五年前移交给了桂原市政府,幼儿园也通过托管形式交由街道管理。企业领导也多次要求医院与企业剥离,并逐步减少对医院的拨款。高院长的前任冯院长这些年也一直在为医院剥离做准备。原来的医院紧邻企业生产区,交通不便,房屋简陋,周边环境差,如果在这种情况下剥离,医院就是死路一条,因此冯院长把医院迁址重建作为头等大事在谋划。冯院长带领医院班子共同努力,三年前终于从小王岗村买下了今天建设住院部大楼的这块土地,后期又花了一年多的时间办理立项、科研、环评和规划等手续。建筑总平面图和单体规划图都设计好了,万事俱备却无钱开工。因为政府对职工医院的出路已经明确,就是要尽快与企业剥离,企业领导再傻也不会往即将分道扬镳的医院里砸钱,何况金冶集团当时经营也十分困难。就在这当口,市里调整了金冶集团的领导班子。新来的董事长目光远大,对一般事情的看法与众不同,在集团公司办公会议上力排众议,最终决定由企业出资建设医院。这可高兴坏了医院领导班子,他们立即趁热打铁,全力配合集团公司启动了医院迁址的第一期工程——住院部大楼建设,并且终于在冯院长退休前建成了住院部大楼。

冯院长正式退休那天动情地对高院长说:"我的历史任务结束了,今后就看你们年轻人的了!"

高院长心里明白,大楼的竣工只是金冶医院发展的开始,更多的挑战还在后面。遗憾的是冯院长刚刚把大事做成,就要离开大家,大家心里都有几分不舍。

竣工典礼由金冶集团总经理主持,先是政府部门的领导讲话,最后金

冶集团袁董事长讲话,他说:

"首先,感谢各级政府主管部门一如既往地对金冶医院的发展给予大力支持,同时要感谢社会各界朋友给予金冶医院的关心和帮助。希望金冶医院的领导班子和全体员工以大楼建设投用为契机,努力提高医疗技术水平,切实改善服务质量,把金冶医院建设成桂原市职工医院的标杆,为企业职工家属和周边居民造福!"

简短的仪式结束后,参加竣工典礼的人员在医院领导的引导下参观了新大楼。中午的工作餐摆在金冶集团自办的酒店里,席间领导和嘉宾齐声夸赞袁董事长有魄力:"现在各家企业都在把医院往外推,你袁董事长还拨款建医院,善心可贺!善心可贺!"

高院长给袁董事长敬酒时,袁董事长特地放大嗓门说:"你们要把医院尽快办成二级医院啊!我这牛可都吹出去了!"

高院长满脸赔笑地说:"领导交代的事一定要办成!一定要办成!"

……

年关将近,高院长既要考虑大楼工程的收尾工作,又要安排搬家后的业务衔接,工作较以往忙碌了许多。冯院长半年前已经到了退休年龄,为了医院大楼工程建设顺利进行,集团公司特地挽留她多干了一段时间,直到大楼竣工典礼前才正式办理了退休手续,这时的高院长已经是院长、书记一肩挑了。冯院长退休后,公司提拔了一位年轻的张副院长,但高院长感觉肩上的担子还是很重。

一晃就到了年关,布置好过年期间各项工作、发掉年终奖,就是腊月二十九了。早晨一上班,大楼后面施工队尚未拆除的临时办公室里传来了吵嚷声,一群人先是在房子里面吵,后来跑到室外大声嚷嚷,并且有向大楼涌动的趋势。这时候有人急忙跑到高院长办公室报信:

"高院长,后面的一大群民工准备堵医院的大门!"

"民工堵我们的大门?"高院长惊讶地抬起头。

"是的,听施工队技术员小钟说,梁老板答应过年前把各个班组的工钱结掉,结果今天都年二十九了,还不兑现,大家急了,说我们是给医院盖的大楼,拿不到钱我们就把医院的大门给堵上,看有没有人来管!"

高院长心想,这个梁老板怎么搞的,工程款年前都按计划给了,也说好春节一过想办法再给他弄一部分,怎么到年跟前闹这么一出? 是不是梁老板故意借刀杀人——以不能拖欠农民工工资为由再挤医院一点牙膏? 也不像啊! 以自己这两年与梁老板的交往看,这个人虽然做事点子多,但人品还是不错的。

梁老板虽然三十刚出头,但为人处世有着与年龄不相符的老练,人憨厚诚实但也不失精明。在金冶医院住院大楼建设过程中,梁老板与金冶医院一直配合得很好。虽然金冶集团一年多前一声令下启动了医院住院大楼建设,但企业当时如大病初愈的患者,身体非常虚弱,资金十分紧张,因此在工程款给付方面能拖则拖。梁老板好不容易经过层层审批要到了进度款,拿到手的往往还是承兑汇票,到银行兑现还要贴不少的利息,因此工程进展时快时慢。高院长很着急,此时金冶医院老院区因为市政道路扩建已经被拆除了一大半,医院临时在路对面租了一个停业的私人宾馆当病房,就等着大楼建好赶快搬家。因此高院长与后勤主任几乎天天到工地上催进度。梁老板搞工程时间不长,实力有限,工程临近收尾的时候,终于因资金压力太大而撂了挑子。工地上的工人全部不见了,梁老板也失去了联系。盼搬家盼得望眼欲穿的全院职工,只能眼看着装修一半的毛坯房静静地停在那里。无奈之下,高院长和张院长商量决定采用职工集资的办法筹集建设资金,解决燃眉之急,终于熬到了竣工。

没过一会儿,梁老板与他的工地会计,也就是他的堂兄老梁来到了高院长的办公室。

"院长老哥好,年跟前了还得给你添麻烦,实在不好意思!"梁老板一进办公室就满脸堆笑、双手抱拳说道。

高院长已经猜到接下来他会说什么,干脆直接问道:"可是钱的问题? 上周不是已经把年前该给的都给了你吗?"

"实在是不凑巧,年前预算好好的,自来水公司欠我另一处工程款,说好年前给五十万，结果到年跟前他们单位负责人换了，说过的话不算数了，我找了很多关系做工作，才要到二十万，这样一来就不够了。"梁老板习惯性地挠着头，叹了一口气说。

"到年关哪知道出了这个岔子，再想别的办法也来不及了，其他单位一到过年鬼都找不到，别说人了，到哪要到钱呢？老哥你这医院过年过节都营业，收的都是现金，我想只有从老哥你这想想办法了。"

"今天要是不把这些班组的钱发掉，这年我们都过不安了！"梁老板故意把"我们"两字说得很重。

高院长当然知道他的意思，看着梁老板那一脸憨相，也没了脾气。

"还要多少钱才行？"

"至少再搞二十万块，而且必须是现金，转账到公司再提现要到年后。"梁老板感觉有希望，眼睛里立刻露出兴奋的光芒。

高院长立即把财务科主任叫来，询问医院账上还有多少钱。财务主任说账上的钱发年终钱都用尽了，账上本身就没有多少钱，就是有钱，临近年关银行取钱都要预约，现在急要也取不到。然后财务主任又到楼下询问了收费处，回来说："收费处几个窗口凑凑有六万元，我们财务科的保险柜里还有发年终奖剩下的八万多元。"

"这十四万元肯定不够啊！"梁老板急忙接话说。

高院长转身和财务主任出了办公室，过了一会儿回来了，对梁老板说："这样吧，我把我的、张院长的，还有几个中层干部刚发的年终奖临时都借来了，加上财务的钱凑齐了二十万元，财务科正在点数，等会儿你过去拿。抄家底就这么多了，再困难也要到年后，你千万不能让民工在医院里闹啊！"

"老哥你放心，有了这钱，这年关就算过掉了，年后请你老哥吃饭！"梁老板夹着包点头哈腰地与老梁走出了办公室。

中午下班的时候，高院长从办公室的窗户里远远看到大楼后面工地办公室里，陆陆续续走出来夹着大包小包的包工头，然后这些人又缩着脑袋从医院后院门走了出去。高院长下意识地点了点头，心想梁老板和自己这个年都能过安稳了！接着又盘算着回家如何与老婆解释这年终奖未到手的事。

第二章

2007年的春节是在轻松而愉快的心情中度过的,高院长如此,全院职工也是如此。几年前在冯院长的带领下,医院先是搞职工医保内部运作,后又纳入桂原市大医保,面向社会开拓市场,医院业务有了较大的增长,与此同时,职工的收入也有了明显的提高。年前医院又如愿搬了新家,职工的年终奖比去年增加了近一倍,大家的心情怎能不愉快?

春节刚过,一个特大消息传来了:根据桂原市政府要求,桂原市医保中心将对各定点医院历年的医保资金收支做审计决算,只要有结余的,结余部分必须全部上交,实际医疗费超支的则不补,而且审计决算期间暂停拨付医保资金。

桂原市的城镇职工医保是从2000年开始的,当时医保中心对医院的结算政策是这样的:医院每收一例住院患者,医保中心按医院等级按月预拨一笔固定的费用,年终再根据患者实际医疗费支出做总决算,结余的退回医保中心,超支不补。但是实际执行中,医保中心一直按月拨付费用,从来没有决算过。各家医院也就误认为医保结算是按人次包干,超支不补,结余归医院。所以各家医院都尽可能给患者少检查少治疗少用药。

但是这次审计决算打破了各家医院的黄粱美梦。决算的结果当然是各家医院都要上交大笔结余的钱:桂原市第一人民医院应上交700万,桂原市第五人民医院应上交610万,桂原安江建设集团医院应上交400万……全市大大小小的医院无一例外。

紧接着医保中心又把住院病人医疗费结算预付制改为后付制,同时加大对医院的监督力度,医院稍有违规,轻则被罚款,重则被取消定点医院资格,仅四月份医保中心就一口气取消了三家医院的医保定点资格。

金冶医院的检查、治疗、开药一直比较正常,这样拉长补短前后一算,金冶医院五年多来只有五万多元结余,相对于累计拨付的几千万医保资金来说,几乎可以忽略不计。而那些结余多的医院除了限期上交结余款外,今年的拨付定额还要改为实际发生的人均医疗费数额,也就是说拨付定额也大幅下降了。可怜那些辛辛苦苦从牙缝里省钱的医院,真是惨不忍睹。而金冶医院几乎不要交钱,还可以继续享受以前的拨款定额,高院长几乎是躲在一旁偷着乐。

医保资金暂停拨付一停就是四五个月,对高院长的打击也不小。大楼虽然建好了,家也搬了,但是广场围墙、院内绿化、楼内装饰、办公设备和医疗器械添置等等,样样都要花钱。梁老板也隔三岔五来催他的工程尾款,高院长感觉度日如年。好在年前职工集资款还剩下一些,高院长赶紧扎紧口袋,处处精打细算,终于度过了"春荒"。

有了这次医保决算的教训,高院长决定抓紧时间搞医院升级。升为二级医院后医保拨付定额就能再上一个台阶,全年医疗收入增长可不是一个小数目,而且医院升级也是集团公司袁董事长交办的大事。

医疗机构的等级国家是这样规定的:核定床位20—99张的为一级医院,100—499张的为二级医院,500张以上的是三级医院。当然核定床位是与医院的房屋设备和医务人员情况关联的,不是你想设多少就设多少的。金冶医院是一级医院,未搬家之前,医院缩在金冶集团办公楼后面的一个小院里,房屋不过是20世纪70年代建设的一幢小二楼和两幢平房,职工也不过四五十人,与国家规定的二级医院标准相差很远。现在医院搬家了,光是这栋住院大楼就有8000多平方米,职工也增加到了120多人,医院实际开放的病床也有140多张,对照国家标准,高院长很自信地认为金冶医院升为二级医院完全符合条件。

一天下午,高院长带着一张申请升级为二级综合医院的报告来到市卫生局医政处。医政处的赵处长与高院长很熟,当年金冶医院迁址重建报告就是找他批的。赵处长说:"你这个事归建设处管,建设处在市政府行政服务中心大厅,你到那直接找他们韩处长。韩处长人不错。"于是高院长来到行政服务中心找到了韩处长。韩处长是个四十多岁的女同志,说话轻声细语,很和气,听高院长把事情大概一说,又简单地看了一下报告,对高院长说:"你把报告放在这,过几天我带几个专家去现场看看再定。"

高院长心头一喜,看来升二级医院也不是什么复杂的事嘛！高院长这些年跑土地、跑规划、跑医保积累了不少经验,只要哪个部门说到现场去查看,那基本上就八九不离十了;如果不同意给你办,根本不会到现场去,直接说政策不符或材料不行就得了。第一次递报告,人家就同意上门查看,看来赵处长说的"人不错"一点不假。

一个多星期后,韩处长一行五个人来到了金冶医院。高院长把医院搬家后房屋扩大、床位增加、病人增多、医院想升等级的想法向韩处长和专家们做了汇报。话音刚落,韩处长直接接过话:"根据局里的要求,二级医院之间距离必须大于两公里,你们医院北面一拐弯就是市三院,我们刚才到现场大致测了一下,三院距你们医院只有1.2公里,因此你们升级二级医院不符合规定。"

高院长一下愣住了,你们这么多人这么大阵势来医院就是要告诉我距离不够吗？距离不够地图上一量不就出来了,还有必要到现场看吗？高院长不死心地又问了一句:"那我们这个升级还能不能办？"

"这个办不了!"韩处长回答得干脆,然后一行人茶也没喝就起身走了。

高院长在会议室门口愣了老半天。

……

企业投入这么多钱建大楼,对医院的经营就不能不管不问了。这两年金冶集团对医院一边享受着企业拨款扶助,一边又给员工发着高工资高福利十分不满,碍于老院长在位,不便大动干戈、插手整顿。现在老院长退休了,新班子也配齐了,新家也搬了,集团公司领导认为现在正是"拨乱反正"的大好时机。

三月上旬，集团公司分管医院的副总李总把高院长叫到他办公室，说："现在医院规模大了，资产也不少，管理上要正规起来了，不然我们也不好向公司职工和股东们交代。"

高院长说："那是，集团公司对医院有什么要求您尽管指示！"

李总说："听说这两年你们未报批就直接在社会上招聘了一些人，这件事情公司总经理办公会议已经研究过了，违规招聘的那些人要限期解聘。这件事你要重视，你回去与张院长商量一下，看如何尽快解决！以后招人要报公司人力资源部统一招聘。"

年前还没有搬家时，金冶集团人力资源部就要求金冶医院统计上报近两年私自聘用人员情况。医院这几年从社会上招聘的员工一共有十四人，其中十一人是医务人员，三人是后勤人员。这些人都没有与金冶集团签订劳动合同，而是采取人事代理的用工方式。当时冯院长想，反正医院即将与企业剥离，人先用着，到时再统一规范劳动合同不迟。

问题出在三名后勤人员身上。金冶集团员工工资普遍较低，医院这几年搞独立核算，员工的收入一路攀升。集团公司其他职工早就看着眼红，好在这些年大医院里的医生收入攀升更快，企业医院也是医院，大家虽然心里不平衡，但嘴上也不好说。但是后来许多车间的工人也凭关系进了医院。医院环境好，工作轻松，收入还高，车间工人们心里就更加不平衡了，风言风语也就出来了："医院缺人不从企业内部招而直接从社会上招，一定是院领导的亲戚朋友，要不就是收了人家的好处。"慢慢地，这些意见就被添油加醋后传到了集团公司领导的耳朵里。公司新来的袁董事长此时正在全公司开展全面整顿工作，对医院的整顿正好是一个难得的突破口。

听完李总的话，高院长面露难色："李总，这些年医院业务增长很快，这些人都是因为岗位严重缺员而从社会上招的，大多数都是一线的医务人员，一下子都辞掉了，对医院的工作影响很大！"

"这个公司经理办公会议都讨论过了，你不要讨价还价了，不管你们采取什么方法，总之要执行。"李总的脸色变得有点难看。

"这……"高院长望着李总的脸,欲言又止。

从李总那回来后,高院长马上与张院长商量此事。张院长说:"既然公司要求这么做,我们硬顶着恐怕不行。李总又是分管人力资源部的,这件事协调还真有点困难!"

高院长心想,新楼刚刚落成,工资越涨越高,谁愿意离开医院呢?再说这批人中有的进医院都很长时间了,最长的已经聘用了六年,现在突然裁掉人家,人家要是打官司,医院还真得赔钱。刚上任就遇到这样棘手的问题,高院长搬家的兴奋劲一下子消失得无影无踪。

大约一周以后,李总继续追问那批人的处理方案可定了。

高院长说:"李总,我们班子仔细研究过了,这批人一共是十四个,其中四人是医生,七人是护士,三人是后勤人员。这些医生护士都是正规医学院校毕业的,而且有不少是本科生。那三名后勤人员有一个人是集团王副总打招呼的,前任董事长也知道;另一个是区卫生局领导要求照顾进来的;还有一个是省人民医院徐主任的亲戚,徐主任这么多年一直在我们医院坐门诊,对医院支持很大。"

"如果我们现在把这批人都辞了,对医院工作还真的影响很大……,另外也把方方面面的领导得罪了……"高院长望着李总,吞吞吐吐地像个结巴。

"那照你这么说是一个都不想辞了?那你什么也不要说了!"李总显然十分生气了,站起身坐回到他的办公椅子上,看也不看高院长。

沉默了好一会儿,高院长从沙发上起身说:"李总,要不我回去再与班子商量商量,回头再向您汇报!"

回去的路上,高院长一边走一边想:这件事再难看来也得办了,我与张院长不能才上任没有几天就对公司的决定顶着不办,而且这也是袁董事长和其他领导的一致意见,再这么顶下去恐怕是鸡蛋往石头上砸,搞得不好,自己这顶还没有焐热的小帽子就要被拿掉。但是今天李总说'你看来是一个都不想辞了'似乎也暴露出领导的底线,似乎公司领导也能理解医院的处境,把人全部辞了再招也确实说不过去。但是公司办公会决定的事也不能一点动静没有啊！好歹要辞掉几个人做做样子吧,不然公司的行政命令不就是一张废纸吗？领导新上任最看重说话下面可有人听,先执行着以后再想办法解释。

想到这,高院长心里似乎有了点底。下午一上班,高院长找来张院长,把上午与李总的对话以及自己的想法和盘托出。

"那辞哪些人呢？以聘用时间为界？"张院长望着高院长,有点茫然。

"我仔细考虑过了,实际上集团公司最有意见的是医院聘用了非医务人员,这三个后勤岗位上的人是不能再聘了,医生护士就是辞掉了,明天还得到社会上招,没有那个必要！"

"另外这些医务人员中,小杨的执业证一直拿不到,这次肯定也要解聘。辞了这四个人,理由好说,也符合公司领导的本意。"高院长肯定地说。

"那要做好这几人的思想工作吧？"张院长担心地提醒。

"那是的,我们先把这个方案报给李总看,集团公司如果同意这个方案,我们再找他们分别谈。"

向李总的汇报很顺利,李总同意暂时先这样处理,并且强调以后用人要严格按制度办,不能再犯这样的错误了。

与杨医生的沟通根本没有难度。小伙子虽然没有执业证,但业务能力很强,临床上能独当一面,不过总是这山看着那山高,据说最近又在找别的医院。高院长找他一谈,他当即表示无话可说,一副"此处不留爷,自有留爷处"的样子。

三名后勤员工的工作就没有那么好做了！

金冶医院虽然不像大医院,但后勤事务也不少。整个后勤分为三块,分别叫后勤一部、后勤二部和后勤三部。后勤一部就是门诊收费处和出入院管理处,后勤二部主要管理房屋设备和水电供应,后勤三部负责后勤物资、食堂、职工工作服和病人服装制作采购等杂七杂八的事情。

三人都是年轻的女同志,一人在门诊收费处,另两人在后勤三部,来医院时间都不短,而且都是凭关系进来的。一开始风传要辞人的时候,她们想再怎么说也会先辞退那些从人才市场招聘来的外地人,可最终结果,外地人一个没有被辞(杨医生显然不能算被辞),而她们几个有关系有背景的本地人倒是被辞掉了。

卫生局领导第一个打电话来说情:"孩子在家整天哭,实在可怜。她刚刚适应了你们医院的环境,仓库管理、物资采购什么都学会了,和同事们相处得也很愉快,实在不愿意离开岗位。"高院长只好耐心解释:"实在对不住领导了,这次集团公司下定决心要搞,我如果不执行的话,自己恐怕也干不下去了。要是自己被免职,能保住她们的岗位那也值得,关键是即使那样,该辞的还得辞!就麻烦您多做做工作,让她暂时理解医院的难处吧,等过段时间我们再想想可有什么办法补救。"

领导说,那也就只能这样了。高院长十分尴尬。

集团公司王副总两年前已经调到别的单位去了,得知消息后直接来到高院长的办公室,听完高院长的一番官话后,脸色立刻变得铁青,没有多说什么直接走了。高院长又一次十分尴尬。

在收费处的那位是医院一位退休老主任的侄女,高院长向李总汇报时故意撒谎说她是省医专家的亲戚。当时正值医院搬家后收费处缺人,招新人要培训好长时间才能独立顶岗,医院等不及,老主任听说这件事就介绍他侄女过来应聘。他侄女在大医院干过收费,来了就能立即顶岗,当时实际上是解了医院的急,哪知道金冶医院刚过了河就拆桥。老主任侄女收到医院辞人的通知后,一声不吭就走了,老主任也没来说什么,高院长这时没有尴尬,只剩下愧疚了。

千难万难,辞人的事情总算结束了。但后勤一下缺了三个人不行。高院长把情况汇报给集团公司后,人力资源部说除了医生护士你要多少人我都有,第二天就安排了三个人来医院报到。人力资源部部长提醒高院长:"这几个人你们先试用,三个月后如果合适再正式办理内部调动手续。"并一再提醒高院长用人要多观察。高院长当时并没有理解这位部长的用意,后来情况果然不妙。

五月底,市医保中心的审计决算工作终于结束了,医保基金也恢复了正常拨付。随着冻结了几个月的医保资金足额拨付,高院长及时还清了老账新账,无债一身轻。此时,桂原市正式启动了城镇居民医保工作,由于启动之初政策宽松,公办医院只要递交申请,就会被批准。金冶医院是第一家递交申请的医院,因此桂原市电视台《原上人家》的医保专栏中出现了高院长的形象。

  迎来了柳暗花明又一村的高院长看起来又精神多了,二级医院的事自然又被提上了日程。上次被卫生局韩处长戏弄了一下,高院长心里十分不爽。高院长完全不相信不给金冶医院办理升级是因为医院与三院距离近的原因:市三院与省司法局医院仅仅一墙之隔,不都是二级医院吗?中铁安江局机关医院与金医一附院不也在一起吗?高院长把情况向李总做了汇报,问李总能不能以企业的名义找找卫生局协调一下。李总答应找他市政府的一个好朋友来问问。

  为了贯彻金冶集团规范管理的精神,金冶集团给每个下属单位都配备了专职党支部书记,只有医院例外,派了一名兼职书记。书记姓何,是个三十多岁的女同志,本职工作是集团公司办公室副主任,平时在公司办上班,每周抽一两天时间到医院处理事务。何书记来后,把医院的党支部和工会工作全面管了起来,各种规章制度也建了起来,医院领导班子会议也固定开了起来。当时金冶集团正在筹办厂庆六十周年活动,在何书记的精心指导下,六十周年大庆活动上,一色由护士小姐们组成的医院鲜花方队十分抢眼,吸引了活动现场所有人的眼球;在何主任的关照下,高院长写的一篇厂庆征文《我与金冶医院一起成长的岁月》竟然位居《流金岁月——厂庆六十年征文集》篇首。

  通过何书记对一系列事务的娴熟处理,高院长与张院长很快就从内心接纳了这位美女书记,班子成员之间共事也更加默契了。三人分工协作,工作效率很高。看着医院各方面顺顺当当,高院长感觉到了自上任以来前所未有的轻松。在周五例行的班子会议上,高院长说去年评出的先进人物,我们曾承诺让他们坐飞机旅游,现在各方面工作都理顺了,我们该兑现承诺了。何书记和张院长都表示同意。经请示分管领导,医院先进人物云南双飞六日游于六月初正式成行了。

　　正当云南游回来的职工沉浸在兴奋之中时,一场震惊医院内外的事件发生了。

第三章

六月下旬的一天早晨，金冶集团办公大楼的一位朋友透露给高院长一个消息，说集团公司领导接到一封表扬他的信，但又说领导看了信似乎很不高兴，反正不太妙。高院长心想：既是表扬信，有什么不好的，不管它。九点多钟，集团公司党委胡书记通知高院长去他办公室。高院长感觉可能就是这件事，没敢耽搁，马上赶到了办公室大楼。一进门，高院长看见胡书记坐在窗边的沙发上，面无表情；房间另一角，袁董事长左手插在裤子口袋里，右手拿着一支香烟使劲地吸，房间里弥漫着一股呛人的烟味。

胡书记看到高院长进来，表情严肃地招手示意高院长坐到他旁边，随手从沙发旁边的茶几上拿起一个已经拆了口的信封递给高院长："这封信你看看！"

高院长接过那封信，信封是普通的白信封，收件人是"金冶集团公司胡书记"。信封里是一张用 A4 纸打印的信，内容如下：

胡书记：

您好！

我是医院的一名普通职工，这几年经历了医院的风风雨雨，对医院有着很深的感情。

随着企业改革的深化，越来越多的企业医院面临倒闭，更多的是经营得很艰难，从安江建设公司医院到机械厂以及铁路局医院，它们虽然起步比我们早，但这几年来我们医院的发展速度远远超过了它们，未来发展潜力也要大于它们。这几年我们医院发展的速度是有目共睹的：门诊量、年收入、住院病人、固定资产都大幅提升。作为一名金冶医院员工，我感到自豪。我感谢高院长！

高院长是我们的好院长、好领导，这些年在医院勤勤恳恳、任劳任怨，和同事同甘共苦，为医院的发展、为我们职工的未来考虑甚多，深得我们职工的尊敬。我们希望厂里领导能对这样的好同志多一些信任，也多信任我们医院。现在对我们医院来说是千载难逢的发展机会，整个桂原市各级医疗单位都在发生很大变化，有的医院迅猛发展，有的医院停滞不前、面临被淘汰的危险！

企业要发展就必须轻装上阵，不能有太多包袱，医院也是如此。厂里对医院的干涉太多，医院的许多想法在厂里议了又议、谈了又谈，左申请右请示就是批不下来。医院的管理有它的独特性，厂里的所有领导不可能都对医院了解，所以很多事情很麻烦，如果在关系到医院生死存亡的关键时刻，能很快得到厂里的支持吗？

我们相信高院长能够带领大家跟着潮流向前发展！我们不需要厂里有些不懂行的人对医院的工作指手画脚。我们希望医院能有更多的自主权，现在很多企业医院在实施股份制改革。我们相信在高院长的领导下，我们医院能在桂原市的医疗市场占有一席之地！

谢谢领导支持！

金冶集团前身是桂原市冶金厂，1998年债转股后改名为公司，但一些老职工仍然习惯叫"厂"。信中口口声声"厂里厂外"的，似乎不是一个年轻员工所写。

这封信是表扬高院长，但用错了地方。把高院长夸成一朵花本来就有抢功之嫌，又把公司领导说得一无是处，还把集团公司对医院的正常管理说是"指手画脚"，还指名道姓把信寄给集团领导，这不就是存心想激怒领导吗？最要命的是这时集团公司正在整顿子公司的管理，医院和一些小销售公司是重点，这封信等于公然抗法，那还不撞到枪口上了？

没等看完,高院长第一个念头是有人暗中使手段挑拨他和集团领导的关系,于是赶紧解释道:"这信不是我叫人写的!"感觉说得不对,又连忙纠正道,"这信我根本不知道……这里面说得也不对啊,这人也太没有组织纪律了……"

这时,一直在旁边抽烟的袁董事长说话了:"你高院长是个好院长,那我们都是坏领导了。公司在那么困难的情况下给你们钱盖房子,给你们钱添设备,你医院一边拿着企业的补助,一边给职工发高工资、高福利,这都成了你高院长的本事了?再说你高院长也才上任不到一年,就是有功劳也是前任冯院长的功劳啊!

"集团公司对下属单位规范管理是天经地义的,哪个单位不是这样做的?再不管你们就上天了!医院内部都快成家天下了,你侄子在医院,张院长和好几个主任都有亲戚在医院,还瞒着公司私自从社会招了那么多人!

"翅膀还没硬就想和公司斗,你还不够资格!"

袁董事长真的生气了。

胡书记接过话:"给你派一个支部书记是协助你工作,不是监督你,也不是分你的权,这一点你思想认识是有问题的,一直有抵触!"

高院长想起来了,几个月前胡书记打电话通知自己集团公司要派一名兼职书记去医院时,自己在电话中表示反对,说为什么不从医院提拔一个书记,企业派来的人不熟悉医院情况,不利于工作等等。胡书记当时就在电话里批评了高院长。

想到这,高院长赶紧解释:"当时我对集团公司派兼职书记确实思想上有错误认识,但后来我也想通了,而且现在何书记与我们工作配合得很好。"

黄泥巴粘在裤脚上,不是屎也是屎。高院长无论如何解释也不可能一下子平息两位领导的怒气。实际上高院长也找不到更好的语言来解释。

"这封信你带回去,你要以此为戒,好好加强员工思想工作。没有统一的管理,医院是办不好的!"胡书记态度似乎温和了一些。

高院长带着那封信回到办公室,掩上门把信拿出来又仔细地看了好几遍。信是打印的,也没有签名,语言习惯也看不出来像谁,只能通过信封上的邮戳可以看出信是从桂原市寄出的。高院长静下心来细想,写信的人不像是在攻击他,能使用这种高明的捧杀手段的人也不会在金冶医院混;但也不像是存心表扬他,这年头做好事不留名的人太少了,他(她)图个什么呢?

没过多久,医院的公示栏里就贴出了那封表扬信的复印件和集团领导的回复,回复是袁董事长亲自写的,还特地在下面签上他那龙飞凤舞的大名。紧接着在周六的中层干部会上,袁董事长严厉批评了高院长无组织无纪律以及那封信何其荒谬何其错误,然后宣布高院长违反制度、擅自搞职工集资,给予高院长行政警告处分,工资下调半级。

六月底盛夏的天气里,高院长湿热的脑袋上好像被劈头浇了一盆冰水。

集资只不过是仓促中被找来充当处分高院长的一个十分勉强的理由。但是表扬信的事确实搞得领导很难堪。难道就这样放过高院长?那也不能因为有人写信表扬高院长就要处分他吧?所以高院长完全能理解集团公司领导当时的心情,倒霉还是倒霉在那封表扬信上。

屋漏偏遇连夜雨。高院长被那盆"冰水"浇了以后,自信心受到了严重打击,做事也有点缩手缩脚了。事隔不久,四月份从公司调来的后勤人员又给高院长出了一个不大不小的难题。

上次集团公司调来的三个人,一名男同志因为有会计证,所以顶收费处的岗位。另外两人都是女同志,分到后勤三部服装组,出难题的就是这两人,说医院歧视她们,她俩与其他人同工不同酬。

金冶医院是以精神专科作为特色的综合医院。由于精神病患者都是封闭式管理,同时也是为了安全,患者的衣服和鞋子都是由医院提供,再加上所有病房的床上用品清洗更换和医务人员的工作服清洗,这块的工作量就比一般医院大得多,因此医院在后勤三部下面单独设了一个服装组,配了五个人,负责服装采购、清洗和后勤物资库的管理。

金冶医院职工工资是依照金冶集团标准执行的,所有职工分成管理岗和工人岗两类,各类再依照相应级别执行。套上管理岗要比工人岗工资高不少,所以集团公司历来严格限制管理岗位的数量。这两年由于医院效益好,冯院长临退休前也想做做好人,所以医院这些后勤岗位也都按管理岗执行了工资标准。不巧的是这次两人来的时候,正值金冶集团对医院进行全面整顿,首要目标就是要规范人员招聘和员工工资标准,那么这两人工资标准当然要与企业一致,只能依照工人岗。这就产生了一个矛盾:原来的三个人是依照管理岗,工资比她俩高一大截,更不能忍受的是那三个人的年龄都比她俩小一大截。

换成一般人也就忍了,能进医院就不错了,哪敢与别人比这比那。但这两人不一样,都是在企业混了十几年的"老革命"。她俩原来都在企业销售部门工作,20世纪90年代末,金冶集团为了搞活市场,办了很多以销售本企业产品为主要业务的小公司,她们就被派到小公司上班。袁董事长来了以后,发现这些小公司"都是趴在集团公司身上吸血的蚂蟥","集团公司快被这些蚂蟥吸倒掉了",于是一口气把所有"蚂蟥"都捏死了。那些小公司的头头脑脑们大多发了财,公司关了正好,重新注册一个私人公司接着干,反正人脉都建起来了,业务也熟练了。那些老老少少、男男女女的办事员没有门路,只得重新回到了集团公司。

有能力的、有关系的、没有脾气的大多找到了新的岗位,剩下的都是一些难缠的主,人资部领导也被吵得头大。这时医院正好清退了三名后勤员工,但人资部领导也深知这两人不是省油的灯,担心两人合起伙来高院长招架不住,所以在派人的时候反复交代高院长要"多观察"。

提起这个同工不同酬,高院长就气不打一处来!因为高院长预感到这块存在矛盾,来前就反复与她俩说过岗位的事,也特地提到工资标准不一样,她俩满口答应,说没有意见。现在脚跟站稳了,就开始闹意见了。

高院长一开始也准备采取和稀泥的办法,比照其他三人把两人定为管理岗算了。但报到公司人资部后,领导根本不同意,说医院定的那些工资标准根本就违反公司制度,你们老问题还未解决,又想添新问题?

得知医院不同意给她俩调工资,两人就采取消极怠工的方式表达不满:上班经常迟到早退,做事能糊则糊,对患者爱理不理,护士和病人家属经常投诉到院领导那里。直到有一天,其中一位叫褚丁兰的竟然不打招呼就不来上班了,服装组门外领材料的、退衣服的排了大长队,影响十分恶劣。更令高院长气愤的是,高院长在院务会上批评了这件事,第二天她竟然到高院长办公室大吵大闹,说她那天生病在家吊水,说院长不关心员工还乱批评人,说同工不同酬都解决不了还要求员工这样那样。一层楼的人都来围观,搞得高院长很下不了台。这还了得,不止旷工,竟然还闹事,高院长实在忍无可忍。

高院长立即召集了班子会议,会议一致认为褚丁兰严重违反医院规章制度,还到院领导办公室无理取闹,应当严肃处理,以儆效尤。

但高院长这次比以往多了一丝谨慎,他对张院长和何书记说:"处理她,她必然会到集团公司领导那里反映所谓同工不同酬的事,而我们这块工资管理也确实存在问题,如果拿不出解决办法,也不能服人。"

何书记说:"怎么解决?集团公司坚决不同意把她俩调上去,那难道把其他三人降下来?两个人吵就够呛了,换成五个人来吵那更受不了!"

高院长说:"这个问题也拖了好长时间,再不解决对集团公司也确实不好交代,我倒有个想法,你们看可行?

"这三人当中,小王和小郭都是老早进医院的,她们俩还兼后勤物资库管理员,我们就比照集团公司仓库管理员的岗位,仍然确定为管理岗。后进医院的小霍从车间调到医院还不到一年,原来也是工人岗,她又不兼物资库管理员,没有办法往管理岗上靠,从下月起就调成工人岗,这样就解决了工资标准和岗位不相符的问题,也完全符合集团公司制度。"

张院长说:"那小霍一下少了几百元,肯定不愿意!"

高院长说:"这个我来和她当面说清楚,先把两位老同志的问题解决掉,下次再想办法解决她的问题。现在都僵在这里,确实没有更好的办法,她应当相信医院领导不会说话不算话的。实在不行我们还可以给她找个兼职岗位涨点奖金,这样总收入也没有损失。"

三人互相看看,都觉得现在也只能这样。班子会最后形成以下意见:一、对褚丁兰按旷工处理,通报全院,扣当月奖金;二、何书记将医院调整后勤岗位工资标准方案报集团公司人资部;三、人资部同意后由高院长找小霍面谈一次,她同不同意均按此方案执行。

第二天上午,何书记从公司办打来电话,说人资部同意这样做。高院长心里有底了,但仍觉得不妥,又给分管领导李总打电话做了汇报,李总也同意这样办。一切准备妥当以后,上午临下班,高院长找来小霍,把情况前前后后大致说了。这事折腾了三四个月,小霍早有预感,但没有想到最后却只有她一个人成为牺牲品。听完高院长的一套理论后,小霍咧了咧嘴,眼泪立马掉了下来,一句话没有说,扭头就走了。

第二天下午三点多钟,高院长从公司开会刚回来,一脸苍白的小霍进到高院长的办公室。高院长招呼她坐下。小霍流着眼泪说:"为什么她们的问题却变成降我的工资,我想不明白!"

高院长正想按着昨天的说法再解释一遍,哪知道小霍从口袋里拿出一个小瓶,扭开盖子就往嘴里倒,高院长看着从小霍嘴角流出来的深绿色黏稠液体,赶紧冲过去夺下瓶子,迅速把瓶子里剩下的液体全部倒进水池,掉头回来扶住小霍,问她喝的是什么,同时冲对门的院办公室喊:"小霍喝农药了,赶快!赶快!"

赶过来的人们七手八脚把小霍扶到一楼急诊室抢救。高院长草草处理一下衣服上沾的农药后,也立即来到急诊室。内科张主任一边指挥着护士给小霍灌水洗胃,一边对高院长说:"药瓶我看过了,是一种低毒的蔬菜除虫剂,有机氮类的农药,对人毒性不大,而且她喝的量不多,应当不会有事的,你先上去吧,有情况我再告诉你。"高院长叮嘱张主任实在不行要抓紧转院等等,然后回到楼上。

回办公室后,高院长立即把事情告诉了何书记和张院长,又给集团公司李总打了电话。这边小霍洗了胃后,被送到内科病房输液,输完液后张主任又安排人把小霍送回家休息。临下班的时候,集团公司总经理傅总来到医院,高院长很沮丧地汇报说:"事先我们已经很谨慎了,也和她认真地谈了,今天下午她来办公室我还想进一步解释,哪知道她上来就这样!"

傅总说:"这样可不行,下一步企业要改制,如果都采取这样极端的方法,那改制还怎么改?但是你们做事也要注意工作方法啊!"

得知小霍没有事,喝的药也是低毒杀虫剂,傅总叮嘱几句就走了。

过了一会儿,袁董事长的电话也来了:"高院长,你搞得也太急了吧?!你把人家工资都降掉了,人家还不急!你这是倒拔蛇,你可懂?人可有事?"

"袁董事长,人没有事,这件事情我是没有处理好……"

"人没有事就好,人要有事你就完蛋了!"

说话间,何书记陪着小霍丈夫进到高院长的办公室。小霍丈夫是工程师,很通情达理,只是一个劲地说搞成这样实在不好,实在不好。本以为小霍丈夫会大吵大闹一通,现在心平气和的样子反让高院长十分愧疚。

这事发生以后,"同工不同酬"就闹成了僵局。医院不可能恢复小霍的工资标准,否则下次别人都这样效仿怎么办?褚丁兰也感觉里外不是人,再在医院待下去也没有意思,后来调到集团物业部去了;小霍自那以后也感觉很没面子,在集团人资部的协调下,也调到集团另一个单位去了。

对于普通员工来说,一下子降了五六百元的工资就是天大的事,高院长以为和她说说大道理就能让她接受,而小霍则以为采用非常手段逼院长就能阻止事情发生。事实上他俩都错了。

本来这次高院长每走一步都小心翼翼,先是院务会上集体研究一致同意,集团公司人资部也是支持的,并且还特地向李总做了汇报,结果又搞出了一件震惊医院内外的事件,高院长这次真的有点沮丧了!

第四章

人生不如意事常八九,这句话说当下的高院长最合适不过。小霍调走没几天,医院又发生了一起严重的医疗纠纷。

内科病区一位八十多岁的患者,早晨护士去测量体温时,发现他已经死亡了,而且身体僵硬冰凉,也就是说死了很长时间了。当天这间病房只住了患者一个人,家属认为他只是咳嗽,病不重,晚上没有陪护。护士在死者病床下的地上还发现一个止喘用的喷雾药瓶,估计患者是死于哮喘突然发作,也有可能是突发心血管疾病,意外猝死。但不管怎么说,患者在医院病房里死了,医生护士没有及时发现,医院的责任是推脱不了的。

高院长去病房查看,只见一个老太太坐在患者床边哭。医生告诉高院长,患者就是附近建筑公司的退休职工,两个儿子都在外地工作,现正在回桂原的路上。高院长一边让医生查看病历,一边让护士安慰安慰家属。

下午临下班时,死者两个儿子都到了,科主任对他们谈了一下患者死亡的大致情况:"你父亲这次是气管炎入院的,检查也没有发现其他毛病,治疗后病情已经好得差不多了,晚上你家里没有人陪他,所以发病时没有人知道。发病这么快就死了,估计是突发心脏病,就是发现了也抢救不过来。你们既然回来了,就尽快料理后事吧。"

患者家属听医生讲得有道理,也就没有说什么,联系殡仪馆把遗体拉走了。

第二天下午,高院长正在集团公司开会,接到内科张主任的电话,说昨天死亡的家属来医院闹事了,有二三十人,披麻戴孝拿着花圈,要在医院大厅烧纸,被保安制止了。家属们说要找院长,院长不来就在大厅烧纸。

高院长头皮一麻。何书记出差了,张院长回老家去了,医院没有别的领导在家,于是立即请假回医院。高院长边走边想,昨天看样子不是没事了吗?怎么又突然闹起来了!高院长的脑海里立即浮现出电视剧中常见的景象:一群人披麻戴孝,聚集在医院大厅里,男的手持棍棒乱打一通,女的呼天抢地坐在地上撒泼,旁边有人拿着花圈,有人烧着纸钱,大厅内外站满了围观的人。

集团公司办公楼离医院很近。到了医院大门口,高院长并没有发现有人群聚集,到了八楼,发现家属都被张主任安排在大会议室里等着呢。见高院长回来了,张主任在走廊迎上去说:"家属们要直接与你谈赔偿,否则就要叫电视台来曝光。"高院长低声对张主任说:"你再去叫几个人来,人少了对我们不利。"

一进大会议室,空气中烟雾缭绕,高院长发现里面杂乱地坐着二三十人,有的人头披白布,有的人肩膀上戴着黑袖章。

家属见院长来了,开始七嘴八舌指责医院:"人好好的进医院死了,死的时候还没有人知道,医生护士都干什么去了?医院今天不给个交代绝对不行。"

高院长把心里想好的解释词心平气和地说了一遍,家属不认可:"医院如果不赔偿,我们就叫电视台来,先搞大再说!"

高院长知道患者家属一定是有备而来,仅仅几句苍白无力的解释是解决不了问题的,但医院不能先开口谈赔偿,哪怕只是一点点,只要一开口就说明医院有责任,有责任给这点赔偿就行啦?所以绝对不能先开口。这时张主任又叫来了几个人,大家轮番向家属解释,不管对方听不听,先让家属发泄发泄情绪。

从下午四点多一直僵持到晚上九点,这期间高院长对患者家里的基本情况有了大致了解:来的人中除了患者两个儿子外,其他都是住在外地的远亲。两个儿子看起来很老实,估计是被吊唁的亲属鼓动的。对方的弱点是时间有限,外地的亲属明天都要回去,两个儿子的假期也不多。高院长掌握这些情况后心里有了底,判断时间一长他们必然会先开口提出赔偿数字,只要对方提出的数额不大就好谈,这种情况医院一毛不拔肯定不行,但要控制好度。

晚上九点多,家属们都开始打着哈欠,耷拉着脑袋,精神头明显不足了,话也少了。这个时候,患者小儿子开口了:"院长,我们不是不讲道理,也不是狮子大张口,你们医院赔偿五万元,我们就认了,否则我们今晚就不走了。"

对方提出的数字比想象中要低许多,高院长心里紧绷的弦松了下来。根据以往的谈判经验,最后的赔偿基本上都会比这个低。高院长看了一眼张主任,张主任马上领会,立即按准备好的套话说:"不是我们医院一点人情都不讲,我们国有医院内部都有严格的规章制度,医院赔偿超过两万元都要报集团公司研究批准。你们提出这么多,我们就是同意,集团公司也不一定批;就是批,还要层层请示,今天也不可能答复你们。"

又经过一阵讨价还价,最后说定了赔偿两万元,另外把患者的医疗费免了(患者有医保,自己只交了400多元)。办公室的人立即起草并打印协议,签字后张主任当场把两万元现金交到患者儿子手中。家属们这才怏怏离去。

看着陆续离开的家属,高院长长舒了一口气。

至此,高院长今年的运气可以说坏到了极点。想想前几年跟在冯院长后面干,哪有这些压力?正所谓有多大的牺牲才有多大的成就,一把手不好当呢!原来当副院长时,每遇外出参观学习冯院长总是让高院长去。冯院长说自己不喜欢出差,在外面睡不好。现在想想哪是不喜欢出差,分明是工作压力大的原因嘛。

周五下午是高院长坐门诊的时间,自从当上副院长后,高院长就一直坚持这一习惯。他是正儿八经的精神科科班出身,毕业后分到金冶医院一直从事精神科临床一线工作,前年刚晋升为精神科副主任医师。

根据流行病学研究,精神病的发病率像高血压、糖尿病这些老年病一样,也是与经济条件成正比的:经济发达地区发病率比贫困地区高,城市比农村高,省会城市比一般城市高。原因可能是经济水平上去了,人们的生活压力反而加大了。桂原市原来只有一所市属精神病专科医院,还挂着金安省精神疾病防治中心的牌子。其他大小医院无一家开设精神科,精神病的医疗资源十分短缺。当年金冶集团职工家属有不少患精神病的,企业没有钱送他们到市精神病院常年住院,就让金冶医院想办法搞个精神科把这些人收拢起来。于是医院就送几个医生、护士出去学习,回来后这个精神科也就慢慢地开设了起来。阴差阳错,这几年随着社会上精神病患者的增多,金冶医院的精神病科反而成为重点科室了,医院也靠精神专科逐步发展起来了。高院长也成了桂原市小有名气的精神科专家,前几年还被推荐为《金安精神医学》杂志的编委、中国城市精神病预防协会理事。这样一位学者型的院长,他是不会轻易丢掉专业的。

今天下午病人并不多,看过一个父母亲领来的高中生后,诊室里空闲了下来,高院长随手翻看后勤部报上来的一份设备采购报告。这时,一帮人突然拥进了诊室,最前面是一个敞着外衣、气势汹汹的中年男人。男人手中拿着一把尖刀,眼睛直勾勾地盯着高院长,嘴里嚷着:

"你看看我可有病?你看看我可有病?看不对我一刀宰了你!"

跟在男人后面的中年妇女神色慌张地对着高院长直摆手,随后跟着的保安和其他人也不敢上前。

高院长条件反射地站了起来。精神科的医生有个职业规范,医生要站在患者的侧面,尽可能不正对患者,防止患者突然出手而受到伤害。高院长也见过各种各样的患者,但手拿尖刀来看病的还是第一次。精神科门诊患者绝大多数都是由家属带着来看病的,来之前都做了准备,哪会让患者拿着刀来医院?

高院长定了定神,盯着患者的眼睛说:"消消气,好好说,你先把刀子放到旁边我们再来聊,你这样拿着刀我害怕!"

"他们都说我有神经病,你给我看看。你说对了我就放下刀,你说错了我就一刀宰了你,再宰了他们!"患者眼睛露着凶光直盯着高院长。

"我看病要先检查啊,你拿着刀子我怎么检查啊!"高院长说话的时候仍然直盯着病人的眼睛。眼到手到,手上如果有动作,眼神会先暴露出来。

"你拿着刀子就是不信任我,认为我看不准,那我就不给你看了!"高院长故意摆了摆手。

看到患者在犹豫,高院长缓缓地走上前,扶着患者的肩膀,一边拉他坐下,一边把他右手上的刀取下交给保安。这时病人也安静地坐了下来,高院长就心平气和地与他交流了起来。通过问诊和基本的行为言语观察,高院长确定患者是典型的妄想症。趁着患者在化验室等结果的时候,高院长把患者老婆叫到诊室,对她说:"你老公患有精神分裂症,属于狂躁型,会伤人,建议立即安排住院。"这女的立即说:"我早就认定他精神有问题,每次想带他来看病他都和我急,这次要不是我拼着命带他来,不知道哪天会出人命。医生你看怎么办就怎么办吧。"

连哄带骗,患者终于被带进了病房。高院长也惊出一身冷汗。

这些年医生不知怎么的就变成了高危职业,医患关系自古以来都没有今天这么紧张过。伤医弑医事件一件接一件。如果说精神病人是社会上的弱势群体,那么精神科医生就是医生中的弱势群体。与同行相比,他们待遇低,受歧视,工作枯燥而充满风险,受到病人伤害是常事。高院长刚来精神科时,工资上还有五元的意外伤害补助,后来国家搞工伤保险,这项补助才被取消。

精神科医生经常被愤怒的患者伤害,偶尔也会被满面笑容的患者伤害。高院长还清楚地记得,十年前他去工厂接一个发病的精神病患者,当时患者并没有表现得不正常,看到高院长等人去了,满面笑容地伸出左手与高院长握手,然后右手迅速地一拳打在高院长的门牙上,右门牙当时就被打碎了,左门牙后来勉强保住了。至今想起来,高院长的左牙根还发凉。

所以很多医院不愿办精神科,更不愿意办精神病医院。民营医院扎堆的都是男科、妇科、眼科、肿瘤、美容整形什么的,没有听说办精神病医院的。至少在桂原,甚至可以说在金安省都没有民办精神病医院。但是事物都是一分为二的,都不愿意办,那就意味竞争对手少。这几年在医疗保险的支撑下,精神病医疗需求越来越大,而精神科医疗设备投入少,病源又稳定,精神科又变成了香饽饽。虽然当下公办大医院人满为患,但大多数职工医院的日子依然比较艰难。一无技术优势,二无市场机制,三无资金投入,很多职工医院既竞争不过公办医院也竞争不过民办医院,都要靠企业扶持才能维持下去。而金冶医院凭着精神病专科一招鲜,日子竟然过得有滋有味。精神科病房已经从一个病区发展到两个病区,患者仍然住得满满的。一些职工甚至提出不如把医院改成精神病医院算了。

三年前,桂原市鼓励发展社区卫生服务。按照市里的规划,一个街道设立一个社区卫生服务中心,优先鼓励区属一级医院和职工医院整体转型为社区卫生服务中心。医院班子想,虽然现在金冶医院日子能过,但职工医院总归要剥离,将来如何生存谁心里也没底,转为社区卫生服务中心说不定是条好路,于是也就第一批申报了转型社区卫生服务中心。但是金冶医院的牌子仍然保留着,想走一步看一步,多一个牌子总不是坏事。

后来随着金冶集团拨款把新大楼建起来,医院规模比以前大了许多,职工也增加到一百多人,高院长心中的期望值又水涨船高了。医院转成社区卫生服务中心后还能做大做强吗?一个社区卫生服务中心能发展到多大?袁董事长力排众议,把医院建了起来,我们把它缩成一个社区卫生服务中心,叫他情何以堪?

但是一个机构老是挂着两个牌子肯定不行,最终两者只能取其一。这几年社区卫生服务中心牌子的含金量越来越高,总不能白白扔掉吧?隔壁市三院天天找卫生局吵着要办个社区中心,碍于政府规定一个街道只能办一个中心而作罢。金冶医院如果现在一松口,这个东风街道社区卫生中心的牌子立马就会被人抢走。

要不两个牌子都保留着?干脆把医院办成精神病专科医院,这样两个机构业务一点也不冲突,两者都能发展!但是眼下整个医院不就这一栋楼吗?后面规划的那两栋楼不知道猴年马月才能建成,还是以后再说吧!

第五章

十二月初的时候,又一个坏消息传到高院长耳朵里——放射科李主任的女儿患了癌症,而且还是晚期。

李主任女儿去年不才上班吗?李主任还经常提到那家医药公司工资奖金高,福利好,每年都组织职工春游,生日还给红包。听到消息后,高院长这才想起来好长时间没有见到李主任了。平时隔不了几天李主任总是要到八楼的高院长办公室溜达溜达,不是说工作的事,就是说外面医院哪家病人多,哪里又办了一家私人医院,老板是谁同学谁朋友,等等。这快一个月没有见老李上来闲聊,原来是家里出事了。

高院长当天就让何书记了解情况。何书记经过打听,证实情况确实如此:李主任的女儿确诊癌症已经有一个多月了,现在正在省肿瘤医院化疗。

根据金冶医院的内部制度,周五下午,医院班子一行三人去省肿瘤医院看望李主任女儿。一进病房,李主任与他老婆都在,高院长看到李主任女儿侧身躺在病床上,胳膊上连着输液皮条,脸色苍白,脸部和四肢白白胖胖的,是那种病态的虚胖。安慰几句后,高院长把李主任两口子拉到病房外面走廊上。

"怎么没有听你说,什么时候发现的,可确诊了?"高院长明知故问道。

李主任满脸愁容,叹了口气说:"哎,一开始老是低烧,省人民医院内科主任说是间质性肺炎给收住院,住院后低烧始终不退,也查不出来原因,后来发现胸水越来越多,考虑是胸腔肿瘤,但是CT、磁共振都做了,就是找不到病灶,后来又抽胸水找癌细胞,抽了两次也没有找到。"

李主任转身回病房从床头柜抽屉中拿出来一大摞病历和检查单,翻出来几张递给高院长:"最后让我们转上海华山医院肿瘤科,不是内科主任联系的还住不上。住院也是抽胸水找细胞,最后找到了癌细胞,是一种叫胸壁间皮肉瘤的肿瘤。"

李主任爱人杨大姐在一旁埋怨道:"要是早点到上海,桦桦就不会耽误这么久了。"

高院长说:"事已至此,你们两口子要挺住啊,你们有信心,孩子就多一份坚强。你也知道,恶性肿瘤不是都治不好,治疗后活几十年的病人多的是。我们医院原来中药房的小杜,胃癌到现在都二十多年了,不都好好的吗?肿瘤这东西因人而异,思想放松是主要的,让丫头心里不要有包袱!"

"杨大姐,你和老李要心放宽点,千万不要在孩子面前说泄气的话!"何书记也在一旁叮嘱李主任爱人。

"高院长,张院长,何书记,感谢你们这么忙还来医院看望桦桦。说实话,我心里都想,这个病要是生在我身上就好了,丫头才二十多岁呢!"李主任的爱人说着眼圈就红了。

高院长连忙安慰道:"杨大姐你不要过分伤心,又不是治不好,回头让张院长与省人民医院的主任联系一下,他与专家熟,让他们尽最大努力治,有什么困难需要医院帮忙你们就说,老李平时工作那么认真,我们医院尽一点力也是应该的。"

李主任说:"暂时也不需要医院帮什么忙,就是科里的事这两天顾不上管。我可能还要请几天假,等丫头这次化疗做完后再上班,新设备调试的事我已经交代徐医生了。"

高院长说:"医院的事不急,先把女儿的病治好再说!"

说话间高院长仔细打量了一下李主任,发现李主任一个月不到老了不少,头上明显看到不少白头发。老李是第一届工农兵大学生,根正苗红,贫农出身,毕业后直接分到金西山区的兵工厂,在厂医院干放射。后来随国家三线厂撤并,老李他们厂整体并入了金冶集团,老李也就来到了金冶医院放射科。老李不愧是老党员,工作十分认真负责,技术也过硬,特别是X光片的冲洗火候掌握得精准,洗出的片子层次分明,清晰度高,与省市大医院的数码片几乎一样清晰,周边一些小医院经常请他去指导洗片。放射科医师每年都有将近一个月的放射假,老李每年都放弃休息,说科里人少,长时间休息影响工作。医院领导不好意思,就象征性补助一点奖金给他。前几年医院又提拔他当了放射科主任,老李的工作积极性就更高了,科里工作安排得井井有条,一点不需要医院领导烦神。

老李这代人是第一批赶上独生子女政策的,妻子在公司物业部食堂上班。两口子就这么一个女儿,平时视如掌上明珠,人到老年,全部的希望就寄托在孩子身上。女儿今年才24岁,参加工作不到一年,就患上了绝症,可以想象对老李夫妇的打击有多大。虽然大家都安慰说现在很多癌症能治好,但李主任是多年的放射科主任,对癌症的愈后心里是十分清楚的,但又有什么办法呢?

转眼就到了年底,回顾搬家后这一年多时间,大大小小倒霉的事情不断。何书记建议年底搞一场隆重的迎春联欢会,以崭新的面貌进入新的一年。班子会上三人形成统一意见,要搞就正正规规搞,不但要排练几个好节目,还要搞现场摸奖,奖品准备多多的,人人都有份!

元旦下午,金冶医院迎新春联欢会在住院大楼八楼会议室里召开了。在何书记的努力下,袁董事长、胡书记还有常务副总经理等公司领导全部到了现场。医院搬家一年多了,虽然出了不少事,但医院的业务开展得还是非常出色的,不但不要集团公司补贴了,全年收支还有结余。集团公司领导们也想借这个机会给医院班子鼓鼓气,所以都忙中抽闲来参会了。

领导到齐后联欢会直接开幕,袁董事长代表集团公司发表了热情洋溢的祝词。第一个节目是护理部表演的舞蹈《感恩的心》,十位年轻护士的表演很到位,配上专业伴唱,十分感人;然后是男声小合唱《珍惜》,四位小伙子的声音还真有苏有朋的味道,场下掌声不断。演出中间,在主持人和医院领导班子的一再邀请下,袁董事长即兴声情并茂地演唱了一首刘和刚的《父亲》。袁董事长的声音有些沙哑，但感情十足，现场掌声特别热烈，袁董事长十分高兴。

最后一个节目是用桂原土话表演的说唱节目《挖芋头》。内科小王连唱带比画的表演把大家逗得前仰后合，最后一句歌词唱完的时候，小王突然从舞台旁边的椅子下面，拿出一个真的大芋头，捧着送到袁董事长跟前。袁董事长和几个领导被逗得哈哈大笑，接着又面面相觑，不知道接好还是不接好。

小王加入这个桥段的目的是想让领导开心，挖了这么大的一个芋头当然要送给领导尝尝嘛！不是有首民歌唱道"挑担茶叶上北京，香茶献给毛主席"嘛。但小王没有考虑周到的是：在桂原地方话中，讲一个人头脑不清楚，就说他是芋头。把芋头送给袁董事长，等于说袁董事长就是一个芋头。所以袁董事长当时笑得有点尴尬，半天才把芋头接过去。

联欢会在热热闹闹的气氛中结束了。送领导们走的时候，胡书记开玩笑地说："这下袁董事长至少三个月不会批评你们了，搞得不错！"

送走领导后，何书记忧心忡忡地对高院长说："这个小王也是的，怎么把芋头送给袁董事长，不知道袁董事长可生气噢，事先也不和我们说一声。"

高院长说："我看袁董事长不会生气的，好不容易挖出一个大宝贝，送给领导不是很正常吗？过去不经常把最好的东西送给毛主席吗？袁董事长最崇拜毛主席，他不会生气的。"

这年的冬天特别寒冷，元旦前就开始下雪，中间下下停停，最后一场大雪一直下到年三十。电视上满是各地火车站汽车站大量人员滞留，省长市长到车站慰问旅客以及各地鼓励农民工就地过年等新闻。金冶医院病房都是单体空调，室外机结冰化不掉，扇叶打在冰上发出像拖拉机马达一样的声音，一天到晚响个不停。医院刚建成的自行车棚也被大雪压倒，前院后院一堆堆铲出来的雪久久不化。

春节后上班没几天，何书记和张院长来到高院长办公室。何书记说："李主任女儿的病情越来越重，李主任带女儿又去了几趟上海，前前后后医疗费已经花了二十多万。李主任还花了十多万从外地一个私人医院里买了一种自费药品，说有特效。李主任爱人单位已经为他们搞了一次募捐，我们医院也要搞一次吧？"高院长说："应当搞一次，最好给集团公司工会递个申请，让工会救助一下。"

第二天，医院在会议室搞了一个简单的捐款仪式，院领导带头，全院职工总共捐款两万多元。下午何书记和张院长代表院领导去李主任家送捐款。李主任住在金冶集团20世纪70年代建成的老小区里，小区的楼房都只有三四层高，粗糙的红砖外墙暴露出楼房的出生年代。从昏暗的楼梯道上到三楼，右手边就是李主任家。一进门，两人看见躺在床上的李桦桦已经瘦得只剩皮包骨头，四肢苍白肿胀，脸色灰暗，两人都不忍多看。

李主任这套房子是20世纪80年代企业分的，后来搞房改补了几千块钱就算是有产权了。房子总共只有四十几个平方，入门的小过道就算是个客厅，一大一小两个房间，厨房和卫生间小得一个人转不过身。两个房间由于光线不足，白天晚上都很暗，墙角布满灰尘，墙上的涂料已经蜕变成灰色，好几处都发霉脱落了，想必是李主任两口子整天服侍女儿没空收拾房间。这几年医院效益不错，李主任两口子也攒了一些钱，本想女儿上班后把积攒的一些钱贴上换一个大点的房子，哪知道天有不测风云，人有旦夕祸福，女儿的病已经花光了他们所有的积蓄。现在两口子只希望女儿的病能尽快治好，其他一切都放到旁边了。

何书记和张院长都是第一次到李主任家，这凄凉的景象确实超出了他们的想象。其实李主任那一代人都是这样的，只不过李主任刚过上几年好日子就遇到这祸事。

新年开局各方面似乎都不错：一是医院硬件的改善和医疗水平的提高，赢得了病人的信任，医院出现了大医院才有的等床住院现象；二是精神科新开的三病区病人快住满了；三是医院获得省残联精神残疾鉴定机构的资质。看来那个联欢会真的把霉运赶走了。

最令职工兴奋的是，数额大大出乎意料的经济补偿金终于落袋为安了。

近年来，金冶集团一直在走下坡路，在袁董事长没来之前，企业已经连续几年亏损，而且企业的安全和环保还经常出问题。袁董事长来了以后，采取了一系列振兴企业的有力措施，企业面貌发生了巨大变化，多年的亏损状态也被扭转，同时也解决了很多职工福利方面的欠账，其中就包括投资给医院建新大楼。但是俗话说病来如山倒，病去如抽丝，要想把多年的沉疴一朝化解也不现实。在袁董事长的带领下，新的企业领导班子干劲十足，信心百倍，但他们也敏锐地看到，当前国际国内经济形势十分严峻，金冶集团要发展壮大必须要有外来资本的注入，也就是必须走资产重组的路子。

经过几年的游说，市里最终采纳了袁董事长提出的全市大冶金规划。简单地说就是桂原市的冶金企业改革分三步走：第一步，几个冶金企业同时进行政策性破产，把历史上形成的陈年旧债一笔勾销，把企业办社会职能剥离掉；第二步，把几家冶金企业主业资产整合成一个企业，以整合后的企业引进外部资本进行资产重组；第三步，实施企业搬迁入园，把目前散布在市区几处的工厂全部搬进北郊的创新技术工业园。

市里实际上最看重这第三步。全市这几家老的冶金企业当初建厂时都在市郊，后来由于城市的发展扩张，这些企业逐步就被市区包围了，个别企业现在已经处于市中心了。企业的安全环保问题一直压得市领导喘不过气来。锅炉一冒黄烟，下水道一排黑水，化学气体一泄漏，附近居民就上访。

更要命的是几家企业经常出安全事故。有一次东边的冶金厂锅炉爆炸了，死了好几个工人，锅炉上的一个大阀门竟然飞出去二百多米，落到旁边一个生活小区的草地上。当时省电视台还播发了新闻：电视上一群居民围着一个大铁盖子，一个老爷子对着记者说："我正在草地上遛狗，猛然听到一声炸雷一样的响声，然后一个圆圆的东西就飞过来了，我还以为是飞碟，差一点就砸到了我！"

这几家冶金企业等于是悬在全市市民头上或者说是悬在省市领导头

上的定时炸弹。

国有企业破产就要给职工买断工龄,这是 20 世纪 90 年代后期国家出台的政策,后来这项政策被渐渐叫停了,统一按《劳动法》办。当时的企业领导一方面想借这个政策为员工谋点福利,另一方面也想借此消除职工对改革的阻力。通过集团领导的精心运作,金冶集团最终赶上了桂原市买断工龄的末班车。

买断工龄钱是根据职工的工龄和上年度月平均工资计算的,工龄长、工资高的人拿到的补偿金就多。内科的吕主任工龄有 40 年,工资也高,一下子拿到了近二十万元补偿金。发放补偿金那天,吕主任拿到现金支票后,脸笑得像一朵荷花,激动得用他那口河南话不停地说:"买酒和(喝),买酒和(喝)!"吕主任拿到钱两个月后就退休了,医院缺医生又把他返聘回来了,什么也没有变,突然拿了二十万,谁说没有天上掉馅饼的事?

但高额经济补偿金的发放似乎标志着金冶医院高工资时代的结束。

金冶医院搬家后,金冶集团一直要求医院规范管理,其中规范员工工资奖金是重要内容。过去一年多,医院一直在与集团公司人资部打太极拳。虽然人资部把医院历年的工资表、奖金表都要走了,但是真要算清楚每个人的工资收入,工作量也很大,何况医院的人员本来就复杂:有正式职工,有人事代理人员,有退休返聘人员,还有外聘的专家。医院很早就开始按市场化方式核算奖金,员工总体收入水平高,但个人之间差距也大。有的员工工资比车间工人还低,而说工资高的,人家大医院专家工资零头都不止这些。

再说医院的奖金也分好多种,什么提成,什么兼职补助,什么效益奖励;发放时间也不固定,有每月发的,有每季发的,有年度发的,还有随时发的。总之想统计出每个人的具体收入很麻烦,再要评价收入高了低了更难。所以集团公司领导一直也就睁一只眼闭一只眼,只要不太过分就行。人资部这些干部平时和医院领导都是朋友,也不愿意得罪人。所以规范工资奖金一直是雷声大,雨点小。

这次买断工龄把医院员工收入的底全部兜了出来。每个人的收入都是由医院财务科加班加点一笔一笔统计出来的，并且经过桂原市企业改革办公室现场核实。工资高补偿就高，谁的收入也不能隐瞒。看到这么高的买断工龄钱，车间工人们心里又多了一份不平衡。

金冶集团这次动真格的了。首先把高院长和张院长的工资放到集团公司财务部发，然后实行医院员工工资总额控制——我不管你怎么发，全年就这么多。而且规定正式职工的工资全部套用企业标准并经人资部核定，奖金方案要报人资部批准，奖金发放表要报分管领导审核签字后才能发放。真心要管，哪有管不住的理！医院职工收入一下子降了一大截。

对于医院领导班子来说，这个规范工资奖金反而是一件好事。因为搬家后集团公司对医院班子实行责任制考核，就是每年必须完成多少利润。医院规模大了、业务收入多了不代表利润就多，正如桂原人土话说的那样：好大黄鳝好大洞。搬家后员工数量增加了将近一倍，人工成本支出猛增；房屋配套设施建设、水电维修、固废处置、污水处理、保安保洁、业务招待样样支出都是过去的好几倍；过去医院在企业跟前，有大树罩着，现在搬到马路边，各个业务部门都要打交道……所以，维持过去的高工资根本不可能，但是总不能突然间无缘无故把职工收入降掉吧！

正在左右为难之际，这一"规范"正好解了领导班子的围。如果"规范"放在去年，大家的买断钱就少多了！

第六章

周一是院长查房的时间,高院长与张院长两个人有分工:高院长负责精神科,张院长负责内科、外科。

精神科大查房后有一个疑难病例讨论。今天要讨论的是一例精分症合并尿毒症患者。患者在精神科二病区住了一年多,三个月前查出肾功能不全并逐渐形成尿毒症。金冶医院的内科技术有限,也没有透析设备,搞不好患者会死在医院,应当立即转院治疗。但联系了省市几家大医院,他们都以没有精神科为由不接收。市精神病医院说尿毒症他们也治不了,也不愿意收。总不能让患者在金冶医院等死吧!大家讨论了半天,最后也没有讨论出好办法。

病例讨论结束后,病区孙主任拉住高院长说:"院长,现在医保中心越来越不像话了,我们科病人住院时间都特别长,但是医保中心仍然按住院人次结算,住几个月就给两千多元怎么够!医保办牛主任她们向医保中心反映了许多次,医保中心就是不给解决。"

"那我们治疗一段时间给病人办个出院,再住进来可行?"高院长问道。

"那不行,医保中心说那算分解住院,出院后必须过半个月再住院才算另一人次。精神病患者放回家半个月?出了事他们又不担责任!"孙主任激动地说。

"院长,你得出面向他们反映反映,医保办去说不管用,别的医院都不像我们这样特殊,精神病患者占了一大半,而且基本上都是长年住院,我们不去说,别的医院不会去说的!"

"好,我回头问问牛主任她们再讲。"高院长说着离开了病区。

医保中心这个政策这些年一直都是这样执行的,过去并没有多大矛盾。前几年金冶医院专科倾向还没有现在这么明显,内外妇儿各科病人都收,精神科病人住院时间长,别的科病人住院时间短,拉长补短也吃不了多少亏。但是现在医院业务重点转到了精神科,病区都开了三个,下一步还准备往精神病医院转型,而其他临床科室业务一直在萎缩,矛盾就突出起来了。

回到办公室,高院长把医保办牛主任找来,牛主任说:"这还不是最主要的,上个月他们又出台了一个新规定,定了一个人次人头比,就是门诊看9个病人,才能收1个住院病人,比例不够,收的病人他们就不付费。"

"我们医院现在以精神科为主,门诊病人本身就不是很多,而且普通门诊还免挂号费,不收挂号费就不会上传数据,不上传数据医保中心又统计不到人次,这样一来我们门诊人次就差很多。"牛主任苦着脸埋怨着。

"高院长,你得想想办法,要不你亲自找他们反映反映?"

"那别的医院怎么解决的?"

"别家医院都与我们不一样啊!市精神病医院属于三级医院,他们与省人民医院、金医附院一样都是实行总额预付制,与我们级别差不多的职工医院都没有这么多专科病人。"

高院长拍了一下脑袋:"哦,我忘了,刚才孙主任已经和我讲过了,哪天我们一起去医保中心,找他们反映反映!"

周五上午,高院长和牛主任来到桂原市医保中心管理五科。五科是分管职工医院的,去之前牛主任已经与五科许科长联系过了,两人直接到了许科长的办公室。高院长把定额拨付存在的问题向许科长做了简要说明,然后提出来能不能针对金冶医院这样专科病人较多的医院调整一下结算办法。

许科长很耐心地听高院长把话说完,然后双手一摊,很平静地说:"这个政策是中心老早制定的,各家医院这么多年也都是这样执行的,我们哪有权力给你们家单独调整?"

高院长说:"正因为是多年前定的,现在情况不同了,所以才需要调整啊。"

许科长有点不乐意,说:"精神病有几个能治好的,不就是把病人看在那里不出去闯祸嘛!有什么特别的治疗要花那么多钱?我看市精神病院住院病人的医疗费用也不比你们家高多少!"

高院长听他这样说有点生气了:"许科长,你不能这样看待精神病专科。精神科医生所要掌握的理论知识是其他科医生没法比的。在国外最优秀的医学院毕业生才能当精神科医生。现代社会生活节奏快压力大,城市、农村精神病人都很多,患者家属对精神病人的康复期望值也非常高。每个病人我们都要认真分析病因,制定个性化治疗方案,为的是对病人、对家庭、对社会负责。一个精神病人对患者全家意味着什么你知道吗?"

"把我们精神科医生说成是养老院的护理员,要么你真的一点也不懂,要么就是你压根看不起精神科医生。"高院长也不知道怎么突然这么激动,说着说着嘴就收不住了。也许是这些年社会上的误解在心里憋得太久了,许科长的那句话正好引爆了高院长心中的怒火。

"好了,好了,高院长,我不和你抬这个杠,但是定额问题我解决不了,要不你找我们领导说去!"许科长坐在椅子上直挥手。

高院长心想与他讲只能是对牛弹琴,不如直接上楼找领导。在走廊里,牛主任劝阻道:"我们这样找领导可好?听人家说许科长这个人固执得很,油盐不进,而且报复心强,搞得不好他会给我们穿小鞋的。"

高院长说:"不找领导他不也在给我们穿小鞋了吗?不怕他,他不也说让我们去找领导吗?"

两人直奔十楼滕主任的办公室,恰巧滕主任在。高院长与滕主任比较熟悉,冯院长在任时,他就与滕主任经常打交道。

滕主任未听完高院长的讲述就打断道:"这个问题我们已经注意到了,有几家专科医院也在反映,局里最近准备把医院意见大的几个问题集中来讨论一下,准备下半年来调整。初步的意见是对精神病患者采取按床日付费结算,你们先不要急,下半年不也快了吗?"

从滕主任那回来以后,高院长心里轻松了许多,看来做事还是要与政府多沟通,光埋头拉车不行,还要不时抬头看路。精神专科还要大发展。

两周以后的一个下午,医院突然来了五个人,自称是医保中心稽核科的,说有人举报金冶医院免患者住院自付费用,涉嫌诱导住院,他们奉命来查账。

财务科安主任把人带到高院长办公室问怎么办。高院长第一个念头是:一定是许科长在报复他。但是现在管不了那么多,人家来检查总不能不让查吧?那不更是此地无银三百两了!他随即表现出若无其事的样子告诉安主任,按他们要求提供方便,要查什么就给他们查什么。

安主任带人去财务科后,高院长叫来了牛主任,问自家医院可有免病人费用这种情况。当时医保病人免门槛费和其他自付费用在桂原市业内是公开的秘密。根据医保中心的规定,患者住院有一个起付线,就是俗称的门槛费,门槛费以下的费用患者个人自理,为的是防止小病也来住院。超过门槛费以上的费用,医保资金报销大头,个人承担小头。医保刚实施时管得松,一些小医院就通过免收患者门槛费和自付费用的方法吸引患者到他们那里住院。后来不光不收费用,还免费给病人吃饭,给患者送礼品。结果附近退休老头老太三天两头就去住院,有病治病,无病体检,不亦乐乎。医院当然不会吃亏,羊毛出在"牛"身上,医院先掏点小钱,然后医保支付大钱。

所以医保中心对这种免费医疗的"好人好事"深恶痛绝,历来从严打击。

金冶医院在前几年不规范时也干过这种上不了台面的事,但自从搬家后就洗手不干了。

但是不想做和不做是两个层次。金冶集团个别老职工总是以生活困难为由要求医院免除部分费用,实在缠不过的时候医院也确实免过,毕竟过去有过先例嘛,讲大道理很难说服那些老职工。还有一种情况是医疗纠纷，闹到最后医院为了息事宁人，往往把免掉自付费用作为解决纠纷的手段。所以对待突然来的检查，高院长的心里并不像脸上那么淡定。

五个人折腾到下班，翻看了一大堆凭证，还要把一部分凭证带回去细查，给财务科打了个借条，说一周后可去领回。

送走这些人后，安主任给高院长汇报说："主要就是查一个叫李守琴的病人，说这个人去年9月份在我们家住院时，我们免了她的门槛费和个人自付费用。但据我了解这个人确实没有免，我们把出院结算单调出来看了，现金和个人账户一共收了她270多元。"

那时候医保中心与医院还没有实行计算机联网，患者出院都是各家医院按照政策自己计算出患者自付多少，报销多少，每月底把结算材料统一报到医保中心审核，审核无误后，医保中心再拨付应由医保支付的费用。高院长担心万一当时算错了，少收了费用，他们一定认为是医院故意算错，那就跳到黄河也洗不清了。高院长让医保办和财务科连晚加班把那个病人的费用从头到尾重新核算了一遍，结果发现不但没有少收，有个药品误为自费的，还多收了18块钱。

"多收没关系，就怕少收！"高院长松了一口气说。

凭证抱走刚到一周，高院长就让牛主任找个理由抓紧去拿回来。倒不是担心凭证丢了，而是想尽早知道可有什么问题。

牛主任当即就去医保中心把凭证要了回来，说医保中心的人讲暂时没有发现什么问题，凭证先退回来，如果需要再来调。

高院长心里还是不放心，又打电话给医保中心滕主任。先前高院长没有打电话是因为医保中心还在调查，自己打电话怕滕主任不便回答。再说那个时候打电话也让人感觉金冶医院就是有问题。现在打电话不早不晚。

滕主任在电话里说："没有事情噢！也不是什么人举报，也就是一个偶然的事。都是局办公室那个小子瞎说惹的事！

"我们人社局不是有个QQ群吗？没事大家都在里面聊天，聊到现在很多医院违规免患者门槛费的事，局办公室新来的小王就说，他母亲上次在金冶医院住院也是一分钱没有花。分管局长刚好看到了这段聊天,当然要让医保中心查了。后来找小王核实的时候,小王说是听他妈说的,他妈又说是记错了,不是没花钱,而是付了二百多,是老头子结的账。

"办公室主任那天说了那小子,不能听风就是雨,让医保中心一帮人忙了半个月,屁事没有!"

原来是这么回事,高院长差点冤枉了许科长,连忙说:"我们职工医院一向规范管理,怎么可能干这个踩红线的事呢!不过滕主任,有些政策出台可也要考虑我们职工医院的利益啊!"

"那当然,我在局里经常和大家说,职工医院也是公立医院,他们虽然规模小点,但和民营医院不一样,我们应当区别对待。"

"那是,那是!"高院长附和着。

……

周五晚上,位于桂原市中心的富城大酒店门前车水马龙,酒店大厅灯火辉煌,穿得像空姐似的迎宾小姐一直将宾客送到包厢门口。高院长今晚宴请的是两位来自北京的贵客。

前天下午,中铁安江局机关医院的洪院长给高院长来电话,说他们局北京办事处的王处长认识一位朋友,是北京一家慈善机构的领导,这家机构正在实施一个医疗设备捐赠项目。王处长想着给洪院长捡个红包,哪知道对方捐赠的设备都是精神病诊断与康复方面的,洪院长的医院根本用不上,于是洪院长就把这件好事让给了高院长。高院长一听,这天上掉馅饼的事当然求之不得,而且洪院长还是桂原市职工医院管理协会的会长,肯定不会开玩笑的。

高院长带着办公室高主任和办事员小孙早早来到包厢等候。一会儿,洪院长领着一男一女到了。洪院长指着其中高高大大的中年女同志说:"这位是乌主任,是中国健康产业慈善基金会的执行主任,这次她和基金会协作单位的刘总来桂原就是落实这个捐赠项目的。"

高院长连忙热情地与乌主任和刘总握手:"乌主任、刘总,感谢你们把这个项目落在我们医院,也要感谢洪会长。"

聊了一会后,洪院长说:"高总,今晚人不多,我们菜就点些少而精的如何?"洪院长见人就叫老总,估计是整天与他们中铁那帮项目经理在一起叫惯了。

高院长说:"当然啊,北京的贵宾光临,就劳驾你洪会长受累安排下呗!我搞不好。"

洪院长抱着菜单慢慢翻了半天终于点好了菜,又向服务员叮嘱了几句。不大一会凉菜上桌,高院长招呼大家就座。刚坐下,洪院长又提议道:"高总,酒还没有点吧,我们今天就来瓶水井坊怎么样?先搞一瓶,不够再说。"

高院长说:"好啊,今晚都是你洪会长当家!"

乌主任不喝酒,小孙和刘总都说不能喝,勉强各自倒了小半杯,剩下的酒几乎是高院长、洪院长和乌总三人包了。酒过三巡、菜过五味以后,话题又说到项目上。

乌主任说:"高院长,这批医疗设备总价值1000多万。你得感谢王处长和洪会长啊。"

"那当然了,我们职工医院是一家嘛,不过可有什么附加条件啊?"高院长心里还是有点疑惑。

乌主任:"没有附加条件,唯一要求的是这批设备的10%捐赠手续费要受赠单位承担!"

高院长心想,10%手续费不多,等于白捡。又问了一句:"这些设备我们都用得上吧?"

"不急不急,高总,明天有的是时间谈,我们今晚陪乌主任好好吃饭聊天。"

说话间,两个穿着厨师服装的人推着一个像馄饨摊样子的操作台进了包厢。操作台上面有一个燃气灶头,灶头上放着一口平底锅,锅里放着的几块动物内脏样的东西正吱吱啦啦发出响声,每块肉上插着一枚探针,探针根部连着一根电线。跟着进来的服务员说:"这是你们点的法国鹅肝,这道菜需要现场制作,我们的大师傅在北京做过厨师,被我们酒店特地聘来掌勺。鹅肝烹饪时最讲究火候,肝的中心部分达到98度最好,高了肝老,低了未熟,所以我们制作时每块鹅肝都插了一根温度计。"

不一会,鹅肝好了,高院长咬了一口,就像莴笋放长时间蔫了的感觉,有点脆还有点腥,没觉得有什么好吃。

一瓶酒很快就见底了,洪院长歪着头看着高院长,眼镜片后面的眼球显得特别大,一脸坏笑地问:"高总,再搞一瓶怎么样?"

"当然要再来一瓶嘛!"高院长立马附和道。心想洪院长今天怎么忽然变得这么客气起来了?

"好,服务员再来一瓶!"洪院长一拍桌子。

这酒有点厉害,52度还是530毫升,两瓶下去,几个人都喝多了。借着酒劲大家又大着舌头说了一会话,乌主任说时间不早了都散了吧。洪院长也说喝多了要回去了。

回去的时候,高主任拦了一辆出租车。一上车,小孙就大叫:"院长,你猜这顿饭结了多少钱?!"

高院长说:"多少钱? 最多千把块呗!"

"千把块? 三个千把块都不止! 连酒带菜一共付了三千六!"

"啊! 怎么要那么多钱?"高院长酒醒了一大半。高院长大约记得,小孙一个月的工资还不到两千元,就是说六个人的这顿饭吃掉了小孙将近两个月的工资。农村长大的高院长是个一贯节约的人,在同事口中就是一抠门,不论公款、私款都抠门。这顿饭花了这么多钱,可大大出乎高院长的意料。

"光那两瓶酒就要1600元,那个法国鹅肝,一人份就要120元。太宰人了!"小孙接着抱怨。

"啊! 一瓶酒800元!"这下高院长的酒全醒了。高院长估计鹅肝不便宜,但没想到这酒这么贵。

"是啊,水井坊挺贵的,超市都要卖600多,酒店加点价是肯定的。"高主任接着小孙的话说道。

高院长这才回过味来,为什么洪院长要第二瓶酒的时候眼睛老是盯着高院长看。高院长是第一次听到"水井坊"这个酒名,听着有点像"稻花香""老村长",还心想洪院长怎么要这么便宜的酒,乌主任他们可会不高兴?要第二瓶时,洪院长那个眼神的意思是:"这酒可贵了,钱可带够了?别等会结账出洋相!"高院长理解成:"这酒度数不低,再搞一瓶你可架得住?"

高院长想想自己也太窝囊,当了这么多年院长,都不知道水井坊酒,没有喝过嘛!他猛地把手一摆,大着舌头嘟囔着:"都是洪会长惹的事!都是洪会长惹的事!"

后来才知道,中铁北京办事处的王处长被人忽悠了,那个乌主任就是一个骗子,北京这样的骗子很多。套路就是先挂个什么基金会牌子,然后忽悠厂家捐赠设备。捐赠的产品免税,基金会通过运作把设备的价值定得高高的,厂家抵的税比产品售价还高,还得了个做慈善的美名,当然乐意。乌主任他们再把这批设备假捐真卖地弄到医院(设备价值也就只值手续费),空手套白狼。当然高院长最终并没有上当。

第七章

桂原市的春天是一年当中最短的季节。进入三月份,天气就像个顽皮的孩子,一会儿冷一会儿热。有时候春节刚过,天气就热得让人不得不换上单衣;有时候阳历四月底还能来场倒春寒,把大街上那些早早换上单衣的靓女帅哥们冻个措手不及,出尽洋相。等到气温稳定下来的时候,基本上就进入夏天了,所以当地人都说桂原没有春天。

五一节过后,洪院长带一位秦州的朋友来金冶医院谈合作。这位朋友自称是秦州市一家民营医院的院长,姓胡,说自己早年在二军大高压氧研究中心工作过,对高压氧治疗技术有很好的研究,后来辞职下海,托管了秦州市南城医院,专科负责脑外伤植物人促醒,这两年业务做得很好,医院的高压氧治疗技术在全国也小有名气。鉴于金安省内尚无这样的专科医院,他想在桂原市找一家合作单位,共同开展脑外伤植物人治疗。

胡院长认为民营医院过分计较利益,合作矛盾多,公立医院又不可能与人合作,所以职工医院是最佳合作对象。洪院长与胡院长是二军大毕业的校友。胡院长最早想与洪院长合作,但洪院长的医院马上要拆迁,而金冶医院刚建了新大楼,病房宽松,住院条件也不错,所以洪院长就推荐校友到高院长这里来试试。

高院长分析这个项目倒是不错,风险不大,也不要医院投入,与医院现有业务也不冲突,反正医院还有一层楼空着。而且胡院长这个人仪表堂堂,言谈举止温文尔雅,不像以前接触到的民营医院老板,身上没有那种商人气。张院长也认为金冶医院虽然精神科有优势,但其他科室技术力量都很薄弱,如果能把这个项目引进来,就能形成两条腿走路的态势,对医院发展肯定有利,也表示赞同。

高院长让胡院长回去认真准备一份技术合作方案报来,金冶医院这边再论证一下。因还有其他事,洪院长就领着胡院长匆匆忙忙走了。

下午,高院长去市卫生局接着跑二级医院的事。上次李总问了市政府的朋友,也没问到什么结果。但是袁董事长上周又提到了这事,还得往下走啊,医院大楼盖得这么漂亮,还是个一级小医院,说出去多没面子。高院长在外面开会就怕人家提医院等级。

高院长先到赵处长那儿打探情况。赵处长说:"虽然卫生部医疗机构设置标准规定二级医院是100张床以上,但几年前金安省二甲医院评审细则早就把床位提高到了250张。根据这个标准,你们医院床位肯定不够,即使勉强设了那么多床,你的房屋面积也不够。另外,现在市区内医院密度已经很高了,局里也很少再批二级医院了,你们就是够了条件也很难给你批。"

高院长听赵处长这么一说,心里凉了一大截。

回来后,高院长苦思冥想:二甲医院要250张,我不要二甲可行?我先办成二级医院,以后再评审不行吗?或者我就评个二乙不行吗?抓烂了腮帮子,高院长终于想出了一个办法:

医疗机构许可证上只有医院名称、举办人、地址、注册资金和核定床位等一些栏目,唯独没有标注几级医院。几级医院是通过核定床位数和批准机关的层级来判断的,外行人从执业证上看不出医院等级,而且那些登记信息都是可以变更的。高院长想我现在到卫生局不提升二级医院的事,就是申请变更床位。现在业务扩大了,床位不够用了,我申请增加床位数总可以吧?金冶医院执业证上床位数是80张,我申请增加20张,变成100张不就行了吗?

高院长为想到这个妙招兴奋得差点叫了起来。

第二天下午,高院长又开车来到市政府行政服务中心。车刚停好,就远远地看见服务中心的大门里涌出来许多人,人群一边跑着一边慌张地四处张望。高院长不知道发生了什么事,仍然逆着人流进入了大厅,发现平时人头攒动的大厅几乎空无一人，只有少数几个工作人员站在柜台后面愣愣地望着门口。

卫生局窗口没有人，高院长问旁边土地局柜台里站着的一个小伙子："卫生局窗口今天怎么没有人，大厅今天怎么这么冷清啊？"

小伙子微微一笑地说："都躲地震跑出去了，刚才地震了你不知道啊？房子晃得好厉害！"

"噢，我刚才在开车，没有感觉到，怪不得那么多人往外跑！"高院长猛然明白过来。

"都是怕死鬼！这个房子全是框架结构，牢得很，再大地震都没有事。就是有事，等你发觉了跑也来不及啊！"小伙子抱着双手，用不屑的口气说道。

过了一会儿，躲地震的人陆陆续续回来了，韩处长也在其中。人群乱哄哄地议论。

网上消息已经出来了，是四川发生了大地震，初步测定是7.8级……

等韩处长的情绪从地震的恐慌中平静下来后，高院长走近说："韩处长，你还记得我吧？我是金冶医院的，今天来申请床位变更。现在医院搬迁了，住院病人很多，我们的床位不够用，我们想把床位增加到100张。"高院长刻意回避"二级医院"这几个敏感的字眼。

"这个我们不能给你们增加啊，你们医院的执业许可证是区里发的，变更要到区里去变更啊！"韩处长更聪明，她当然知道高院长是冲着二级医院来的，但她也不想再得罪高院长一次，因此她也刻意不提"二级医院"这几个字。

高院长这才想起了这个茬。人家韩处长回答得无懈可击，那就到区卫生局去吧，反正只要变更到100张床就行。于是高院长下楼直奔北桂区卫生局。到了北桂区卫生局，医政科办事员说科长不在，让高院长第二天再来。高院长只得回到了医院。

回到医院，高院长把从网上搜到的卫生部发的《医疗机构管理条例》《医疗机构设置标准》和《金安省医院等级评审标准》等卫生法律法规，翻来覆去研究了半天。依据现有法律法规,北桂区卫生局只能批一级医院,而一级医院的床位数上限就是99张,因此理论上区局最大只能将床位变更成99张。看来"曲线救国"也行不通,但不管怎么说,明天到区卫生局跑一趟再讲。

第二天,高院长到区卫生局医政科找到了刘科长。果如所料,刘科长说他们最大的权力只能变更到99张,100张就属于二级医院了,他们没有权力,得找市局。

高院长又折回市局找韩处长:"区里不给办,说100张床位是二级医院,归市里管,他们没有权力办。"

韩处长说:"区里可以办的,他们硬不给你办我也没有办法。"

高院长又折回区局对刘科长说:"市里说区里可以办,是你们不愿意办!"

刘科长说:"市里哪个讲的?"

高院长说:"韩处长亲口讲的!"

刘科长立马拿起电话,在台板下面找到韩处长的电话,拨通后说:"韩处长,他这个要求变更成100张,100张属于二级医院,我们区里怎么有权变更呢?"

听筒里隐约传出韩处长的声音,讲了半天,刘科长放下了电话,对着高院长问:"你可就是想把执业证上面的床位变成100张就行了?"

高院长说:"是的!"

刘科长说:"好,我给你一张表,你按表格上的要求把材料准备齐了交到窗口或者直接交到我这里也行,材料齐了我就给你办!"

半个月后,高院长终于拿到了变更后的执业许可证,证是重新打的,设置床位那一栏清楚地写着"100张"。

高院长这时已经没有多少兴奋的感觉了。这几趟办证程序走下来,他也学习了不少医政管理知识,现在都可以给别人当老师了。国家规定:三级医院由省里批,二级医院由市里批,一级医院由区里批。也就是说,只要这个执业许可证是区里发的,就是个一级医院。当然一级医院的床位无论如何不能超过99张,但是高院长今天拿到手的真真切切是一张区卫生局发的、核定床位100张的执业许可证。韩处长可能也是发现了政府政策的矛盾之处,既然地方政府把二级医院标准提到了250张,那么一级医院床位就可以增加到249张,一味封堵高院长也不是办法,搞急了高院长吵到上面也很烦人,所以就动员刘科长办了算了,反正卫生局没有哪个人会认金冶医院是二级医院的。

高院长把那张执业证复印了好几张,汇报工作时交给了李总一张。同时也给袁董事长发了一个短信,说二级医院办下来了,100张床就是二级医院。

周六下午,金冶集团例行召开全体中层干部大会,这样的习惯自袁董事长来企业后就一直坚持着。大会最后是袁董事长的讲话,讲到第三个问题的第四个方面时,突然点了金冶医院的名,说他最近接到医院职工的一个短信,短信说医院院长胡作非为,任人唯亲,滥发奖金,职工怨声载道,集团公司却不管不问护着他。袁董事长会上宣布立即成立调查组,下周一进驻医院调查,这次一定要严肃处理。

高院长十分惊讶,他虽然坐在后排的拐角位置,但感觉袁董事长的眼光好像就是在盯着自己。从语气中也能听出,袁董事长十分生气。而且袁董事长对此事似乎早有定论,否则不会在事情未调查清楚之前,就说出表态性的语句,看来一再出现的匿名信确实让袁董事长反感。高院长心想这次又有大麻烦了,但转念一想心里又坦然了,自从集团公司规范工资奖金以后,医院不敢乱发一分钱,奖金方案都是经过集体讨论而且严格执行的,怎么可能"滥发奖金、胡作非为"?让他查吧,查完了看能说什么。

散会的时候,几个关系不错的中层干部开玩笑地问高院长:"又收到表扬信了?"高院长只得以苦笑回应。

第八章

　　整个周末高院长的情绪都是低落的，回想这几年一路风风雨雨极不容易，却得不到领导和员工的理解，非常郁闷。

　　二十多年前，高汇泉从金安省内一所卫校毕业分到桂原市冶金厂医院（金冶医院的前身）。学校虽然是个不起眼的中专，但是专业名称却很响亮，叫精神医士。当时即使是医学院的本科，专业也没有分得这么细。这个卫校把专业直接设到精神科，就是想别出心裁抄近路培养专科医生。很显然，这些高中基础课程都未接触的初中生，仅靠短短三年时间不可能学到多深的专业技术。但当时这个创新确实受到很多医院的欢迎，至少当时的桂原冶金厂医院就是想招一名精神科医生而向人事局报了要人计划，高汇泉也正是因为这个计划才分到了省城。当时的大中专学生都是国家包分配，学校风气也比较正。高汇泉所在的精神医士班一共四十人，上级下达的毕业分配单位也是四十个。学校就按毕业会考的成绩，从第一名到第十名让学生依次排队选择分配单位，有点像现在高考的平行志愿。前十名以后的学生再根据学习成绩、家乡和个人志愿统筹决定分配单位。高汇泉毕业会考全班第一，四十个单位都可以挑。高汇泉老家是桂原市郊县的，一心想到省城，省城只有金冶医院要人，所以最终高汇泉奔着大城市来到了小医院。

　　那时候的中专毕业生与现在可不一样，成绩都很优秀。特别是农村的孩子，能考上中专绝不会读高中，只有考不上中专才接着读高中考大学。高汇泉分来冶金厂那年，厂里总共来了五十多名大中专毕业生，他们集中住在两栋单身宿舍楼里。高汇泉凭着聪明的头脑和开朗的性格，很快在这些单身汉中成为活跃人物。高汇泉打牌、下棋、打球样样在行,特别是围棋下得好。有一次高汇泉学围棋国手多面打,在单身宿舍也搞了一次围棋象棋双面打,就是同时和两人下棋,而且是与其中一人下象棋,和另一人下围棋。高汇泉左边一个将军右边一个叫吃,结果两盘均取胜,因此得了个"高手"雅号。后来整个单身宿舍楼都知道有个"高手"。在单身宿舍楼里,只有高汇泉可自称"高手",其他人在高汇泉口中都叫"篓子"。

这样的高手在医院里自然也不会是个庸手。对于精神科来说,高汇泉是正儿八经的科班出身。要不是冶金厂医院庙太小,高汇泉早就是知名精神科专家了。当年很多成绩不如他的同班同学,现在都是省内外大医院的精神科学术权威,还有几个在国外当教授。

自从这个小高来了以后,厂医院的精神科病房也就正规开了起来。以前的几位老医生都是从其他科改行的,除了知识陈旧外,观念也很保守,年龄大了也不想做事。初出校门的小高自然不想荒废了自己的专业,在院长的支持下,经过小高几年的努力,医院精神科很快被搞得有声有色,在桂原市也有了一定的名气。除了专业能力外,小高爱好也很广泛,写写画画,打球下棋,照相摄像样样都小精通。厂里搞个演讲、办个比赛,院长都爱叫他去,他也从不推辞。1989年,全市统一搞等级医院评审,小高被院长看中,选为医院评审办公室成员,全权负责医院病历整改、规章制度制定和宣传策划工作。在厂电视台的帮助下,小高自编自导了一部评审专题电视片,播放给专家组看后效果非常好,得到了院领导的高度赞扬。在冶金厂医院这样一个缺乏专业人才的地方,一个中专生也就逐步从精神科医生、精神科主任,一直干到大内科主任岗位。

小高在大内科主任岗位上的第二年,桂原冶金厂医院的领导班子发生了重大变化。当时医院领导班子一共有四人:院长和书记都是从部队转业的干部,差两三年都到退休年龄了;两个副院长一男一女,男的姓魏,是前几年从平江县医院调过来的内科医生,女的姓冯,是厂医院的老人,最早是会计,后来管过院办后勤,虽然不是卫生专业出身,但管理能力并不差。那时企业效益不好,厂里经常折腾,一会搞债转股,一会搞下岗,一会搞内退,每年春节过后都要搞一次干部调整。

在企业里,医院是后方,院长又是专业性比较强的岗位,干部调整的冲击一直不大。1999年春节过后,厂里又开始了例行的干部调整。厂长在干部大会上宣布,距退休三年内的中层干部全部自动免职,也就是说医院的院长和书记同时下岗,事先一点征兆都没有,搞得两个老革命脸上十分挂不住。会上同时宣布接任医院院长的就是那位从平江县医院调来的魏副院长。这个任命倒没有什么意外,这位副院长四十来岁,又是内科副主任医师,一直分管医院的医疗工作。冯院长虽然在医院资历老一些,但她也知道自己是半路出家,不是医学专业出身,只想安安生生当好这个副院长。

哪知道,这个魏院长专业技术不错,但搞管理的水平如同小学生,按现在的话说就是情商太低。他上任后急于揽权,在医院中层干部中扶植新生派,打击本土派,大小利益通吃,而且吃相难看,逼得冯院长与医院本土派奋起反击,两派搞得水火不容。厂领导没有办法,最后搞了一次职工民主选举院长,结果冯院长高票当选。

冯院长上位后,魏院长自然不能再当副院长了,医院在厂生活区有个诊所,冯院长破例让魏院长承包经营。冯院长搞冯院长的事业,魏院长挣魏院长的钱,两人相安无事。

半年折腾下来,医院的领导班子就由四个人变成一个人了,冯院长成了光杆司令。冯院长的当务之急是要把班子再搭起来,这时年轻的内科主任高汇泉首先进入她的视野。一方面冯院长不是专业出身,急需一个专业人员当助手;另一方面高汇泉始终旗帜鲜明地支持冯院长,所以在冯院长的力荐下,高汇泉很快被厂里提拔为医院副院长。那是桂原冶金厂债转股后第六个月,桂原冶金厂改名为金安冶金集团有限公司,医院也因此改名为金安冶金集团有限公司职工医院,简称金冶医院。

债转股后,企业依旧困难,一度工资都发不出,自然不可能及时拨付医院运转费用。患者家属报不了医疗费,经常到冯院长办公室吵闹。冯院长又不敢说是公司没给钱,否则患者闹到公司领导那,冯院长就得挨骂。那时的赵董事长骂人有一句习惯性用语:"你还想不想干了?你还想不想干了!"

冯院长从销售老总那里得到信息,现在全国都是三角债,外面很多单位都欠金冶集团的钱。销售老总支招说:"你们看看有没有路子把欠款要到,要到了可以当你们医院的医疗费啊!"冯院长想这也许是个办法,就找到赵董事长说:"只要你同意,我找关系将我老家几个工厂的欠款要来,实在要不到,我就拉他们厂的物资来抵债。"赵董事长说:"你只要有本事要到,要多少都算你们医院的医疗经费,而且差你医院的拨款以后还照拨不误。"

有了这把尚方宝剑,冯院长来劲了,先找到在老家市政府工作的一个亲戚打了一圈招呼,然后一个厂一个厂上门做工作。有一家是汽车厂,欠金冶集团钢材款,冯院长要来了两辆救护车。自己医院的救护车反正要换了,另一辆比市场价便宜很多卖给了另一家职工医院;还有一家贸易公司欠金冶集团上百万的债,贸易公司说当地制药厂欠他们很多钱,只要制药厂还钱他们就还金冶集团的钱。正好这个制药厂的厂长是冯院长的远亲,通过协调,三方达成了从制药厂拿药品抵贸易公司欠金冶集团债这么个串换协议。然后冯院长就开始从制药厂拉货。这个制药厂是个小厂,生产的都是大路货,不是葡萄糖水就是维生素,不值钱。好在大输液用量大,那段时间每隔一两个星期就有货车拉了满车的大输液开到金冶医院。这些大输液金冶医院不可能全用掉,冯院长就拿来抵账。那时金冶集团职工家属只要是传染病,都送到桂原市石化医院住院,石化医院有传染科,费用比市传染病院低,医院给不了钱,就把大输液送到石化医院;企业还有一些老工伤老干部常年住在菱湖市的温泉疗养院里,冯院长也是用大输液冲抵疗养费。抵账的大输液比医药公司卖的便宜很多,这些医院、疗养院也就半推半就接受了。

冯院长就是这样在极端艰难的环境下千方百计维持着医院运转。要是换作别人可能不愿意这么干:我院长只管把医院管理好就行了,你企业没有钱不是我院长的错，犯不着我动用私人关系来为公家做事。再说热脸蹭人家冷屁股把东西要来，还要求爹爹拜奶奶再抵给下家，烧香买磕头卖，两头都求人。

但是冯院长不这样想，她算她自己的账：自己为官一任不说造福一方，至少得干点实事吧？没有钱不光职工家属意见大，医院也无法正常运转。职工为什么投票选我当院长，不就是指望跟着我把医院搞好，前途大点挣钱多点吗？发展才是硬道理啊！没有钱什么事都干不成，谁会听你的！企业虽然承认欠医院的钱，但要到手里才为算啊，不然说不定哪天情况一变，一切都泡汤了！

这就是管理的哲学。当领导责任和风险都很大，现实中确实有不少干部就是这副德行，一说到当领导头削尖了往里钻，一讲担责任脑袋马上缩到肚子里。一边恋恋不舍自己的位子，一边又埋怨这里有风险那里有责任，甘蔗哪有两头甜的？

后来无数事实证明冯院长确实比一般人有眼光。

当然光凭这点串换还是不行。年关将近，缺钱的矛盾更突出。省建设集团有一批精神病人常年住在金冶医院，但是这个单位一直拖欠医疗费，每次会计去要钱他们都说企业要倒闭了没有钱。冯院长说今年无论如何得想办法要到钱，哪怕要来一部分也好。高汇泉说："我有一个办法，不知道你可同意。"然后把想法一讲，冯院长说："好，就用这个办法试试，不过小高你可掌握好火候，别搞出乱子来！"

腊月中旬一个工作日早晨，省建设集团总经理刚进办公室，紧跟着从门外进来一支排列整齐的小方队，领头的正是金冶医院副院长高汇泉。随着高副院长手向后一挥："向领导敬礼！"后面七八个男人齐刷刷举起了右手，表情严肃地向总经理敬了一个标准的军礼。总经理被这一幕搞懵了，看着这队人似乎有点面熟，但每个人的眼神都不那么自然。

这时领头的高汇泉说话了："不好意思打扰领导了，这些都曾经是你手下的兵，现在常年住在我们医院精神科，也欠了我们医院一大笔医疗费。每次催款你们都说企业困难，现在我们医院也快揭不开锅了，今天带他们回家来看看老领导,如果你们公司再不给医疗费,我就不准备带他们回去了,正好放他们回家过个年!"

总经理明白了缘由,脸色十分难看,坐在老板椅上闷头抽烟,也不看大家。

高汇泉也不说话。这些精神病人就在办公室的沙发上或坐着,或半躺着,或者直接拿茶杯到处找开水,有个人还把总经理烟灰缸里的香烟头捡起来叼到嘴里,找总经理要打火机。

总经理斜着眼看了高汇泉一眼说:"你不能这样搞吧?这样搞出了事你可要负责的!"

高汇泉说:"这些人病都算轻的,不会伤人的。我没有把狂躁症病人带来。狂躁症你应当知道,杀人是不要偿命的!"

总经理心想今天是来者不善了,猛吸一口烟,把烟头摁在烟灰缸中,眯着眼对高汇泉说:"你带他们先回去可好?我们下午开会研究研究你们的问题。"

高汇泉说:"那就让领导烦心了,可我得提醒一下,离春节也就头十天时间了,大家都要钱过年啊!"说完高汇泉提高嗓门,"紧急集合,立正,齐步走!"小方队迈着整齐的步伐走出了总经理的办公室。

没过几天,建设集团还了二十万元欠款。

……

冯院长虽然非专业出身,但为人很实在,做事也很大气,看问题不教条。跟着冯院长后面干了八年,高汇泉学到了很多书本上学不到的东西。这八年也是高汇泉工作最顺心的八年:医院班子就两个人,遇事两人一商量就定了,大事由冯院长扛着,具体事件由高汇泉张罗。两人一心扑在工作上,家和万事兴,这个时期是金冶医院发展的黄金时期。医院不但在老址上建了门诊楼,扩建了病房,后来又在路边买了这块地。再后来又赶上新来的袁董事长,住院部大楼又建了起来。而同期桂原市很多像金冶医院这样规模的医院都倒掉了。

冯院长退休后,高汇泉接任院长。集团公司吸取上次的教训,提拔副院长时通过职工选举的方法,现任张院长就是从三名竞争者中脱颖而出走上副院长岗位的。后来集团公司又统一配备了兼职支部书记,新班子在风风雨雨中走过了两年多。

"这两年来,我老高一心扑在工作上,时刻想着医院的发展,为了医院发展可以说绞尽脑汁。但是上任以来的一系列事情,极大打击了我的自信心。集团公司出台的一系列政策似乎都是与我过不去,经过这两年的收入规范,我和张院长的工资都降了一大半,每月拿到手只有三千多元。干院长以来,我没有安排一个亲戚朋友进医院,没有介绍一笔业务给亲友做,公务活动处处省钱。连水井坊酒都没有听说过,说起来都丢人!哪像人家洪院长,什么高档场所没有去过?还拿着年薪,收入是我的好几倍。尤其令人心寒的是,一些人还三番五次编造谎言无耻地陷害我,想想真有点灰心,凭着我的副主任职称,市精神病专家,到哪地方吃不上一碗饭!"高汇泉越想心里越委屈。

……

周一早上,由集团公司总经理助理兼纪委书记任安带队,一行七人的调查组进驻金冶医院。任书记年龄比高院长大十来岁,人很厚道。进了高院长的办公室,任书记带着调侃的口气说道:"小伙子,又有事了,公司叫我们来了解了解情况,你不要急,你忙你的,需要的时候我再来问你。"

高院长心里委屈,对着任书记抱怨道:"领导要是不信任我,我就不干算了!"

"哎,小伙子,不能这样说噢!领导又没说不让你干,有人反映问题总是要调查的吧,我相信你高院长不会的!"

随后调查组分成几组,有找职工谈话的,有到科室了解情况的,还有翻看财务账本的。谈话地点就在高院长办公室对面的小会议室。看着进进出出的员工,高院长心里就像打翻了五味瓶。

调查进行了两整天。经过调查小组的认真调查,短信中反映的问题基本不存在。同时调查组通过与职工谈话和民主测评,感到高院长和医院班子的工作还是不错的，大部分职工都是支持的。

一周后的周日下午，袁董事长打电话让高院长到他办公室聊聊。袁董事长对高院长说："你在医院干得还不错，这件事我也有点错怪你了。"

高院长说："总之是我的工作没有做细，以后尽可能团结大多数人！"

袁董事长说："也很正常，当家三年狗都嫌。我们也不要过分求全责备，搞管理这种事就是让好人说好，坏人说坏！所有人都说你好倒不一定是好事。"

"过段时间，我来给你们俩配个专职书记，也好帮你们俩分担一些工作。"袁董事长猛吸了一口烟说。

上次那个表扬信说高院长好得不得了，结果高院长被批；这个短信说高院长坏得不得了，结果高院长却受到了表扬。表扬信随着时间的流逝，越来越表明与高院长无关，这次的短信经过调查也基本上是诬告。有职工反映问题上级派人调查本身没有错，关键是袁董事长在干部大会上点出问题，实际上已经表明了一种态度，袁董事长应当是感觉到高院长受了委屈，所以今天说了一番知心话。高院长听到袁董事长能说这样的话，心里也就释然了！

第九章

梦想是走向光明的灯塔,
奋斗是创业路上的翅膀,
我们是一群与梦想共舞的桂动人。
我们全力以赴,
我们心手相连,
我们开拓进取。
啊……
成功一定属于光荣的桂动人,
辉煌一定属于奋发的桂动人。
啊……

早上八点整,铿锵有力的歌声从大楼的窗户飘向窗外,从诊室飘向走廊,从医生办公室飘向病房。门诊大厅里的患者已经习惯了这种歌声,那些老病号都知道,这是企业文化固定程序——开早会,唱厂歌。八点二十分挂号员才会来到窗口,医生才会出现在诊室,医院一天的工作才算正式开始。

这里是桂动集团医院一个极其普通的工作日上午。桂动集团全称是桂原动力机械集团股份有限公司,是桂原市早期上市公司之一,主要生产能源动力设备,其中柴油发动机年产量位居全国第二。该企业是金安省重点工业企业,也是桂原市利税大户。近年来企业发展势头强劲,业务收入大幅增长,产品供不应求。企业效益好,员工的福利也好。桂动集团医院是一家二级医院，原来房屋也很破旧，企业这几年效益好起来后加大了对医院的投入，去年刚建成了一幢十二层的医疗综合大楼，添置了CT、彩超等许多大型设备，医院形象可谓旧貌换新颜。桂动集团的企业文化在全省都很有名气。其中有两点最具特色：一是全员绩效考核，二是班前开早会唱厂歌。刚才医院职工班前会上唱的歌曲就是厂歌，据说歌词是集团公司石总做的，曲子是金安省文化馆纪馆长谱的。

桂动集团医院大楼虽然建得漂亮，但员工都抱着企业这棵大树好乘凉，不思进取，医院医疗技术仍旧是过去的水平。医院有企业罩着，挣不挣钱不重要，重要的是要把职工家属服务好，没有意见就行，根本没有经营压力。医生技术职称不重要，重要的是考上企业的二级经理三级经理证，因此医生们都不学医疗技术，而是学习企业的规章制度和安全生产知识。

石总这套管理方法在企业里很有成效，但在医院里几乎没有用。"以企养医"的结果就是医务人员越来越懒，医生先是不愿意看病，到后来根本就不会看病。因此医院的病人越来越少，除了职工家属来医院看看小伤小病外，很少有其他人来这里看病。

面对这种情况，集团公司领导觉得不能再熟视无睹了，因此在现任院长退休之际，石总把已经退休了好几年的老院长——朱院长请了回来。朱院长退休以后被聘到一家民营医院当院长，据说管理很有一套。石总的意思是要朱院长把民营医院的那套管理体系应用到自己的医院里，彻底改变桂动集团医院目前颓废的样子。

朱院长回医院后，按集团公司领导的要求大胆推进改革。第一招改的是早会制度。医院每天早上都是患者就诊的高峰，如果因开早会而不接诊，业务影响太大，患者意见也大。因此朱院长决定除每周五早上保持早会外，周一到周四取消全院统一早会，把早上的时间还给患者；第二招是合并职能科室，把医务科、宣传科、科教科、信息科和人事科等职能科室和一些医技科室进行压缩合并，没有必要像大医院那样设置得这么全；第三招是调整奖金分配制度，大幅拉开医生与其他人员的奖金差距；第四招是对长期请假人员逐一进行核实清理,泡病假的必须立即回来上班,否则就解除劳动合同。

改革新政实施以后,医院就炸了锅。大家都习惯了过去吃企业大锅饭的好日子,只要企业的柴油机卖得掉就不愁自己的工资奖金,因此大多数职工都反对改革。新政虽说收入要向医生倾斜,但医生的收入要与工作量挂钩,真正有技术能看病的医生又有几个人?而那些岗位被撤并的人,抵触情绪就更大了。

受冲击最大的是两个人:一个是长期请病假,实际上在外面偷干活的放射科吴医生。吴医生请病假已经半年多了,朱院长上任后带着工会委员不打招呼直接上门"慰问",吴医生因而露馅;另一个是中药房的贾药师。医院中药房一天没有几个病人拿草药,中药房西药房两边都值班太浪费。朱院长把两个药房的人员合并到一起,一起排班,一起考核。这样既节约了人力,也方便了患者,周末也能抓中草药了,但却"扰乱"了贾药师的工作习惯。

吴医生说,我身体就是不好,你们上次来的时候我是给朋友临时帮个忙,叫我回医院上班我就到院长办公室跳楼。贾药师说,我是中药师不会发西药,让我发西药违反国家法律(实际上几年前桂动医院两个药房也是在一起的)。硬要叫我到西药房上班,我也要到朱院长办公室跳楼。朱院长说你们两个一起来,我陪你们,我们三个一起跳!

职工们也纷纷写信、发短信给集团公司领导,说朱院长胡作非为、无法无天,医院已经鸡飞狗跳、鸡犬不宁了,再不管要出大问题了!

一天下午,包括吴医生、贾药师在内的一帮人终于忍无可忍地来到集团公司石总的办公室。石总对医院最近的情况早已知晓,实际上也就是他让朱院长这么做的。石总耐着性子听完这帮人的无情控诉,一点面子也没有给他们:

"你们这些人就是闲出来、惯出来的毛病,没事整天写上访信,你看看,你们反映朱院长的信都堆一小堆了!"石总指着桌角的一叠信封说。

"你们看看,现在还有几个人愿意到公司医院看病,再不整顿可行?

"不看病也就算了,还给进拘留所的人开病假条,都成什么样子了!"石总讲的这个事,是金工三车间一个工人,半个多月未去上班,家里人到桂动医院找熟人开了一张病假条交到车间。结果有一天拘留所通知单位和家属去领人,车间才知道人被拘留了,闹了个大新闻。医生事先知情,故意配合家属糊弄车间,得了个大处分,差点被开除。

"朱院长这些改革措施我都知道,集团公司也是支持的。你们不要乱跑了,都回去,回去首先把各个科室墙上拒收红包的标牌都撕掉!

"拒收红包!你们如果有谁能收到红包你告诉我,我再加倍奖励你们!一个火疖子都看不好还有人给你们送红包?"

一帮人灰溜溜地从石总办公室出来了。自此以后,朱院长的改革阻力就小多了。

冰冻三尺非一日之寒,要想在短时间内把桂动医院搞得像桂动集团一样有名是不现实的,但医院至少要能够独立生存,每年不能有巨额亏损,这是起码的要求,也是石总给朱院长定的一个目标。什么叫巨额亏损?就是桂动医院不算企业投入的房屋和大型设备折旧,每年还要亏损五六百万元,这些钱基本上快够全院一百多号人发工资奖金了,也就是说职工都回家不用上班工资照发,企业也只要花这么多钱。

整顿内部管理只是基础工作,重要的是如何把医院的医疗技术提上去。朱院长一方面到处引进专业人才,一方面寻求对外合作。当时的省市大医院都在极力扩张,纷纷以办分院、托管医院等方式扩大地盘。朱院长认为对于桂动集团医院这样的医院,走公立大医院托管的路子最好。因为桂动集团医院的房屋、设备都是职工医院中一流的,医院离市中心也不远,周边也无大医院,唯一缺的就是技术。

朱院长把这个想法汇报给集团公司后,集团公司原则上表示同意,要求朱院长抓紧联系意向单位洽谈,企业唯一的要求就是医院不要成为企业负担。

二十世纪六七十年代医疗界有一句顺口溜:金眼科银骨科,又脏又累是妇产科。现在时代变了,标准也在变,过去又脏又累的妇产科现在变成了香饽饽。民营医院最爱办的就是妇产科医院,因为妇产科投入少利润多。民营医院最不喜欢的就是儿科,利润少还风险大,小孩子看病做不了什么检查,开药也是那么一点点。眼科、骨科民营医院办得也多,毕竟金子、银子任何时候都发光嘛!

当时的金安省人民医院骨科正在寻求合作医院。骨科是省人民医院重点科室,技术在省内数一数二。院内的发展已经没有空间了,院领导一直想借着骨科的名气向外扩展。现在桂动集团医院有这个想法当然相当好了。他们新建的楼房宽敞明亮,病房都是双人带卫生间的标准病房,最关键的是大部分病房都闲置着。两家正好互补!

……

2009年春节过后不久,西医中医、正方偏方都用尽了,李桦桦还是死了。女儿的生病和死亡,不但带走了老李两口子大部分家产,也彻底带走了老两口的精神寄托。

晚期肿瘤病人很脆弱,一口痰堵着或一口水呛着都是压死骆驼的最后一根稻草。李桦桦死后没几天的一个晚上,金冶医院内科病房也有一位晚期肿瘤患者平静地走完了生命的最后旅程,但是这个平静死亡的老人却给金冶医院带来了很长一段时间的不平静。

死者是一位八十多岁的老爷子,金冶集团退休职工。老人患晚期肺癌,在金安医科大学附属医院住院半年多,用尽各种治疗方法,但肿瘤依然全身转移,患者极度痛苦。为了让家里少花点冤枉钱,患者少受点罪,医生动员家属将老爷子转回单位医院治疗。住进金冶医院内科二十多天来,老爷子受到医生护士的细致照顾,精神受到安慰,痛苦得到减轻。患者死亡头天夜间,医院因氧气房设备故障,集中供氧中断了一个小时左右。值班护士看老爷子情况还好,况且大多数晚期癌症患者的吸氧仅仅是安慰性治疗,没有多大实际意义,也就没有给他换上瓶装氧气供氧。早晨的时候,家人还给老爷子喂了茶水,喝完水后没有一会就突然死了。

家属料理后事时说了一句"医院氧气断了害死人",被护士听到了,敏感的护士立即将这个情况报告给了张主任。张主任问明情况后觉得这个事件搞不好又是一起医疗纠纷。

但是患者家属紧接着一声不响地把遗体送到了殡仪馆,这又与常规套路不同。因为按照一般医疗纠纷的规律,如果患者家属对医院不满,第一步就是不拉走尸体,借死人压活人,占据谈判的有利地位。如果把尸体运走了,说明家属不想找医院麻烦了。

果然这家人不按套路出牌,第二天上午,患者儿子和女儿来病区找张主任,说医院氧气中断导致他父亲死亡,这个事情要给他们一个说法。家属走后,张主任和护士长立即上楼向高院长汇报。

张主任说:"这个事情医院多少有点责任,人家要是较真起来,我们还真不好说。患者女儿我还比较熟,我们是不是以医院的名义给他父亲送个花圈出点人情,给他们一个面子,家里人可能就不好意思来闹了。"

一旁的护士长说:"这样不行,我们从来没有给在医院去世的患者送过花圈,人家一来找我们就去送人情,正好说明医院心虚,反而给家属闹事提供依据,我认为不去为好!"

高院长说:"我也认为上门送人情不好。这个纠纷肯定是他们家亲戚朋友鼓动的,如果儿子女儿想闹事,昨天就不会把尸体拉走。我们一上门,那些七大姑八大姨更是找着由头了。"

"我们不管那么多了,把事情调查清楚,医院该多大责任承担多大责任,过分的要求我们不认!"高院长摇摇头继续说道,"现在这个社会,人在医院死了不去闹反而不正常,不去闹所有人都会说你太怂,医生真的难当啊!"

三四天后,大概丧事全办妥了,死者儿子女儿再次来到医院。这次提出了明确要求:一是要处理氧气中断事故的责任人,二是要赔偿他们精神损失费5万元。医院当然不能答应了。患者是晚期癌症,住进医院只是临终关怀。氧气对于这样的患者只是个象征,有氧气没氧气患者都是要死的。一点点细节没做到就要医院赔偿这么多钱,简直不讲道理!

张主任找死者女儿所在车间的领导去说情,人家没给面子。张主任想,平日里还是不错的朋友,怎么一讲到钱就翻脸不认人了?

大约又过了一周,袁董事长突然给高院长打来电话:"高院长,你们怎么把人给搞死了?机修车间的小李说他父亲在你们医院住院,出了医疗事故死了!"

高院长连忙将患者死亡情况和家属的要求详细汇报了,最后补充道:"其实也就是氧气断了半个小时,不吸氧不是死亡的原因。"

"氧气断了还得了!你们要妥善处理啊,他儿子来找我两次了,说医院不管他。"

这又是不按套路出牌的高明的一招。高院长这些年处理过不少医疗纠纷,没有患者家属找金冶集团的,最多去找市卫生局、区卫生局。这个患者家人都在金冶集团上班,他们知道医疗纠纷的处理决定权在院长,而院长是金冶集团任命的,不像政府办的医院,找卫生局反而没有什么用。这等于是拿住了高院长的命门,高院长好不容易在袁董事长心中建立了正面印象,让他这样一闹又毁干净了!

事情闹到这个地步,高院长感觉还真有点棘手。要是同意他的要求,赔五万块,别说以后遇到别的纠纷无法处理,就是袁董事长知道赔了这么多钱,肯定也要追究高院长的管理责任。但是如果不答应家属的要求,家属又会经常到袁董事长那闹。

高院长又找患者儿子所在车间的书记做工作。书记告诉高院长:"工作做了,家人同意把赔偿数字降到四万元,再少谁讲都不行。"

高院长想再找家属当面谈一谈,如果再降一些医院就答应算了。但是打电话找家属时,儿子说自己没有时间让找妹妹,女儿说自己也没有时间让找哥哥,总之就是不出面,那意思就是不给四万元免谈。

周六例行的集团公司中层干部会间隙,高院长把这件事情的前因后果以及家属的无理要求向袁董事长做了完整汇报,最后说:"袁董事长,这个事情医院多多少少有一些责任,但是一个晚期癌症患者最后不管如何精心护理都是挺不了多少时间的。当时氧气停掉的时候,他父亲并没有缺氧的症状,否则护士也会给他换上氧气瓶吸的。早上七点钟他女儿还给他喂水喝,喝过没有一会就不行了,旁边的患者都看到是喝水呛了。现在这些我们都不说了,我们对值班护士也做了处罚。但他要求赔偿四万块钱实在没有法律依据,让他走医疗事故鉴定程序他也不同意,如果依着他这样赔偿,以后再有医疗纠纷就很难处理。我们的意见是免了住院期间的医疗费,再象征性地赔点钱,在总额不超过一万元的情况下我们都能接受。"

袁董事长听完高院长的解释,也同意高院长的意见,家属得寸进尺、三番五次来找他,他也有点厌烦了。

有了袁董事长的支持,高院长心里淡定多了。这事也就慢慢往下拖着,反正他们不来医院,医院也不去找他们。

医疗纠纷与疾病有点类似,也分急性和慢性。所谓急性的就是突然发生的事故,多半是患者死亡,然后家属借着料理尸体这个关键节点,以不拉走尸体要挟医院,进而达到他们过分的赔偿要求。虽然国家法律严禁患者以这种方法胁迫医院,但是纠纷一旦发生,公安部门往往怕惹出群体性事件,警察投鼠忌器,又助长了家属这种歪风。医院在这种形势下,为了息事宁人,尽快恢复医疗秩序,往往违心答应患者家属很多不合理的要求。但这种以死人压活人的方法往往只在事故发生几天内有效,时间一长,家属人气一散,精神一疲劳,防线立马就会崩溃,所以这种纠纷叫作急性纠纷。

慢性纠纷就是事情不大或者急性纠纷急性期过后,家属慢慢来找医院纠缠,虽然不是一击致命,但也让人不堪其扰。有的患者家属一大早就在医院门口,看到院长书记就堵着不让上班;有的患者家属整天在院长书记办公室里坐着,你上班他上班,你下班他下班;有的患者家属天天到信访办去上访,信访办天天打电话叫医院去接人;还有的患者家属时不时到主任和医生家里去闹……总之什么手段都用尽。慢性病有时比急性病更难治。

又过了一段时间,袁董事长又打电话给高院长,让高院长去省冶金工业公司于书记那里汇报一下这件事,小李已经把这个事反映到省公司了。

实际上这个省冶金工业公司也不是金冶集团的上级。前面说过桂原市正寻找机会实施全市冶金企业重组搬迁，经过一段时间的上下运作，已经初步找到了重组意向单位，其中一个重要意向股东就是省冶金工业公司。这个于书记爷爷还没有当上，孙子的事就烦上门来了。

家属的意思就是要把事搞大，管你重组不重组，专找企业的软肋击打。高院长担心因为这个事影响了金冶集团的重组大事，那就坏了。袁董事长倒一点不担心：企业重组是省、市政府推动的大事，怎么会因为你这个小小的医疗纠纷而变化呢？同时袁董事长对小李这种越级上访的行为十分不爽，更加支持高院长。

高院长立即去于书记那里汇报。于书记通情达理地表示由企业做主妥善处理，并没有特殊指示。回来以后，新调来医院的郑书记对高院长说："死者除了这个小儿子和小女儿外，还有一个大儿子，在省机械厅当个什么领导。听说这个大儿子通情达理，一直不同意弟弟妹妹与医院闹，我们是不是哪天上他办公室去赔个礼，给足他面子，再请他做做弟妹们工作，让让步把这件事处理掉算了。这样他们家的面子有了，我们里子也有了，结束了我们都好忙大事，你看可行？"

高院长也没有更好的招，当即表态："哪天我们去试试！"

隔天下午，高院长与郑书记辗转找到大儿子所在的机关大楼办公室。一进办公室，两人就像小学生见到老师一样，把情况仔仔细细地向大儿子报告了一遍。大儿子毕竟是个部门领导，素养还是很高的，而且他从小也是在金冶集团长大的，对企业有很深的感情，看到高院长和郑书记专程登门，而且言辞如此诚恳，当即表态回家做弟妹工作，尽快把事情了结。

没过多久，小儿子给医院回话，同意医院的赔偿方案：赔偿一万元现金，再把老爷子死前几次在金冶住院的大约五千元医疗费报了。这个折腾医院小半年的医疗纠纷就这么结束了。

第十章

高院长的医疗纠纷谈妥的时候,朱院长的合作项目也到了正式签约阶段。

根据协议,桂动集团医院全部托管给省人民医院。桂动集团医院托管后挂牌金安省人民医院桂动分院。医院全部病房除留少量作为内外科病房外,其他全部改为骨科病房。医护人员全部按骨科转型培训,不愿转型的安排到其他科室。

托管后医院日常经营管理由省人民医院负责,省人民医院确保桂动医院不发生亏损,结余10%上交桂动集团,亏损由省人民医院全部承担。省人民医院派骨科虞主任担任桂动医院院长,书记和副院长由桂动集团任命。双方约定下个月正式签订托管协议。

然而就在这个档口,省人民医院那边出事了——虞主任被患者砍了!而且砍得很严重,事件影响很大,桂原当地的电视和报纸均有报道,《桂原晚报》新闻是这样写的:

"……当天上午虞勤华主任在门诊部坐诊时,被冲进来的患者用菜刀砍了十余刀,脸上和身上共有十多处刀口,出血性休克,险些丧命,伤口共缝了120多针,目前住在省医ICU病房抢救。

"据虞主任诊室导医护士回忆:'事情发生得很突然,凶手趁着门里的一个患者看病结束之际,硬挤进诊室坐在旁边的椅子上,于是我就把门关上,在门外面维持秩序。大约10多分钟后,虞主任从诊室里冲了出来,诊室的地上流有很多血,凶手跟着虞主任后面追。'……据了解,凶手在大厅里追到虞主任后,又砍了数刀,致使其昏倒在地。随后,凶手被闻讯赶来的医院保安制服。

"经调查,犯罪嫌疑人陈某曾因椎管狭窄伴腰椎滑脱于2009年4月在省人民医院骨科手术过。手术后自诉症状未缓解,而且疼痛加剧,多次找主刀医生讨说法,后又多次找该科主任虞勤华投诉。医院也组织过各科专家进行了讨论,认为手术是成功的,患者疼痛可能与心理因素有很大关系。后患者经常到科里纠缠,虞主任多次与其沟通都没有实际效果。因为心中有怨恨,凶手曾多次电话威胁过主刀医生和虞主任。案发当日,凶手又到诊室与虞主任纠缠,后矛盾激化,凶手拿出早已准备好的砍刀行凶。……据凶手家属称,凶手患有抑郁症,曾在桂原市精神病医院接受过治疗。"

院长出事了,合作的事情自然就搁置了下来。事件传到高院长这里时,高院长眼前立马浮现出上次患者拿长刀来就诊的画面,这年头医生可真不好当啊。很长一段时间坐门诊,高院长心里都多了几分莫名的紧张。

周一上午依然是高院长查房的时间。相对于门诊,病房的安全系数高多了。患者入院就像坐飞机,入院前先要安检,所有金属的东西、腰带、鞋带、长丝袜等都不能带进病房。医院发给患者专门制作的松紧腰裤子和免鞋带鞋子,主要是防止患者自杀。经过安检后,自伤和伤人的工具都没有了。物伤其类,今天高院长查房的心情明显有点压抑,对患者病情分析很少,跟着病区主任草草看了几个病人就准备结束。

最后看的是一个住21床的酒精性精神障碍患者。本来这样的患者算不得疑难病例,不需要院长看。但是孙主任说这个病人有点特殊,一定要院长看下。

病人姓陈,男性,52岁,是桂原郊区一所高中的副校长。患者高高瘦瘦的,言语亢进,病情有很长一段时间了。是学校与家人一道把病人送来的。据学校陪同来的同事说,陈校长爱喝酒,逢年过节总有一些学生和亲戚朋友去拜望他,校长总是要招待人家吃饭。酒席开始时,陈校长总是劝大家吃菜,但自己从不动筷。客人们一开始都认为是校长客气,埋怨校长不该这么客气,又不是外人。校长老婆说,你们先敬陈校长酒,敬好酒他就吃菜了。果然不假，几杯酒下肚后，陈校长立马不谦让了。原来陈校长长期酗酒落下了毛病，不喝酒手抖，筷子拿不稳，夹不住菜，所以一上桌不敢夹菜。几杯酒下肚后，手就不抖了，这才开始夹菜。后来大家都知道这个秘密后，一开席都主动敬他酒，几杯酒一喝，校长手立马不抖了——不但不抖，连炒花生米都能夹得住。

再后来陈校长的记性越来越差，经常忘记上课。不是把周一和周二的课搞混掉，就是把眼镜忘在家里。后来学校照顾他不让他带课，让他分管后勤。陈校长家就在学校后面的宿舍区，经常有老师看到陈校长在他家楼梯洞里来回转圈，上前一问才知道，陈校长忘记了他到底要回家还是要出门，要不是外人打断他的思路，他能在楼梯洞里转上一整天。

渐渐地大家感觉陈校长像是有什么毛病，于是就把他送到金冶医院来了。

在病房里，高院长与患者进行了谈话，并仔细观察了患者的行为动作。回到病区会议室，大家对21床的病情进行了讨论。

根据病史和基本检查，21床酒精性精神障碍的诊断是明确的。按照权威的理论，酒精相关的精神障碍主要分为三类：一类是常见的急性酒精中毒，就是俗称的醉酒；第二类是酒精戒断综合征；第三类是酒精所致精神障碍，这是酒精依赖后出现的最严重后果。酒精所致精神障碍患者，最常出现幻觉、嫉妒妄想、痴呆等症状。

这个患者幻觉、嫉妒妄想症状都有，但是嫉妒妄想症状特别严重，必须与精神分裂症的嫉妒妄想相鉴别，否则在治疗手段选择上极为困难，甚至相互矛盾。

高院长说："刚才大家都说了，他怀疑老婆对他不忠，怀疑教导主任向教育局打他小报告，这些都是嫉妒妄想常见症状，酒精性精神障碍和精神分裂症患者都可以有。但是我仔细看过患者的专科检查记录，患者出现这些症状的时候往往都是在戒酒一段时间后，而且每次都伴随着酒精戒断症状，这是判断酒精性精神障碍所致嫉妒妄想的重要依据，不信你们可以找时间再与患者深入交流一下。

"所以我个人的意见，这个人很明显是酒精性精神障碍。治疗上我建议少用药物，以心理治疗为主。随着环境的改变，患者不再大量摄入酒精，一些幻觉和妄想症状肯定会改善，如果是这样，就能反过来证明我们的诊断是正确的。"

讨论快要结束的时候，忽然听到走廊里有人在大声叫喊，紧接着听到猛烈的砸门声音。大家赶快走出会议室查看，原来是一个患者拿着病房的木凳使劲地砸着公共卫生间的门，一边砸一边喊："有种你就出来！有种你就出来！你出来我不砸死你！"在医护人员和其他患者的合力制止下，患者最后被拖回病房。

值班医生说："这个病人又出现幻觉了，非说男卫生间里有人冲他做鬼脸，还骂他，骂得还难听。他推开门进去又找不到人，然后自己又把门带上拿凳子砸。"

"这个病人是因为炒股赔了钱受到刺激引发的抑郁症，在这里治疗已经三个多月了，病情有所好转，上周值班医生小王谈论股票，被他在旁边听到了，受了刺激，这两天连续有幻听、幻视的症状。"值班医生对高院长进一步解释道。

高院长说："你们药物用量可能不足，如果用药足量，三个多月应当不会再出现幻觉了。"

值班医生说："这个病人一直是主任直接管的，用药应当没有问题吧！"

整个下午高院长都在放射科。因为金冶医院有史以来最值钱的一台医疗设备——16排螺旋CT机正在安装。经过半年多的申请，并且高院长向袁董事长、周书记、傅总等几位领导游说了一圈，集团公司才同意投资这台设备。又经过三个多月的招标谈判付款等手续，上周设备终于到达了医院。安装工程师已经进场三天了，说今天能够完成安装调试。下午四点多，第一张CT片子果然出来了。李主任说机器扫描很快，片子清晰度也很好。高院长的情绪顿时有所提振，叮嘱李主任配合工程师把安装收尾工作搞好，让设备尽快投入使用。

晚上是高院长总值班。受CT机安装成功的影响，高院长心情不错，习惯性地来到精二病区巡视病房，恰巧今晚是小王医生值班。高院长想起早上那个砸门的病人来了。王医生炒股，高院长也喜欢炒股，还是一个资深老股民，于是与王医生聊起了股票的事。

王医生说："早上那个病人就是北边建材厂的一个工人，五十多岁，文化程度不高，家里经济条件也很一般。大约十年前，他们车间的同事都在炒股，他看着大家整天谈论炒股挣钱十分羡慕。在同事的怂恿下，他悄悄地开了个证券账户，把偷存的三四千元私房钱全部拿来炒股。一开始挣了好几百元很开心，后来买到了一支地雷股，赔了不少钱，受了很大打击，他慢慢地精神就有点不正常，最后发展成抑郁症。"

高院长说："总共不就三四千元吗？能有多大打击？"

王医生说："院长你不知道，像有钱人投入三四十万，赔个三四千元不算个事。他家经济条件不好，三四千元还是瞒着老婆攒了两年多的私房钱。再说十年前三四千元也不是个小数目。"

"他车间同事来看他的时候，我详细问过他们。主要是那个赔钱的过程十分捉弄人，他想不开，受了刺激！"王医生忍不住笑着说。

"老鲁，同事都这么叫患者，当时全仓买入了一只叫上海钢管的股票，买入当天就涨停板，第二天公司开股东大会股票停牌。老鲁高兴得不得了，心想股东大会一定有好消息，否则怎么会开会前拉停板呢，等复牌时肯定还会有几个涨停板。老鲁美滋滋地等着股票复牌卖了挣大钱。

"哪知道，第三天股票复牌，开盘直接跌停板，这一曝一寒直接把老鲁打蒙圈了。炒过股票的人都知道，这一涨一跌两个停板，老鲁实际上已经被套住了，因为10元钱涨10%变成11元，11元跌10%就变成9.9元。

"老鲁高兴没到三天，就被打了这一记闷棍，心里十分郁闷。这时他的那些同事又故意吓唬他，说这个公司肯定出了大事，搞不好要被摘牌，你那全部的钱都要打水漂。老鲁被吓得不轻，第二天早上赶紧打电话下单想把股票卖掉。跌停板的股票排队卖，涨停板的股票排队买。他小散户那几手排在最后哪能卖得掉。第三天早上接着挂，结果那只股票又是跌停板开盘,全天都趴在跌停板的价格上一动不动。连续三天都是这样,老鲁连挂三天都没有卖掉。第四天老鲁死心了,早上没有挂单。哪知道那一天股票虽然跌停板开盘,但是很快就打开跌停板了,同事们发现了就问老鲁:'老鲁,早上可挂单了?今天你那钢管掀开盖子了!如果挂了就卖掉了!'

"老鲁说:'啊,我老是挂不掉,今天没有挂!'

"于是老鲁赶紧往电话那跑,等老鲁打通电话再挂单时,那个股票又封在停板上了,那还挂什么挂?老鲁气得把电话一摔。下午的时候,又发现盖子打开了,老鲁又忙不急去挂单,打通电话后又发现跌停了。气得老鲁说:'老子不卖了,看你跌到什么时候!'

"后来这个股票又拖拖拉拉跌了好几天,等价格稳定下来的时候,股价已经从13块多跌到6块多,也就是说老鲁的资金已经赔了一大半。同事们也坏,还继续吓唬他,说这个股票现在叫下跌中继,过段时间还要猛跌。老鲁一咬牙6块多把这个倒霉的上海钢管全部割掉了。卖掉第二天,这个可恨的钢管却再也不跌了,而是每天都上涨一点,慢慢地不到两个月的时间,股价又从6块多,一直涨到28块多,老鲁气得差点吐血。后来老鲁这个"掀盖子"的故事就在车间里广为流传了。"

说到这,王医生和高院长都忍不住大笑。

"同事们讲,要不是这只股票后来的事,老鲁还不会出毛病。"王医生继续说道,"第二年这个股票被一个做软件的公司给重组了。

"老鲁在这只股票上吃过大亏,所以这么多年一直盯着它。重组后的宝信软件就一直处于上升通道,去年的时候一度突破120元。股价达到100元的时候,同事们发现老鲁就有点不正常了:干活不如以前勤快了,有时半天坐在那不动,问他话也不说;过了一段时间,老鲁又像变了一个人似的,逮着人就眉飞色舞地说个不停,说他的一只股票涨停了,又说自己上个月一下子就赚了几百万,明年将成为全球首富等等,问他是哪只股票,他神秘地说天机不可泄露。

"他老婆也发现老鲁在家的举止变得越来越奇怪:一回家就把自己

关在屋里不出来,连老婆孩子都避而不见,好不容易走出来转一圈,也是一副闷闷不乐的样子,还特别容易因为一些小事发火;一吃东西就吐,说是胃里不舒服,晚上经常失眠;有时候又一个人在傻笑。"

"家里人三个月前把他送到我们科来的,最后我们给他的诊断是双向情感障碍。"王医生很遗憾的样子。

高院长接话道:"哦,这个你们可要注意啊!这种病又叫躁狂抑郁症,常见的表现就是心情大起大落,由极度亢奋突然转变为极度抑郁,即在情绪的两极间波动。这个病的治疗难度较大,容易反复发作。患者处于抑郁时常有明显幻觉,并且有强烈的自杀念头。"

王医生说:"是的,主任也交代过,我们晚上值班都把他当作重点监护对象。"

"小王,你最近炒股怎么样?"高院长把话题转到王医生身上。

"别说了!去年股灾我给套狠了,现在还套有百分之三四十。高院长你呢?"

"我现在基本不炒二级市场了,专打新股,收益还不错,这几年平均能达到20%。"

"哦,还是院长厉害!"

"大多数散户基本上就是把股市当作赌场。我这个年利20%已经非常不容易了,但是很多人还看不上,都恨不得一夜暴富,不赔才怪呢。

"别看不起每年20%的利润。你知道世界第八大奇迹是什么吗?"

"万里长城,外星人……"王医生瞅着高院长。

"都不是,是复利!"高院长拿出手机,"爱因斯坦说过,复利是世界第八大奇迹!

"你听过长工和地主斗智的故事吧?就是第1天只要1粒米,第2天要2粒米,一直给1个月。"

这时护士小李凑过来说:"我知道这个故事。说有个长工给地主家打工,地主问长工要多少工钱,长工说我不要工钱,只要你第1天给我1粒米,第2天给我2粒米,第3天给我4粒米,每天加倍,一直给到月底就可以了。地主说这个长工真笨,这样能有多少钱,就答应了,结果到月底一算,这个米数量大得不得了。是不是这个,院长?"

高院长说:"是的,但是你们可算过,地主一共要给多少米?尽管大胆地猜!"

"1公斤?……1麻袋?……1千斤?"两人边猜边望着高院长。

"两火车皮!"高院长一字一顿地说。

高院长打开手机上的计算器:"你们看啊,第1天1粒,第2天2粒,第3天4粒,8,16,32,第15天16384粒也不多啊。再看,第20天52万了,第29天2亿多,第30天5.37亿粒,不得了吧?

"先不管前面29天的,就算这最后一天的米有多少。一粒米大约相当我们维生素C片一片,是0.1克,那5.37亿粒就是53700千克,也就是53.7吨,再把前面29天的加上一共是107吨,是不是两火车皮?"

"不算还真想不到这么多!"两人有点惊讶。

"所以说这个复利是第八大奇迹。如果你有1万元,按一年期存款年利2.5%计算复利,30年后只有2万元;买理财大多都是5%年利,30年后也只有4.4万元;打新股只要每年利润达到20%,30年后你的1万元将变成237万元,几百倍,想不到吧?所以只要坚持,复利会让你拥有想象不到的财富。"

"高院长,从下月开始你不要给我发工资了,我只要米粒!"王医生一本正经的样子逗得三人哈哈大笑。

第十一章

金冶医院与秦州南城医院的合作项目经过半年的洽谈考察,终于瓜熟蒂落,双方正式签订了合作协议。

自从去年胡院长第一次与金冶医院接触后,双方后来谈了不下十余次。项目管理和利益分配等主要环节都没有分歧,主要障碍在医疗设备上。一般诊疗设备金冶医院都有,但神经康复科两项必需设备金冶医院没有。一项是CT机,神经康复科患者大多是脑外伤,没有CT机根本无法诊断;一项是高压氧舱,这个自不必多说。两项设备投资都得以百万计。开始双方都不愿意投入这么多钱买设备,后来双方各让一步,金冶医院投资CT机,南城医院投资高压氧舱。高院长他们认为随着经济的发展,CT机已经成为大医院的普通设备了,南方很多乡镇卫生院都有CT机,金冶医院要发展早晚也得买。而高压氧舱是专科设备,别的科室都用不上,并且金冶医院也没有这方面的操作人员,南城医院投资是情理之中的事。但南城医院最后选择了一个折中方案,准备买两台单人氧舱。这种氧舱体积小,一次只能容纳一个人治疗,但用的是纯氧,效果比大氧舱还好,而且两台单人舱的价格还不到一台多人氧舱价格的三分之一。缺点是病人多的时候氧舱周转慢,但项目早期也不可能有那么多病人,后期病人多了再加几台也不迟。

CT机属于大型乙类设备,购置要卫生部审批,每年各省就几台指标,一般都要提前两三年报计划,以金冶医院的级别根本批不了,就算最终批了,胡子都等白了。高院长就学冯院长的路子,管它审批不审批,先买了再说!心想反正是企业医院,真来检查就说工人体检用的,又不对外服务，你还能把它没收了？CT机投用后，设备障碍就消除了，因为高压氧舱很简单，只要南城医院付钱，半个月就能安装到位，至此合作项目就算基本谈妥了。秦州那边是民营医院，胡院长说行就算数。金冶医院必须报金冶集团批准才行。

金冶集团考虑到金冶医院第一次开展这么大的合作项目，应当充分调研，慎重决策，于是成立了一个合作项目小组负责调研论证。小组首先对周边各大医院神经内科和神经外科的病人情况进行调查。各大医院神经内科、神经外科门诊病房终年都是人满为患，住院部常年加床，走廊上加床加得人的脚都下不去，由此得出结论：只要疗效可靠，病人来源不成问题。调查小组然后又去南城医院进行考察。南城医院果然如胡院长所说，四个病区全部住的都是植物人患者，医生办公室和病区走廊墙上挂满了患者送的锦旗。这些病人住院时间长，医疗费收入高，病人的疗效也很好。患者都是大医院转来的或者口口相传而找上门的，医院既不打广告也不搞歪门邪道。项目小组认为这个项目可行，金冶集团同意医院签订合作协议。

最后一次去南城医院洽谈时，大家心情都很轻松。车上，高院长向合作项目小组人员说起病房21床陈校长夹花生米的故事，大家都笑得前仰后合，一致表示下次喝酒前都要用筷子夹一夹花生米，夹不上来的人不准喝酒。中午胡院长招待大家，桌上刚好上了一盘花生米，金冶集团管理部和法规部的两位副部长都抢着用筷子夹花生米，胡院长以为他们都特别爱吃花生米，叫服务员又上了一盘，一人跟前放一盘。胡院长认真的样子把几个人逗得哭笑不得。

金冶医院与秦州南城医院的合作协议最终在国庆节前正式签订了。秦州方面派出了一整套人马，包括主治医师、高压氧技师、护士长、经营推广人员等，同时委派该院副院长杜强担任合作项目负责人。合作病区于国庆节后正式开始运行。

半个月后，病区终于收住了两名患者。周五下午，合作病区搞了一个简单的开科仪式。晚餐特地选在桂原北门的和顺大酒店，寓意合作项目顺利开展。金冶医院领导班子、主要科室的主任,秦州南城医院胡院长、杜院长和合科病区骨干参加了晚上的聚餐。

晚宴上大家都很兴奋,胡院长表示一定要把这个项目做好,给金冶医院增强核心竞争力,提高知名度,增加业务收入。胡院长笑着说:"我们院长一年到头就是做两件事——挣钱和分钱,没有钱什么也白搭。"

"那是的!"大家都点头。

"挣钱难的时候,分钱容易。医院业务不行嘛,挣不到钱,每人二百块钱奖金,大家虽然不高兴,但没有人互相攀比;挣钱容易的时候,分钱就难。医院效益好了,奖金多了,你要是平均分,干活多的人就不愿意了——我们辛辛苦苦挣的钱,整天不干事的人也和我们一样多,下次我们也不干了!你要是不平均分,又有人说,我们也很辛苦,凭什么他们拿那么多奖金,不公平!怎么分都有意见。

"挣钱和分钱都不是好干的活。不是有个故事嘛,有一个老头有两个儿子,一个是卖雨伞的,一个是卖草鞋的。下雨天雨伞好卖但草鞋卖不掉,老头着急!到了晴天呢,草鞋好卖但雨伞又卖不掉,老头还是着急!"

高院长马上接过话茬:"对!对!我就是那老头,我就养了那两个儿子!"

"哈哈,我说得对吧!"胡院长笑着说。

"可不,医院要是完不成利润,袁董事长要找我们几个算账。"高院长望着旁边的张院长和郑书记说,"医院挣了点钱吧,坏人又写我的匿名信,说我一手遮天,乱发奖金!"

"我认为挣钱和分钱都是大学问!以前国民党是把挣来的钱分给资本家和地主,现在共产党是把挣来的钱分给劳苦大众,是不是?"胡院长继续着他的高论。

一直没有插上话的杜院长端着满满的一大杯酒来到高院长面前:"我们不但要把钱挣到,还要把钱分好。我们神经康复科,不但要治好神经病,还要治好精神病!"说完一口干掉那杯白酒。

"为治好精神病干杯!"大家共同举起了大酒杯,气氛达到了高潮。

开科以后,神经康复科的业务势头很好,很快,四十八张床位的标准病区已经有一半住上了患者。高压氧的治疗效果确实如胡院长所说,病人平均住院两三个月后都有明显的好转。病人大多是省市大医院下转的,由于治疗效果好,大医院的专家更加放心下转病人,科室经营进入了良性循环。

有这么好的开局,杜院长功不可没!

杜院长三十多岁,身材高大,性格豪爽,为人义气,酒量奇大。两颊标准的络腮胡子和微卷的头发很有文化人的气质。据说杜院长原来就是学艺术的,金安省师范学院艺术系毕业。毕业后独自闯荡江湖,开过画室,办过酒吧,承包过工程,但都不怎么成功,更没找到艺术家的感觉。后来加盟到胡院长的南城医院,专攻市场营销,终于闯出一片天地,也找到了"艺术"的感觉。

卤水点豆腐,一物降一物。医疗门外汉的文艺青年竟然与各大医院的医学专家有着天然的亲和力。金安省内各大医院神经内外科的专家们没有杜院长不认识的。这些表面上温文尔雅的学术大咖,与杜院长在一起时都成了江湖兄弟,酒桌上称兄道弟,大碗喝酒,大块吃肉。

金医附院神经外科专家唐教授,行业大佬,业界泰斗,还是省人大代表,一般人连说上话的机会都没有,但他见到杜院长就亲热得不得了,无话不说,一坐到酒桌上就要与杜院长炸雷子。大医院的专家教授也分派系,各派之间互不买账。杜院长能把各派头脑人物聚到一桌吃饭,桌上还不吵嘴,看来"文化人"还是有两把刷子的。

神经康复科开业后,杜院长常驻桂原,病区医疗工作交给赵主任负责,他自己带着经营团队一班人马全力跑外联,没有白天晚上,没有双休日节假日。如今合作科室初有起色,杜院长觉得应当庆贺一下,于是晚上下班后非要拉着高院长和几个主任到小酒馆喝酒。

这个小酒馆杜院长刚来桂原时就瞄上了,是一个武侠文化特色酒馆,名字叫"逍遥楼"。包厢全是以武侠小说中的门派起的名字,什么"少林""武当""青城""昆仑""丐帮"等等。包厢的墙上挂着宝剑、斗笠、弓箭等。菜名全是以小说中的功夫命名,什么"九阴真经",就是茶树菇炖粉皮;什么"大慈大悲掌"就是干锅手撕包菜;还有一个叫"大力丸"的菜,是个大肉圆子,一人只给点一丸,多了不行。酒店服务员都自称小二,客人都被尊称为大侠。

喝酒都用大碗喝。所谓的"碗"就是那种土窑烧制出来的灰色瓦碟,很有沧桑感。店里只供应坛子装的散酒,很便宜,倒的时候要像电视剧上那样,端着坛子高高地往碗里倒,倒一半洒一半,喝的时候要像武松那样端着碗一口干完。高院长哪喝得过杜院长,两三碗下来就有点招架不住了,后来也不顾形象了,一边喝一边故意让酒从两边口角往外流,杜院长说高院长赖皮,高院长说电视上大侠都是这样喝的啊!

一会儿几个坛子都喝干了,几个人都喝多了,拍桌子捶板凳叫着:"小二上酒!小二上酒!"

杜院长偷偷给高院长倒了一碗酒,然后拍着高院长的肩膀说:"老高,市场上死掉的就是两类人,一类是撑死掉的,一类是饿死掉的!"

经过一段时间的合作,杜院长与金冶医院班子成员已经非常熟悉了,尤其与高院长投脾气。常客半个主,大家彼此之间也就不那么客套了。高院长院内院外喜欢叫杜院长为老杜,其他院领导和几个主任也跟着高院长叫老杜。老杜在医院内还是称高院长为高院长,院外非正规场合也开始叫高院长为老高了。

称呼这个东西要仔细研究起来还是很有学问的。比如同样是一个姓高的人,通过不同的称呼就能品味出称呼人与被称呼人的亲疏程度和地位差别:你称呼他"高老头",说明你知道这个老头姓高,但与他并不熟悉,有点像一个小区里偶尔一起溜过狗的人;你如果称呼他"老高头",说明你与他比较熟悉,有点像退休工人活动室里经常下棋的对家;你如果称呼他"老高",说明你们是关系不错的朋友了;如果你称呼他"高老",说明这个人社会地位比你高,你尊敬他,但并不熟悉他。

医生护士之间的称呼也很微妙。比如在临床科室,住院医生和进修医生资历最浅,业内习称小医生。他们称呼科室里的其他人就十分有讲究。称呼主任医生、副主任医师都叫某某主任,不带副字;称呼主治医师叫某某老师,既顺口又尊敬;小医生之间互称老张老李而不是小张小李。

小医生们又怎么称呼整天面对的护士们呢?叫某某护士当然也没有错,但从来没有人这么叫,因为在医务人员当中护士的地位还是低一些的,直接叫人家护士有点不抬举人的感觉,就像遇到工人不能直接叫工人,应当叫师傅一样。所以这些小医生称呼护士也很讲究:年龄大一些的护士一般称为"某某老师",年纪比较轻的就叫"小王小李",护士长直接叫护士长——这一通叫下来,基本上就回避掉了护士这个含金量不高的称呼了。

"老高!市场上死掉的就两类人!"老杜一字一顿地又重复了一遍,"一类是撑死掉的,就是胆子太大,什么都敢干,目无法纪,做人做事一点底线都没有,结果早晚要出事,一出事都是大事;另一类是饿死掉的,做事前怕狼后怕虎,事事小心谨慎,一点风险都不敢担,树叶掉下来都怕砸了头,什么事办不成,活活饿死了。"

高院长强抬眼皮附和着说:"那是!那是!……你老杜火候掌握得最好!"

……

星期二早上,精二病区一名患者找不到了。对于精神科来说,这可是重大医疗事故。病区医护人员已经找了一上午没有找到,下午一上班孙主任赶紧打电话向高院长汇报。

丢失的病人是21床陈天睿,就是几个月前收进来的那个陈校长。陈校长入院后,医生选择心理疗法加音乐疗法,配合小剂量抗焦虑药物,三个月后患者的病情有了明显好转。一天下午放风时,医院篮球场边停着一辆送货的卡车,站在旁边的司机似乎挺着急。原来是车后胎爆了,司机换上备胎后,螺丝帽掉到旁边下水道里找不到了,急得直挠头。陈校长凑过去问是怎么回事。司机是常来医院送货的师傅,心想你一个精神病人凑什么热闹,我老司机都没有办法,和你说又有什么用,不想理他。但陈校长一个劲地问,司机才不屑地把事情一说。

陈校长说:"这不简单吗?你从另外三个轮子上各取下一个螺丝,给这个轮子装上,每个轮子有三个螺丝就固定住了,然后你开到修理厂把几个螺丝补齐不就行了吗?"

司机一摸脑袋说:"对啊!我怎么没有想到呢?"然后仔细打量了一下陈校长说,"你怎么能想到呢?"

陈校长一脸怒气地对司机说:"我们虽然精神有毛病,但人不笨。像你这种笨人司机都不配当!"

事情传到病区后,孙主任马上意识到陈校长可以出院了。因为精神病人一个最重要的特点就是对病情无自知力,就是不承认自己有病,一旦承认自己有病,就证明病情好转了。

普通老百姓口中的神经病其实是指医学上的精神病。医学上的神经病是指神经系统器质性疾病,比如脑出血、脑梗死等等,看这些毛病要到医院神经内科或神经外科。打个不太恰当的比喻,神经病好比电脑的硬件故障,而精神病好比电脑的软件故障。两种病的重要区别就是有无自知力。神经病都是患者主动去看病,而精神病大多都是被家里人强迫带去看病的。精神科医生接诊病人时,总是要先问一句:"你有什么毛病?"如果病人说我这疼那痒的,那就得慎重了,很可能是神经内科毛病;如果病人回答:"你才有毛病呢!"那基本上就可以确诊精神病了。

高院长接到电话后立即来到病区。护士长说:"21床这阵子恢复得很好,孙主任已经和家属联系过了,准备最近办出院手续。所以我们就把他从重症病房搬到普遍病房,没有重点监护。估计是什么时候趁铁门没关好溜出去了。"

"可问过家属了?"高院长提醒道。

护士长说:"院内院外都找遍了,后来又打电话给他老婆,他老婆说没有看到患者回家。"

下午临下班,正当大家一筹莫展的时候,陈校长老婆打来了电话,声音大得旁边的人都能听到:"孙主任,老陈自己回家了!他说他是早上趁食堂送餐时铁门没关好,偷着跑回家的。到家后他换了衣服不敢确认自己到底可跑出来了,特地又坐车到秦州打了一个长途电话给你们病房的护士,让护士找21床病人接电话,护士说21床病人找不到了,老陈才确定他真的跑出来了,然后才又坐车回家的。我上午在单位上班,哪知道他回过家。"

站在孙主任旁边的护士小李说:"那个电话就是我接的,我当时急着找人,竟然没有听出来是21床的声音。"

陈校长老婆在电话里接着说:"既然你们都说他可以出院了,他自己回来了不是更好,哪天我去办个出院手续就行了吧?"

孙主任立马认真地说:"不行!不行!你还是抓紧把陈校长送过来,他偷跑出院说明存在妄想,又跑到秦州打电话确认,说明认知仍然存在障碍,病肯定复发了!"

第十二章

神经康复科顺利运行以后，高院长心里踏实多了。如果这个科室发展起来了，那么金冶医院就至少有两个重点科室，而且这两个科室业务互不重叠，金冶医院就能形成两条腿走路的平稳格局，抗经营风险能力就强多了。

两条腿走路可以，但是老是脚踩两只船可不行。金冶医院一个院子一栋楼挂着两块牌子，"走一步看一步"已经看了四五年了。医院对外既叫金安冶金集团有限责任公司医院，又叫北桂区东风街道社区卫生服务中心。当年鼓励发展社区卫生服务时期政策宽松，卫生局对社区中心各种不规范现象也就睁一只眼闭一只眼。但是随着政府对社区卫生投入越来越大，卫生局对社区中心的考核也越来越严。不但要考核家庭健康档案建档率、重点慢性病管理率、儿保妇保健康教育等各项指标外，还要求中心的房屋、人员、财务都要完全独立。每次市卫生局秦处长来考核东风中心社区卫生工作，都说了一大堆意见，每次都搞得高院长很没面子。核心就是一个机构两块牌子。

秦处长说："你们企业医院，走社区是最佳出路，你们不要舍不得医院这个牌子，你们搞医疗根本无法与大医院竞争。政府现在大力支持社区卫生服务工作，多好的条件！你们老是端着碗里的又看着锅里的不行。市里其他几家职工医院早就彻底转型为社区卫生服务中心了，现在日子过得不是好得很？

"你们如果还是舍不得医院这块牌子，我们就要考虑把中心这块牌子收回来了，想办的人有的是！"

秦处长这样吓唬高院长已经不是一年两年了,但感觉越来越像真的了。老是这样拖着,卫生局真有可能把东风街道社区卫生中心的牌子给摘了。

西方有一句谚语:"机会总是留给有准备的人。"

2008年美国爆发了金融危机。这场危机迅速从美国扩展到全球,美国、日本、欧盟等主要发达经济体都陷入了衰退,发展中国家经济增速减缓,世界经济正面临着20世纪30年代以来最严峻的挑战。国际金融危机全面爆发后,中国出口出现负增长,大批农民工返乡。为了应对这种危局,中国政府于2008年11月推出了进一步扩大内需、促进经济平稳较快增长的十项措施。为实施这十项措施,三年内中央和地方政府总共约需投资4万亿元人民币。这就是"四万亿拉动内需计划"。

说简单点,就是政府出钱大搞基础建设,而且要快。一时间从中央到地方,从民生工程到国有企业,一个个建设项目迅速上马。十项措施第四项是"加快医疗卫生、文化教育事业发展"。医疗卫生重点是投资建设社区卫生服务中心。桂原市共有二十多家社区卫生服务中心被列入三年新建或改扩建计划,2008年就启动了一半以上。金冶医院挂牌的东风街道社区卫生服务中心不是政府直接举办的中心,一开始被理所当然地排除在外。北桂区大部分政府办社区卫生服务中心房屋都是新建的,没有什么新建扩建计划,为此北桂区卫生局受到上级领导的批评。区卫生局领导无奈只好反复动员各家社区卫生服务中心申报基建计划。望河路街道社区卫生服务中心鲁院长在卫生局的动员下,上报了一个装修计划。

市里说投资额不够。鲁院长说:"我总不能把门诊病房两年前才贴的墙砖、地砖全部铲掉重新贴吧?装电梯可算?我那老门诊楼没有电梯病人上下十分不便,市里要是同意,我想借此机会装两台电梯。"卫生局领导说:"行不行你先报上,我们来与发改委交涉。"总算凑够项目所需的规模。

就这样好不容易把2008年的基建计划任务完成了,市发改委又在催2009年的基建项目计划。卫生局哪还有项目可报?

高院长得知消息后,找到区卫生局领导说:"我们有项目啊!我们不但有土地,而且规划许可证好几年前就领过了,就是没钱开工。"

卫生局领导让高院长马上把项目材料提交上来。发改委领导看过材料后说:"职工医院也是国有的,扩大内需没有说不给职工医院投资,其他区还给民办社区卫生服务中心拨款装修,只要是社区卫生业务用房就行。"

高院长回来后把这个重大好消息告诉了张院长和郑书记,三人十分激动。

金冶医院新址总体规划是三栋大楼,南面一栋拟作为住院大楼,北面一栋规划是门诊大楼,还有一个作为行政用房的裙楼。由于企业经营形势不好,没有财力支撑整个规划的实施,要不是袁董事长调来,那个住院大楼估计到现在还在图纸上。为了这栋住院大楼,袁董事长已经与企业的大股东据理力争,这时候再让企业出钱建设另外两栋楼,高院长无法张口。医院自己更没有能力建。所以院子里那两栋楼的位置一直空着,草都长了半人高。前段时间在张院长提议下,医院建了一个临时篮球场给职工锻炼身体用。

金冶医院有土地、有规划,就缺资金,政府这边是资金充足,希望有好项目。区卫生局和区发改委都认为这是个好项目,规模也不小,一个新楼能顶好几个中心的装修,很快同意把东风街道社区卫生服务中心综合服务楼工程作为国债支持项目上报市发改委。剩下的程序性工作就不是问题了,区卫生局马上补发了立项报告,区发改委也立即补签了立项批文。一周之内,项目就正式上报到了市发改委。

高院长他们盘算着:这个楼不能再按门诊楼的功能设计,否则审核通不过,不如完全按照规范的社区卫生服务中心标准设计,建成以后,南楼就是金冶医院,北楼就是东风中心,正好院子有两个门,从院子中间画一条线,医院就分成两家了。一个机构两块牌子就真正变成两个机构两块牌子了。高院长心里还想着:等中心大楼建好以后,医院与中心就从房屋、人员、财务和业务范围方面全部分开。分开以后就让张院长负责社区中心的工作，一方面自己占着院长和中心主任两个位子完全没有必要，一个精神科专家干社区工作也不对口，另一方面也要给张院长他们年轻人一个平台。

项目虽然报上去了，但可行性研究、勘探、环评、设计、规划审批、施工招标等许多前期工作都需要做。高院长当年跑住院大楼审批手续时，前前后后用了两年多时间，审批机关的大大小小公章盖了一百多个。虽然这个项目是国债项目，一路绿灯，但真正开工至少要到明年。现在只有耐心等待了。

在全公司职工拿到买断工龄钱的一年多以后，金冶集团终于"破产"了。

这种破产叫"政策性破产"。并不是企业真的揭不开锅了，而是一个以破产为手段，以去历史包袱为目的的中国特色改革创新！破产后的企业只是变个名称轻装上阵，继续经营。金冶集团之所以买断工龄一年多后才实施破产，主要是一直没有找到接盘的人。桂原市共有大大小小四个国有冶金企业，经过省市领导和金冶集团上上下下多少人的努力，多少轮谈判，最终找到了婆家——中国金属工业总公司，还是个央企。

中国金属工业总公司在央企里是个小弟弟，规模不大。这几年该公司正在全国到处招兵买马，不管效益如何，先把盘子做大再说。因此在金安省和桂原市两级政府的极力撮合下，中金公司终于与桂原市政府达成重组全市冶金企业的协议。

破产清算的结果是金冶集团的净资产率为百分之二十，也就是说所有债权人的欠款只能按百分之二十支付，剩下的一笔勾销。覆巢之下没有完卵，那些包工头、小供应商一个个龇牙咧嘴。

承建金冶医院住院大楼的梁老板就是债权人之一。虽说住院大楼都使用两三年了，金冶集团还欠着梁老板一百多万工程尾款。这一百多万尾款二十几万块就打发了，梁老板心都在滴血。好在梁老板是见过世面的人，心胸宽广，这两年也挣了些钱，能扛得住，但一下子损失上百万，也很心疼。有一天找到袁董事长论理:"袁董事长,这样破产恐怕不讲理吧,医院不还在营业吗?我建的楼也还好好的,怎么就不给我盖房子的钱呢?"袁董事长说:"医院的资产属于生活福利性资产,按法律规定是不在破产清算范围内的,再说医院资产也交到市国资委了,不再属于企业了。"

"那我到市国资委要钱总可以吧!"梁老板说。

"那也要不到,钱是金冶集团欠你的,你找别人要肯定不行的。金冶集团不是资不抵债破产清算了吗?给你的二十多万就等于把尾款全都给你了,不再欠你钱了,你可明白?"

"我不明白,医院好好的,大楼也好好的,说不给钱就不给钱,谁能想明白!"梁老板绷着脸说。

类似这样的被破掉大笔钱的还有不少,债主们在企业里吵得不可开交。金冶集团的领导就分头做工作,破产只是个政策行为,企业还在干,今后给大家多找些工程做做,钱不就挣回来了吗?债主们也只好这样认了。

与金冶集团不同,桂动集团公司此刻正紧锣密鼓地筹划整体上市。

桂动集团是金安省内首批上市的大型国企之一。像早期上市的许多国企一样,桂动集团也是以全资子公司桂动股份分拆上市的。多年的运行发现,分拆上市存在上市资产和非上市资产利益冲突等一系列问题,不利于现代企业制度的建立。省国资委一直想先从桂动集团开始,推动桂动集团整体上市,实现混合所有制改革,为其他省属上市企业做出示范。

整体上市说起来就四个字,做起来却困难重重。其中一项就是必须解决企业办社会问题,而桂动集团医院的剥离又是桂动集团分离企业办社会的焦点。这几年桂动集团效益不错,企业投巨资异地新建了桂动集团医院,医院也升级为二级综合医院,职工增加到二百多人,这时候要剥离医院难度极大。当然一时剥离不了也不要紧,但医院不能亏损,不能成为企业的包袱,否则上市审批根本通不过。因此解决医院运作效率低的问题又被提到桂动集团重要日程上来了。一年多来,朱院长费了九牛二虎之力推动医院与金安省人民医院的合作,眼看快要落地了,因为虞主任的意外事故而暂停,而且这一停就是半年多。虞主任虽经全力抢救,没有留下太大的后遗症,但至今未正常上班。虞主任不在,这件事就很难再往下推。桂动集团这边等不及了,再等下去,影响整体上市可是大事。

在省国资委的牵头下,有个安西总院集团有意与桂动集团医院合作。这个安西总院集团是个民营医院,其实就是几年前在原安西煤矿集团职工医院的基础上改制成立的。安西总院集团要求必须从资产层面合作,就是双方合股,安西总院集团控股,桂动集团参股。桂动集团对股权并无太多要求,全部卖给对方都行,但考虑到民营控股医院职工难以接受,因此最后双方各退一步,各占百分之五十股份,医院日常经营权归安西总院集团。

既然是合股,按理说必须到工商局登记成立股份公司,那医院就得改为营利性医院。在当时政策环境下,营利性医院将失去各种医保资质,而且还要交纳各种各样的税费,医院根本无法生存。国资委为了整体上市,协调各方面关系,最后把合股后的桂动集团医院破例登记成无财政拨款的二类事业单位。

2010年1月5日上午,安西总院集团与桂动集团合资合作签约仪式在桂原市迎宾馆隆重举行。省国资委副主任、桂原市副市长、省市卫生主管部门领导、安西总院集团和桂动集团领导等大大小小人物齐聚现场。各级领导均对合作寄予厚望,希望新医院本着优势互补、有机结合、互惠互利的原则,抓住机遇,开拓进取,开创桂动集团医院发展新局面,为金安省的医疗卫生事业做出贡献。

随着签约仪式的落幕,桂动集团整体上市工作中一个最大的钉子户被拔除了。安西总院集团派了一位钱姓副院长主持桂动集团医院工作。朱院长做好交接后也就正式告老还乡了。

钱院长矮矮胖胖,白方脸,大额头,头发永远都是油光发亮,一丝不乱,一口安西口音。钱院长是普外科医生出身,说自己三十分钟就能完成一台胆囊切除手术,还包括患者进出手术室的时间,一天最多开过十台胆囊切除手术。据说钱院长十分崇尚《孙子兵法》,医院管理中经常用的也是《孙子兵法》中的招式。

钱院长上任后第一个任务就是要提高医院效益。

医院要效益,医生是龙头,只有把医生积极性调动起来,才能有效益。所以钱院长使的第一招是"擒贼先擒王"。

首先出台的改革措施叫经济效益双挂钩:一、医院所有员工的工资收入与医院当月效益挂钩,医院亏损则全员降工资;二、医生的奖金与业务收入挂钩,多劳多得,上不封顶下不保底。

冰冻三尺非一日之寒。桂动集团医院年年亏损,有很多深层次的原因。在企业树荫庇护之下,员工逐渐养成了懒惰的习惯,长期懒惰的结果必然是丢掉了技术,加上医院管理机制僵化,因此医院运营效益十分低下,要想短时间扭亏为盈不是那么容易。

钱院长这招有点急了,大多数职工接受不了。朱院长那时搞改革,虽然职工也反对,但对收入的影响还不是太大,老钱来了这么一搞,不光工资降了一大截,好多医生根本就拿不到奖金。说是多劳多得,上不封顶,那些"火疖子都看不了"的医生到哪去增加业务收入?很快职工中牢骚就多了起来:

"什么改革发展,我看就是把医院贱卖给私人老板!"

"马克思说过,资本家的每一分钱都沾满了工人的鲜血!"

接着钱院长使出了《孙子兵法》的第二招——"暗度陈仓"。

对于钱院长来说,分好钱有两个方面:一方面要把员工的钱分好了,目前显然没有分好;另一方面要把股东的钱分好了。桂动集团倒是不指望医院挣的两个钱过日子,只要不再往医院贴钱就行。安西总院集团可不行,本来就是民营小资本,投了3000万不能做慈善啊,得抓紧收回投资!

桂动集团医院注册的是事业单位,事业单位是公益性质的机构,法人证书上的出资人叫举办主体,根本不叫股东,怎么能分红呢?得想个变通办法。

医院每年采购的药品不是就有一千多万元吗？原来药房托管给一家桂原市本地的医药公司，钱院长找了个理由很快把这家医药公司赶走了，然后让药品都从安西总院集团办的医药公司采购。钱院长把药品采购价往上一提，这样医院的一部分利润就输送到安西总院集团去了。虽然安西总院集团承诺转移的利润算分红，桂动集团也默认这种做法，但是实际上安西总院集团从药品采购中到底拿走了多少利润，没有人能算得清楚。药品品种成千上万，市场价格每天都在变，谁能保证钱院长不在里面再使一招"浑水摸鱼"呢？

这招看似与员工无关，却无意中又对医生造成了不小的打击。

前几年，少数医生开药拿回扣那是秃子头上的虱子——明摆着的事。石总虽然批评桂动集团医院的医生收不到红包，可没说他们收不到回扣。过去药房托管给医药公司，医药公司为了获得更多的收益，总是鼓励医生多开利润高的药品，鼓励的主要方法当然还是行业老规矩——给回扣了。现在药品从安西总院集团采购了，那些品行不端的医生就拿不到回扣了，这些医生当然十分不爽，但又不能明说，毕竟拿药品回扣是违法犯罪的事。所以他们就暗中较劲，鼓动其他医务人员处处与院方作对。

不到半年，钱院长的"孙子兵法"终于激起了"民变"。

一个周一的早上，五六十名桂动集团医院的员工穿着白大褂站成一排，把桂动集团医院的大门紧紧堵住了。众人举着一条十来米长的红色条幅，上面写着"我要吃饭，我要生活"八个金色大字。员工一边拦着患者不让进医院大门，一边不停地向他们诉说着自己的苦大仇深："你们都到别的医院看吧，这个医院不看病了，医生都饿死了，没有人给你们看病了！"

起事的和声援的，看病的和看热闹的，很快就在医院门口聚集了一大群，马路上的汽车也排起了长龙。事件很快惊动了桂动集团领导，公司保卫部来人劝阻没有效果。后来110也来了，警察一看是群体事件，又是单位内部矛盾，只能劝说："你们有诉求好好商量，不能拦着病人不让进门，这样属于扰乱社会秩序,你们要是堵门,我们可就要依法处置了啊!"

第二天上午,仍然是这样。派出所来人把横幅给收走了,同时警告领头的几个医生:"你们如果还这样闹,就属于扰乱社会秩序,我们要把你们带走的。"第三天开始,这群员工不打横幅了,也不阻拦患者进医院看病了,而是换了一个方式:每个人捧着一个饭碗,只要有患者来医院,他们就上前去"要饭",然后像祥林嫂一样一遍一遍地说自己现在都没有饭吃了,所以要饭来了。正值三伏的天气,看着这些医生满头大汗、面红耳赤地在太阳下抗争,着实让人心酸。就这样,断断续续折腾了一个多星期,桂原市的报纸、电视和网络上都是"桂动集团医院医生当街要饭"的新闻。

后来桂动集团工会派出一个工作组来医院调查解决问题。最后劳资双方各让一步:安西总院集团召回钱院长,换了一个王院长过来。员工这边则承诺不再闹事。医院的绩效考核还是要搞,但考虑员工的承受能力适当做些调整。

新来的王院长是典型的书生型领导,温文尔雅,以德服人,桂动集团医院恢复了平静。

第十三章

桂原市最难熬的季节就是夏天，除了气温高外，最让人受不了的是湿度大。梅雨季节那个把月，人整天就像待在蒸笼里，身上始终是黏黏糊糊的。中午时刻空气的温度和湿度同时达到最高值，街上的行人几乎绝迹，所以桂原市大多数机关事业单位，夏季里下午的上班时间都定在三点以后。

现在是下午三点多钟，中铁安江局机关大楼二楼的一间会议室里，桂原市职工医院管理协会第六届换届大会正在进行。不大的会议室中间摆着一张椭圆形会议桌，桌子周围稀疏地坐着各家医院派来的参会代表。中铁安江局机关医院就挨着局机关，这阵子医院在搞拆迁，所以只得借用机关的会议室来开会。椭圆形会议桌的一端坐着协会上届会长——中铁安江局机关医院洪院长，洪院长旁边坐着市卫生局医政处赵处长。高院长的座位面对着会议室的窗户，他望着窗外机关后花园里刺眼的阳光和无精打采的花木，一边听着洪会长的总结报告，一边陷入沉思。

大约十年前，高院长代表冯院长参加过一次协会的换届会议。当时的会议室至少比现在的大三倍，是一个有主席台、有观众席的报告厅。参会人员至少有一百多人。而环顾今天的会议室，三十人都不到。从会议室大小和参会人数上就能看出职工医院气势上的衰退。

桂原市职工医院管理协会成立于1986年，是一个无官方背景的民间组织，会员最多时有两百多家。当年的职工医院无论从机构数量还是开放床位数都占据桂原市医疗机构的半壁江山。鼎盛时期，协会一度下设两个分会，二级以上医院分会和一级以下医院分会。20世纪90年代后期，随着中共十四大确立了中国的社会主义市场经济体制地位，国有企业体制改革在全国范围内大规模展开，企业纷纷剥离包括医院在内的社会职能机构，职工医院也就迎来了由极盛到衰败的转折点。

最初的剥离大多采取将医院交给政府的办法。2002年国家八部委联合下发了《关于国有大中型企业主辅分离辅业改制分流安置富余人员的实施办法》，也就是业内熟知的国经贸企改[2002]589号文件。这以后，企业医院剥离大多采取民营化的方式，就是医院员工持股或把医院出售给民办资本。与此同时，国家同步推进医药卫生体制改革，公立医院被进一步推向市场，凭借多年的品牌和技术等优势，很快独霸医疗市场。剩下没有剥离的职工医院生存越来越难，到洪会长接任时，协会实际上只剩下不到二十家会员单位，而且都是规模不大的中小医院。

洪会长的前任是省能源公司医院的蒋院长。蒋院长任会长时，协会已经不设专职人员了，都是各家医院院长兼职协会领导。协会办公室人员由会长单位办公室人员兼任，所有兼职人员都没有报酬。蒋院长为人清高，性格古怪，在任几年虽然为协会工作出了不少力，也贴了不少钱，但他在协会里口碑一直不好，与几家主要成员单位的院长都合不来。尤其是几个女院长，经常在活动过程中就与蒋院长吵得不可开交。后来随着职工医院每况愈下，内部又不团结，蒋院长铁了心不当这个会长了，准备解散协会拉倒。召开散伙会时，大多数院长都极力反对解散协会。大家认为这个平台搭起来不容易，拆掉了再搭可就难了，保留协会又不花大家一分钱，有什么不好？吃个饭还要有个召集人呢，为什么要解散协会？蒋会长平时的几个对头在会上又把蒋院长狠狠批斗了一通，气得蒋院长晚上的散伙饭都没吃就走了。当时协会里有一定规模的医院已经不多，中铁安江局机关医院是职工医院中现存唯一的一所二甲医院，院长洪志国理所当然地被大家力荐接任会长。

洪院长身材微瘦，高挑个子，一副金丝眼镜后面的双眸总是闪着智慧的光芒，是个典型的学者型领导。唯一逊色的是一身黝黑的肤色明显冲淡了他的学者风范。老洪为人大方，做事厚道，但他本人事务多，协会的具体事情大多交由副会长高汇泉和秘书长陶亚俊张罗。三个人性格互补，兴趣相投，协会工作逐渐有了生机。除了经常召开协会工作会议外，还时不时组织一些参观学习活动，大家感觉协会又活了起来。不像蒋会长在任那几年，一年都开不了两次会议，组织活动就更少了，会员单位除了院长外，其他人很少知道还有这么一个协会存在。

按照民政部门的规定，行业协会会员数不得少于三十家。洪会长为了让协会还能维持下去，换届前让各家把所办的卫生所、门诊部也都报为独立单位，这样勉强凑够三十个会员。至于换届那只是一个形式，就这几个单位几个院长，哪还有人可换？好不容易协会领导这几年不吵嘴了，为什么要换？按照协会章程，会长三年一届，最多连任两届，洪会长已经干了五年，这次再接着干似乎不合章程。但是大家都说第一次是半道接班，不算一届，这次连任才算两届，再说章程也是人定的嘛，不行就改章程。所以换届前，院长们已经达成共识：届照换，人不变。

主持人陶秘书长的声音打断了高院长的回忆。换届会议很快进入表决环节，在稀疏而整齐的掌声中，协会新一届领导班子诞生了：

中铁安江局机关医院院长洪志国，连任会长；

金安冶金集团公司医院院长高汇泉，连任副会长；

中国物理科学院桂原通用技术研究院医院院长周伟创，连任副会长；

中铁安江局一处医院院长吕宏达，连任副会长；

桂原市交通运输公司医院院长陶亚俊，连任秘书长；

增补金安省电力局医院院长鲍巡海、桂原石化公司医院院长郑远山两人为副会长。

晚上全体参会人员聚餐。中铁安江局机关大院旁边富春大酒店的二楼大包间里摆了三桌，洪会长等协会领导坐一桌，其他参会人员分坐两桌。

席间几个院长都建议："去年协会组织的贵州参观考察很好，今年还应该组织。洪会长，今年协会组织到哪去？"

吕院长说："我认为高院长在贵州做的那个电影《贵州风情》最好，那音乐配上那画面真美,我回来后就花一万多买了一个最好的摄像机,高院长你下次教教我,我也要学学做片子。"

"老吕,原来都去买摄像机了?我们碰一杯!"周院长调侃道。"好好,敬你一杯!"吕院长笑眯眯地与周院长碰杯。

高院长心想,拍视频如同写文章,摄像机只相当于一支笔,关键是脑子里要有思路,否则买再好的笔也写不出来好文章。你老吕就是看人家吃豆腐牙齿快,看你什么时候能弄出个电影来。

"到西北去,我们南方去过好几个地方了,今年应当组织到西北去!"一个院长首先提议道。

"对,新疆、甘肃都不错。"不少人附和。

"新疆、甘肃有什么参观的?"洪会长转脸问大家。

"新疆有天池、吐鲁番,甘肃莫高窟是世界物质文化遗产,那里可以了解不同的风土人情。"高院长补充到。

"好,就按大家说的搞,高总、陶总,你们俩就负责安排吧!"洪会长猛一拍桌子说道。

洪会长猛拍桌子的时候,说明他的酒已经喝得差不多了。协会里的人都知道,洪会长喝酒有三样宝——茶水、台布、湿毛巾。

茶水,最好是浓茶水。茶水可以解酒,洪会长喝茶不是用来解酒的,而是用来吐酒的。酒喝到嘴里先不咽,借喝茶的机会把酒吐到茶里,洪院长做得很自然,一般人看不出来。

台布。洪会长参加酒宴,餐桌没有台布不行,台布最好是深色的。他喝多的时候便有意无意地端起酒杯歪歪倒倒,开始跑冒滴漏了。酒洒在深颜色的布上不显眼,所以深色台布最佳。

湿毛巾作用与茶水差不多,喝多了借着擦嘴的工夫,把酒吐在湿毛巾上,趁人不注意把毛巾拧干再用。

所以刚才洪会长猛拍一下桌子,表面上看似是为做出了一个重大决定而兴奋,实际上是一巴掌把半杯酒都溅到桌布上了。

洪会长为人实在,哪家医院有个大事小事只要找到他,他都当作自己的事办,同行之间聚会,谁做东他都不拨人家面子。可惜他天生酒量一般,半斤酒下去当场就醉,所以耍点技巧也是不得已而为之。协会兄弟们都知道,所以一到这个份上,大家也就不再劝洪会长喝了。

　　一转眼就是八月底了,既然协会定下来今年到西部参观,那就得提早准备。高院长制定了一个考察方案,并大致划定出发时间,然后挨家征求院长意见。结果那些叫得最欢的人,到跟前纷纷掉链子,不是领导不批就是单位忙走不了,有的院长模棱两可,说到时候再看吧。看什么看?这都到跟前了,再晚机票都订不到了!高院长看这架势就准备放弃组织这次活动了,毕竟时间长、费用高,统一行动确有难度。等高院长把取消活动的想法通知几个报名参加的院长时,电力局医院鲍院长的一句话改变了高院长的态度。

　　鲍院长在电话里说:"老高啊,我昨天鼓了很大勇气向我们局长做了汇报,我们家局长沉思了半天才同意我请假。你知道,我们家领导对我们医院管得特别严,一般情况下很少同意下面干部外出,除非是公司内部统一活动。局长好不容易批了你又不组织了,下次再申请他肯定不会再批了,老高你真害人,哎!"

　　听着电话中鲍院长略带伤感又有点埋怨的话,高院长隐约感觉到自己身上沉重的责任,一腔热血立刻涌上心头,暗下决心,人再少也要把这次活动组织起来!

　　高院长起草了一个简单的标书,搞起了协会活动的首次网上招标,与旅行社签订合同后,就等大家报名了。离出发日期只有一周时间的时候,报名人数却只有六个人,离承诺的最低成团人数十人还差近一半。高院长急得团团转,这时候再想取消活动已经不行了,因为买过的六张打折机票是不能退的,当地的酒店和车辆也定了。无奈之下,高院长开始紧急动员。先从自己做起,外科的王主任工作一直很努力,这次给他放个假;然后鼓动热电总厂医院王院长再带上一个人;医院合作伙伴南城医院的胡院长一直说要参加协会活动,高院长一个电话打过去,胡院长很爽快地答应了,并问再带一人可行,高院长说:"现在差的就是人,带谁都行!"

七拉八拽，"西部参观考察团"终于得以顺利成行。新疆甘肃之行组织虽然费了不少周折，旅程中却十分顺利。一路风景独好，高院长全程拿着DV拍着视频，回来模仿电视台制作了一部MV，放给大家一看，还真有专业水准。

……

高院长一般喜欢下午到工娱治疗室与患者交流。在外人眼中，精神病人似乎就是可怕的异类：要不动不动就要杀人，要不像个木头人一样整天待着不动。实际上除了少数狂躁性精神分裂症患者外，大多数病人与内外科病人一样，而且很多精神病人十分有才，写的字、画的画水平都很高。工娱治疗室的墙上就挂着许多患者的字画，每次来医院参观的人，都以为那是书画家的作品，最后听说是精神病人随便写随便画的，都非常震惊。

工娱治疗室里有图书室、书画室、棋牌室、音乐室和乒乓球室。参加这些活动对缓解患者焦虑情绪和提高认知力都很有帮助。狂躁症的患者一般参加以静为主的活动，比如书法、画画、下棋等；抑郁症一般参加以动为主的活动，比如打球、跳舞等。治疗时医务人员要在旁边指导。

今天下午工娱治疗室里患者不多，棋牌室里，护士小李正与精二病区21床陈校长下围棋。陈校长自从上次偷跑出去后就成为全院的名人，高院长对他更不陌生了。

高院长兴致盎然地在一旁观看，发现陈校长的围棋水平还真不错，尤其是收官的功夫，一目都不让。打劫功底也很强，很会找劫材。看了一会，小李让高院长与陈校长下。

高院长曾经是"高手"，水平显然比陈校长强，不过每当优势很明显的时候，高院长就故意放一个恶手让陈校长抓住，尽量让陈校长赢，还不要被陈校长看出是故意让他。在这里下棋毕竟是治疗方法，患者要是老输，会产生不良情绪，不利于病情恢复。

陈校长赢了棋很高兴，开始给高院长上课："生命是一团欲望，欲望不满足便痛苦,满足便无聊。人生就是在痛苦和无聊之间摇摆。"

高院长说:"这是德国哲学家叔本华的名言,我也喜欢看叔本华的书。陈校长,你现在是痛苦状态还是无聊状态?"

"我是痛苦状态啊!你们不让我喝酒,又不让我出院!"

"哈哈!我们是怕你愿望满足了,等会你又无聊了!

我研究过,人的嗜好很难戒除的依次是毒、赌、黄、酒、烟。烟最容易戒,酒真要想戒也能戒,赌和黄不好戒,毒沾上几乎戒不了,千万不能碰!"高院长把棋收到盒子里说。

陈校长说:"人类终极追求的是精神愉悦。不管是吃、喝、打牌、下棋,还是听音乐、打球,都是让大脑产生欣快感。"陈校长说着做了一个笨拙的动作。

高院长说:"陈校长,你当老师的,医学理论快赶上我们当医生的了!"

陈校长有点激动地说:"高院长,我敢预言,人类将来一定会进化成一个球!一个圆圆的球,一个没有四肢,没有躯干,甚至没有五脏六腑圆圆的球!"

与陈校长聊了一会以后,高院长要回办公室去,临走时问小李:"上次收进来的那个炒股发病的病人可出院了?"

小李说:"那个病人住了半年出院了,但是后来没有多长时间又犯了,家里人又送到我们科。我们治疗了几天,感觉病情很严重,把他转北京了。"

"怎么个严重法?"高院长追问了一句。

"他回去以后,好了一段时间,心思又转到股票上去了,买了一大堆股票书,也不上班了,整天窝在家里看书,说话都是股市术语,早上起床叫'开盘',午休叫'休市',晚上睡觉叫'收盘';吃饭叫'建仓',喝水叫'补仓';小便叫'减仓',大便叫'出货',肚子疼叫'振仓',生病住院叫'停牌',人死了叫'摘牌';结婚叫'配股',怀孕叫'含权',生孩子叫'除权'。

"而且不能听人说'上海钢管'这四个字,后来听到'上海'两个字也受刺激,并且有很多幻觉夹杂着妄想症状,预后不好,所以我们建议他到上海或北京去看。病人怕听上海两字,所以去了北京。"

高院长说:"哦,去北京看看也好,关键是要脱离那个环境,不能让他再接触股票了。"

第十四章

各位领导,各位来宾,同志们:

  阳光明媚,秋高气爽。在北桂区政府相关部门的大力支持下,在中金金安东升股份有限公司的正确领导下,我院东风街道社区卫生服务中心综合服务楼项目,各项准备工作已全部就绪。今天我们在这里隆重举行项目开工典礼。参加今天开工典礼的嘉宾有……

  东风中心国债项目终于开工了。金冶医院住院大楼后面的空地上,几张长桌拼成一个简单的主席台,主席台后一排站着参加开工典礼的各级领导。医院员工和工地工人在主席台前组成简易的观众队伍。高院长举着一个扩音喇叭站在主席台边,以一口地道的桂原普通话朗读着主持词。参加开工典礼的除了业主和建筑监理单位外,区发改委、区审计局、区财政局和区卫生局等部门的领导全数到场,说明政府对国债项目的重视。当然这样的场合金冶集团的袁董事长是一定要到场的,只不过这时候袁董事长的准确称呼应当是中金金安东升股份有限公司总经理袁桥宇。桂原市的冶金企业重组去年夏天已经完成,在重组后的新公司里,袁董事长任总经理,中金总公司派来了一位很有学者风度的董事长。

  就在高院长为东风中心综合服务楼项目跑着一个又一个审批手续的时候,金冶集团的破产和全市冶金企业的重组在市政府的指挥下,也在迅速地往前推进着。

  2009年4月,金冶集团正式进入破产清算;

  2009年6月,桂原市政府与中金工业总公司签订了全市冶金企业重组协议；

2009年8月，重组后的新公司中金金安东升股份有限公司注册成立；

2009年9月，桂原市创新工业产业园举行奠基仪式；

2010年1月，总投资100亿元的新型民用金属工业项目一期工程在市创新工业产业园正式开工建设。

全市冶金企业重组大功告成后，金冶集团，不，现在应当叫作中金金安东升股份公司的领导们信心百倍。在袁总的心里，一座现代化的冶金工业园即将出现在桂原市的北方，那里十里钢城一派繁荣，企业生产兴旺，员工收入丰厚。企业做大了！企业做强了！企业上市了！企业登上中国五百强了！企业登上世界五百强了！袁总心中多年的宏伟蓝图即将变成现实。

袁总是一个革命的浪漫主义者，或者说是一个富有激情的工作狂。他最大的爱好是抽香烟，最崇拜的人是毛主席。他的办公室里永远挂着一幅巨大的毛主席像，没事的时候他经常对着画像凝视。

金冶集团破产后，金冶医院就整体移交给了桂原市国资委下面的国投公司。从袁总的内心来说，一万个不愿意把医院划出去。袁总的伟大梦想不光是要建一座世界级的冶金城，还要建一个世界级的养老城，城里建有各种各样的养老院。老人们要有文化生活，所以要有电影院，有图书馆，有文化园；老人带孩子可以激发童心、延缓衰老，所以要有幼儿园；老年人多病，所以必然少不了医院；还要有火葬场，这样生老病死就一条龙服务了。这哪是养老城？这就是一个小城市！企业有个医院，袁总办这些所谓大健康产业规划就多少有些由头，所以金冶医院虽小，但对袁总来说，战略地位十分重要。但是为了企业的重组袁总只能暂时忍痛割爱，舍小家顾大家了。

医院资产移交给了国资委，但日常管理还是委托东升公司暂时代管。除了医院，金冶集团破产后还剩下幼儿园、物业公司、酒店和劳服公司等一些辅业，这些辅业几乎没有实质资产，暂时也留在东升公司代管，等待集中改制。

在等待改制的时候,高院长并没有放松管理。他知道不管如何改,最终都是要靠自己努力,天上没有掉馅饼的好事。如今东风中心综合服务大楼正在施工中,建成以后,一个机构两块牌子的问题就彻底解决了,原来构思的两个机构独立设置的架构就可以付诸现实了。这一阵子,经过深思熟虑,医院班子又做出了一项重大战略决定:二级医院申报两步并成一步走,直接申办二级专科医院。如果办二级综合医院,将来业务与中心有冲突,还是不能彻底解决问题。

有过先前的教训,高院长这次先从调查研究做起。早就听说中铁安江局一处医院也在申报二级医院,高院长直接登门找吕院长取经。吕院长说:"我们是去年申报的二级专科医院,不过我们与你们不一样。我们原来就是二级医院,只不过由二级综合医院转型为二级专科医院,设置批准书已经拿到两个月了,给我们一年时间准备,验收合格就发证。据我了解,科学院医院也在申办二级医院,他们与你们有些类似,原来都是一级医院,你去问问他们怎么办的。"

高院长又来到科学院医院,周院长说:"我们是在申办,先要由区里同意,然后由市卫生局打报告到省里,省里最终批准。我们已经走到省里这一步了,你们要搞抓紧搞!"

摸清楚了情况,高院长准备照葫芦画瓢再次启动二级医院申报。申报什么专科医院呢?如果报精神病专科医院,那目前开展的神经康复科就得停办,即使不停也发展不起来,哪个家属愿意把外伤患者转到精神病院?如果办成神经康复医院,精神科将受到明显影响。神经病与精神病是两个完全不同的概念,什么样的专科两者都能容得下呢?

还是张院长脑子转得快:"神经病、精神病不管概念一样不一样,在老百姓的口中不都是脑子有病吗,有病就康复啊,就叫脑病康复医院!"

"脑病康复医院!脑病康复医院!"高院长反复念叨着这个名字,感觉还不错。高院长又把卫生部的《医院机构管理条例》和《医疗机构设置标准》等政策法规仔细研究了一遍,感觉有点不对劲,又叫来张院长:"医院名字好像不行,我们办的是专科医院,这个名称后面是康复医院,康复医院是专门一类医疗机构,与专科医院并列的。当然办成康复医院也不是不行,但好像没有专科医院名字响啊!"

"这个也可以理解为专科医院啊!眼科、妇科、骨科是专科,康复也是一个专科,为什么不能有康复专科医院呢?专科医院名字中不一定非要有'专科'两个字,眼科医院并不叫眼科专科医院,妇科医院也没有叫妇科专科医院的,反正我是这么理解的!"张院长认真地解释道。

"嗯,还是你讲得对,康复专科医院,金安省还没有这样的康复医院,名字就叫金安脑病康复医院!"

就在高院长为起了这么个两者兼顾的好名字而高兴的时候,医院神经康复科和精神病科两个科同时出了医疗事故。

首先出事的是神经康复科。患者是一个十四岁的女孩,因为车祸重度颅脑损伤在金医附院手术后转到金冶医院康复治疗。治疗一个多月后,有了明显的效果,患者虽然还未清醒,但已有目光跟随现象,家人叫的时候也能眨眼。因为颅压始终有点高,医生给她做了腰椎穿刺降颅压手术,手术很顺利。晚上八点左右,患者开始发烧,伴有抽搐症状。当班的是一位年轻的女医生,一开始没有做处理,让家属再观察观察。后来患者又反复发作了几次,在家属的催促下,医生让护士注射了安定等药,患者不再抽搐了。但是从第二天开始,患者就一直低烧,并且经常伴发抽搐,精神也一天比一天差,家人叫也没有反应了。好不容易看到的一点希望又破灭了,家属十分绝望,把责任全部记在当晚值班医生头上。事发的第二天早上,患者爸爸就找到科室负责人赵主任,说前一晚的医生不负责任,没有及时对病人做处理,现在女儿病情反复了,要医院对女儿病情反复负责。病人要是抢救不过来,他就饶不了医院。

紧接着几天,患者的病情一天比一天重,病区从金医附院请来了当时给患者做手术的专家会诊,专家认为患者颅内感染可能性大,治疗比较棘手,建议转到他们医院治疗。患者家属很激动地说:"要转你们医院转,我们不管了。好了不找你们,死了我再找医院算账!"医院只有就地抢救了,如果不能控制住病情,这个纠纷是闹定了。

这时精神科一病区又出事了。两个多月前入院的一个女病人,在病房里自杀了。患者是重度抑郁症,治疗有了一些好转,护士也就放松了警惕。自杀的方法说起来外行人不可能相信:患者用自己穿的长裤子打了个结,把自己吊死在病房窗户的铁栏杆上。

为防止患者出现意外,精神科病房的窗户都安有铁护栏。但是护栏的横档离地不高,患者的脚是完全能着地的。这样的事在正常人身上不可能发生,但是在精神病人身上完全可以发生。因为抑郁症后期,患者死亡的念头非常强烈,再大的痛苦都能克服。金冶医院十几年前也曾发生过一次类似的精神病人自杀事件,那个病人是用带进来的一条腰带自杀的,现在连鞋带都不让带进来,谁想到裤子也能当绳子用呢?

医院对精神病患者实行全封闭管理,患者死在病房里,医院当然要负责任。但是医院也有委屈,什么都想到了,谁能想到裤子也能当"作案工具"呢?医生护士也不可能整天不眨眼地盯着患者吧。病人是附近一家工厂的工人,家人并没有悲伤的样子,但是医院一毛不拔肯定不行。正赶着两个事故同时发生,医院主动与家人谈判,最后一次性赔偿三万元了事。医院之所以快刀斩乱麻处理掉这个事故,是担心神经康复科的病人万一这时候死了,两个纠纷一起闹起来,那就炸锅了。

神经康复科的病人眼看着一天比一天差,估计也最多再熬个十来天,但是只要患者还有一口气,家属就不会闹。家属现在也不抱任何希望了,就等孩子一死,马上爆发。

事发第十四天,患者死了。当天是周六,高院长当时正在市内参加一个学习班,下午三点钟左右接到病区主任的电话,高院长立即心情凝重地离开了会场,没有去医院,而是回到家中,先洗了个热水澡,然后在沙发上躺着闭目养神。虽然睡不着,但是养养神也好,因为根据高院长这么多年处理医疗纠纷的经验,患者刚死时家属都还没有到齐,到齐了也是先在病区闹,闹到一定程度时再找院长。而且一开始家属就是发泄情绪,谈不到实质内容,这时候院长出面等于白费时间和精力,等到最后谈判的时候,自己可能已经筋疲力尽了。所以高院长抓紧这大战前短暂的平静时刻先养精蓄锐，耐心等待暴风雨的来临。

下午六点多的时候，高院长才动身去医院。之前他已经打电话通知杜院长到病区代表医院领导与家属沟通，张院长和内科张主任也赶到了医院。

与料想的差不多，七点多的时候，家属们上来与院长谈。患者家属包括孩子父亲、奶奶、叔叔在内有十几个人。医院这边也有七八个人，双方坐到了大会议室里。

简单介绍以后，患者父亲很激动地说："我的孩子正值花季年龄，当时治疗恢复已经不错，这个我们是要感谢你们的。但是那天晚上，孩子抽搐那么长时间，医生都不处理，最后还要打电话问赵主任怎么处理，然后孩子就一天不如一天，秦医生根本就不是医生，是严重失职，是杀人凶手！"

"发生这样的事，我们心情也非常沉重，我们也十分理解你们家属的心情。"高院长语气很平缓地对孩子父亲和其他家属说，"但是你们也知道，孩子车祸伤得非常严重，你说的有效果也只是眼睛有一点动，这么重的伤，即使命救过来，十有八九是躺在床上的植物人，何况治疗中病情反复也是常有的事。

"事后我们也认真调查了当天晚上的情况，秦医生那天处理的方法也是正确的，颅脑损伤病人外伤性癫痫是常见症状，先观察一下再用药也是常规。至于你说秦医生打电话问主任怎么处理，那个是误会了，她是把病人的病情向主任做个汇报。"

患者父亲插话道："秦医生我们了解过了，她来没有一个月，就是实习生，你们让实习生值班，就是草菅人命。"

"秦医生虽然才调过来，但她不是实习生，她的医师证是齐全的。她还是个研究生。你们要是对这个有疑问，明天我把相关证件给你们家属看。"高院长事先对此早有准备。

死者奶奶和几个女家属在一旁边说边哭，几个男家属就一个劲地抽烟,会议室里烟雾缭绕气氛压抑。

"院长,你这样讲肯定不行,今天医院要是不给我们一个说法,我们肯定不会同意的!"患者父亲歪着脖子不紧不慢地说。

高院长说:"我们处理医疗纠纷都要按国家法律来办,现在责任没有确定下来,我们怎么拿处理方案?我建议你们先申请做医疗事故鉴定!鉴定结论如果医院有责任,我们再按责任大小来协商赔偿,如果赔偿不满意你们还可以通过法院起诉。如果医院没有责任,我们也不能赔偿,否则医院也没办法开啊!只要病人没治好,医院就要赔钱,这哪行呢!"

"那不行,那些鉴定的人都是你们医疗行业的人,怎么会帮病人说话?我们不去鉴定!你们不拿意见,我们就不走!"一个自称患者表舅的人说道。

这是医院最担心的,不是担心家属不走,而是担心患者尸体不拉走。医院最怕家属把病人尸体放在病房里闹,整个病区都没有办法工作。还有的家属借机在医院里设灵堂,烧纸钱,摆花圈,警察来了也不好处理。

但医院这边确实无法拿出什么处理意见,因为医院调查了事件的经过,没有发现有什么明显过失,即使按家属说的那样,医生叫了几次才去处理,也最多算个服务态度问题。再看来了这么多家属的架势,不可能三五千就能打发的,而且医院只要心一软,同意给点补助,那就等于承认自己医疗上有问题。没有问题为什么赔偿?所以医院这边不敢让步。

一时间谈判陷入僵局。院方人员借口商量一下,全部退到院长室。

杜院长说:"我们现在主要任务就是说服家属把死者的尸体拉走,那个病房里还住着另外两个病人,这样放一夜怎么办?影响太大了。只要把尸体拉走,后面再怎么谈我们都不怕。"

几个人重新回到会议室,高院长直截了当地说:"我们刚才请示了我们公司领导,在死亡原因和责任不清的情况下,医院不能给赔偿!你们家属也不要激动,我们可以把病历当面封起来,然后共同挑选鉴定机构鉴定。另外如果做鉴定的话,需要先做尸体解剖,尸体如果不及时送到殡仪馆,时间一长变质了就无法鉴定。所以当务之急是先把尸体送到殡仪馆保存。"

看着高院长很认真的样子,患者父亲感觉这么僵着也不是事,而且那么大岁数的奶奶也一直陪在这,一大帮亲戚也都没有吃饭,于是就着高院长的话说:"我同意拉走遗体,但是你们医院先要把丧葬费给了!"

高院长说:"讲来讲去这不又讲回来了,医院出丧葬费不就等于赔偿吗?"

这时在旁边一直抽烟的患者叔叔说话了:"高院长,刚才你还说我们俩是老乡,我们老家有句俗话,就是要饭的死在你家门口还得送个花圈,现在孩子在你们医院死的,你丧葬费都不出还说什么老乡,要是这样的话,别说我们讲话难听了。"

到这份上了,高院长感觉可以松一松口了:"那这样吧,医院只能象征性出一点,你们说多少?"

孩子父亲说最少得一万块。张院长说我们院长只能当五千元的家,再多就要报公司批准,你看现在晚上到哪找人批?孩子父亲最后说至少得给六千元。

正当金冶医院这边在筹钱的时候,患者那边又来了一批家属。这帮家属明显不一样,都是二三十岁的小伙子,来势汹汹。问明情况后,为首的一个瘦瘦矮矮的青年一拍桌子,指着高院长的鼻子问道:"六千块钱打发要饭的啊?丧葬费至少得给两万元,少于这个数,今晚我们都扎在这里不走了!"

高院长一看情况突变,连忙说:"这个我们得请示公司领导。"然后领着医院方面的人又全部退回到自己的办公室。

张主任说:"这帮人一看就是混混,不好处理了!"

高院长说:"现在也不能再退了,要是同意两万,他们马上又改口要四万怎么办?给了丧葬费他们再要精神损失费怎么办?"

这时不知谁咕噜了一声:"干脆打110吧。"

不大一会,两个110警察来到楼上。看到警察出现在走廊里,那个矮瘦青年带着几个人立马冲到警察跟前,指着走在前面的警察鼻子吼道:

"你们来干什么？哪个叫你们来的？我们是在谈医疗纠纷,我们又没有违法,警察怎么样？你把我抓起来呀？"

这个年轻的警察处事经验不足,竟被矮瘦青年问得答不上话来。另一个警察赶紧上前解围。矮瘦青年又回头指着高院长问:"你们哪个打的110？你们要这样搞,别怪我们把事情搞大啊!"

高院长赶紧解释:"我们没有打!没有打!可能是哪个病区的值班医生看到这么多人,以为出了什么事打的电话吧!"

一时间场面极度紧张,高院长的手心这时也出了很多汗。等两名警察把家属劝到会议室后,楼下又上来了四个警察。带队的看起来像个领导。六人进到高院长办公室后,带队的示意高院长把门关上,简单问了一下情况,然后用沙哑的嗓音对高院长说:"我说老高啊,你干院长时间不长吧？人家才要两万块钱就同意把尸体拉走你还不干？你知道上次桂原三院死了一个病人,人家要多少钱？开口要五十万才同意拉走尸体。你还不抓紧给他们,别等他们过会反悔就麻烦了!"

带队的这么一说,所有人突然间感觉问题变得如此简单。

生活中有这样的经验:牙痛的时候恰巧脚被砖头砸了,这时候牙就不痛了,只觉得脚疼;身体好的时候,看别人发财心里难受,生病住院了又感觉钱财都是身外之物,身体才是无价之宝;股票跌了很郁闷,发现别人比自己套得更深,心里又平衡了。

人家三院的张口就要五十万,这要两万块钱还算事吗？

高院长吞吞吐吐地说:"那我们要是答应他们两万……等会又要四万怎么办？"

"这个我们来谈,说定了你们再给,再反悔我们就不支持他们了。"带队的显然经常处理医疗纠纷。

"好,那就这样吧。"高院长看了张院长和杜院长一眼,就算研究决定了。这边抓紧让人筹钱,那边警察与家属也很快敲定口头协议:"医院同意给两万元,但是必须在尸体拉出医院大门后才给。"

一直等到夜里一点多钟,殡仪馆的车才到医院把尸体拉走,患者一方拿到两万元现金后，家属们纷纷散去。高院长拉着带队警察的手，一边不停地说着感谢的话，一边心里感慨，什么时候开始，警察也从维护社会秩序的执法者变成了处理医疗纠纷的中间人了？这也是一种无奈吧！

　　这场医疗纠纷并没有就此结束，前面的是武戏，后面的是文戏。对于常年处理医疗纠纷的院长们来说，并不担心文戏。所谓兵来将挡，水来土掩，何况高院长今年还鬼使神差地买了一份医疗事故保险呢。

第十五章

十一月底的时候，高院长接到洪会长的电话，说他调到上海去了。因为中铁安江局的一个副总调到中铁华东局担任一把手，洪会长作为班底人员随他一道去了上海。既然作为班底人员去，职位当然不差，洪会长转身就成了中铁华东局社会管理处的处长。洪会长在电话中说："兄弟，我看这个会长就你来搞算了，我下周就要去上海报到了。"

高院长感到有点突然。中铁系统医院院长内部经常调动，洪院长原来就是从吕院长的一处医院调到局机关医院的，但是跨局调动还是很少见的。人往高处走嘛！能去上海落户还能升一大级，当然是难得的好机会。高院长在电话中一边向洪会长表示祝贺，一边谦让会长职务，建议找更合适的人来当。洪会长说："我看就你最合适了，我问过我们医院姚院长了，姚院长也说你老高合适，高总你就不要谦虚了，这事就这么定了。这两天我来邀几个院长一块吃个饭，桌上把这个事情说一说。"

既然这样，高院长也就不再谦让了。虽然这个会长既不是官方职务，也没有任何报酬，甚至可以说就是一个会议召集人而已。但是洪会长首先想到自己，说明自己的人品和能力还是受到洪会长认可的。实际上最近这两年，协会的事几乎都是由高院长和陶院长在操持。就连年底的协会总结报告都是高院长操刀，洪会长修改而已，每年的外出参观活动更是高院长在组织。

周五晚上，协会原名誉会长、市卫生局沈局长，协会领导班子部分成员和协会办公室人员，一共八人举行了简单的欢送宴会，同时也是一个临时理事会。会上洪会长的提议获得大家的一致赞同，于是高院长正式接手了协会会长的工作。

　　交接工作完成后就到了十二月,应当是考虑协会年会的时候了。高院长想,以前协会没有什么活动就算了,现在活动这么丰富,年底应当开个会议,一来总结一下全年的工作,二来是给各位院长创造一个休闲放松的机会。至于会议时间,放在阳历十二月底最为合适,晚了各家医院春节前事多,顾不上协会的事。去年年底,在高院长的建议下,协会首次在桂原下面的菱湖市举办了年会,那里有全国著名的温泉。上午开会,下午泡温泉,晚上喝酒打牌,大家不亦乐乎。今年年会在哪开呢?桂原南边有个古镇叫渚桥镇,是桂原市唯一的一个5A级旅游区,离市区也不远,非常适合办年会。新会长上任要有新气象,要办就要办得像样一点,因此高院长提前半个多月就开始谋划,并确定了年会的几个原则:会议议程要完善、报告内容要丰富、总结形式要新颖、各级领导要到场,而且文化氛围还要浓厚。渚桥镇是桂琴戏的发源地,也是高院长的老家,高院长有个亲戚就是镇桂琴戏剧团负责人,文化氛围的事就交给老家的亲戚了。

　　12月24日是周六,又是西方的平安夜。酒店为了迎合年轻人的口味,把大楼里里外外布置得像过年一样。下午两点钟,全体参会人员乘坐大巴准时到达渚桥国际大酒店。

　　桂原卫生局副局长沈局长、市医保中心正副主任、市人社局办公室主任等领导全部被请到会场。会场布置很正规,有席卡、有投影仪、有音响。高会长第一次代表协会在主席台上做总结报告,第一次用PPT形式将协会一年来的工作图文并茂地呈现给大家,第一次把自己制作的MV当众放映。

　　晚餐过后,渚桥艺术团的地方戏专场演出正式上演,原汁原味的民间艺术表演给大家带来另一种艺术享受。演出中间又巧遇在此开学术会的金医附院专家们,大家格外兴奋,晚上十点多活动方才结束。

　　年会举办得十分顺利,特别是能把几位领导都请到现场,高院长很自豪。成功举办年会给了高院长极大的信心。高院长心想,只要用心,协会这个平台完全可以发挥更大作用。

元旦过后，各家医院都开始忙过年的事了。金冶医院去年秋天的医疗纠纷进入了"慢性期"，患者尸体拉到殡仪馆后，家属铁了心要与医院打官司，专门请了一个专业打医疗纠纷官司的律师。双方选定江陵市江陵医学院司法鉴定中心来做事故鉴定。

第二天对方来了一个主任。主任收过鉴定费后，当着双方的面把封存的病历拆开并复印一份带走了。第三天，在医患双方见证下，鉴定中心的专家对尸体做了解剖。尸体解剖很快，但是鉴定报告出来的时候已经是春节过后，并且报告只是对患者死亡原因给出了结论：患者大脑肿胀，符合颅内感染引起的呼吸心跳衰竭死亡特征。

高院长拿到这份令人啼笑皆非的报告，当即打电话给鉴定中心那个主任："你们光写了死亡原因有什么用？我们也知道是死于颅内感染啊，关键是医院有无责任！"对方说："如果要鉴定医院有无责任，还要另外申请做过错鉴定，还得交一份钱。"高院长说："那你们怎么不早说，怪不得现在患者拼死拼活在医院闹也不打官司，你们搞了两个多月才弄出个不伦不类的结论！"

又走了一遍申请程序，又交了一份钱，鉴定中心又来了一个人把病历打开复印了一遍，说过错鉴定要的资料多，上次复印的不全。那份病历封了拆，拆了封，外面都套了好几层档案袋了。上次一个死因鉴定就搞了两个多月，这次时间也不会短，就耐心等吧……

按照高院长的规划，今年开始协会的各项会议制度要正规起来，每个季度要召开一次领导例会。现在已经三月底了，是召开第一次会议的时候了。正好省医药公司的刘总一直想与协会几个院长见见面，第一次例会干脆就放在酒店开，包厢就当作会议室。陶秘书长提前挨个发了会议通知，但还是有两位院长借故没有参加。晚餐的气氛也有点尴尬，陶秘书长倒酒时大家都找各种理由不喝，高院长几乎在半拉半拽的情况下，才勉强给几个院长倒上了白酒。也难怪，这些院长有资格老的，有年龄大的，有医院级别高的，高院长年龄、资历都没有，这个新会长的号召力自然有限。首场协会领导聚会在不冷不热的气氛中很快就结束了。

四月是春游的黄金时间。春游几乎是各单位员工都喜闻乐见的活动。从冯院长上任的时候起，金冶医院就开始每年组织职工春游，除了2003年"非典"暂停过一年外，其他年份从未间断。在职工的强烈呼吁下，今年医院领导班子决定出趟远门——三峡水库三日游。

和以往一样，全院职工分两批去，第二批由高院长和杜院长带队。出发前杜院长让办公室的小孙买了三十瓶二两装的二锅头酒，说整个行程基本上都是坐在游船上，不带点酒到时候不好买。出发那天早上，天还没亮，出游人员就准时来到桂原市火车站，先坐动车到武汉，然后转旅行社的大巴到宜昌，再转乘景区环保车进入库区，再从三峡大坝上游秭归港码头上船。十几个小时下来人困马乏，等大家终于在夜幕中登上期待已久的游船时，已是晚上十点多钟了。坐在船舱窗口，听着江面上哗哗的流水声，远眺昏暗灯光下若隐若现的三峡大坝轮廓，众人都陶醉在江枫渔火的夜景中，竟然一丝倦意都没有。

旅行社口中的豪华游轮实际上就是一个普通的二层游船，底层是客舱，总共也就一百多个铺位；中层是观光室；顶层是观光平台。大家就要在这个游船上待上一天两夜。

床位刚分好，杜院长已经带人在船尾餐厅摆好阵势。这一船人除了少数散客，基本都是金冶医院的人。杜院长指挥年轻人在餐厅靠窗边拼了两张大桌，每个桌子上一字排开十多瓶二锅头，红彤彤的一片，刺激着大家的神经。能喝的、能说的，年轻人、老同志，很快就凑齐了两桌人。桂原这边随团的导游姓葛，做了好几年金冶医院的业务，与高院长、杜院长都熟。出门导游最辛苦，忙了一天了，杜院长热情地邀请葛导加入饮酒队伍。葛导虽然是女同志，但是性格也很豪爽，当即把导游包往后一甩，不客气地坐到了杜院长的旁边。船上餐具简陋，在杜院长的提议下，大家直接拿酒瓶喝，而且鼓励炸雷子。"战斗"正式开始后，葛导菜还没有吃上几口，就在杜院长的鼓动下，连炸了两瓶二锅头。这二锅头是正宗的红星二锅头，60度，一瓶二两整。葛导喝得太猛又没吃菜，当场醉倒，被送到船舱休息了。两桌人干掉十几瓶二锅头才散场。

此时已是半夜时分,高院长回到自己的船舱刚躺下,葛导推门进来了,说今晚就睡这个房间。高院长说:"那怎么行,男女怎么能睡一起!"葛导说:"我就要睡这!"说着就要往高院长睡的铺上爬。高院长一看这架势,赶快跑出船舱。葛导就在后面追,边追边喊:"高院长,高院长……"

高院长沿着船舱外走廊绕了一圈,一个躲闪甩掉葛导,跑到杜院长的房间,把杜院长捣鼓起来说:"老杜,葛导要睡我那个房间,都是你惹的。"

杜院长说:"我去看看!"

大约半个小时后,杜院长带着地接社的导游回来了。说葛导找不到了!

高院长迷迷瞪瞪地说:"她不是睡在我那个舱吗?"

杜院长指了指旁边的小姑娘说:"我去的时候她就不在了,我以为她回自己房间睡了,我就睡你那铺上了。结果小刘看葛导这么晚还没有回去,在船上到处找也找不到,想打电话找她,白天忙忘了要她号码,深更半夜又不好打扰我们,就通过他们旅行社领导打电话给桂原那边旅行社领导要来了葛导的电话,结果打到现在也没有人接。"

"她晚上酒喝那么多,别出什么事吧?"小刘不安地问。

高院长问:"其他房间可找过了?"

小刘说:"我们团住的房间我都敲门问过了,都说没有看到她!"

"那我们再仔细找找,再仔细找找!"高院长也不睡了,赶紧从床上下来,心想,出了事责任就大了。

三人从餐厅、走廊、船舱、观光室,一直找到船顶观景台,人影都没有,只有江风和游船的马达声快速地飘过黑暗的江面。正要从观景台下去的时候,杜院长看到观景台塔楼后面似乎有个人影在晃动,壮着胆子走过去一看,葛导正扶着栏杆俯身对着江面呕吐呢!栏杆本身不高,葛导还一个劲向前趴着,稍不留神人就会掉到江里去,太危险了。刚才小刘来找的时候,一个人胆小没敢再往里走,只是在观景台中间看了下,所以没有看见。三人连拉带拽地把葛导扶回房间休息。此时都大半夜了,高院长暗中庆幸没有闹出大事。

第二天早晨,阳光明媚,经过一夜的不间断航行,游船正式进入了三峡的核心景区,此刻正在巴山蜀水中逆流而上。吃过早餐的游客全部聚集到二层的观景室和楼顶的观景台。阳光映在清澈的江面上,远处江水湛蓝如天空,崖边各种树木郁郁葱葱地倒映在水中,根本分不出哪里是天空哪里是水面;两岸山势险峻、怪石耸立,植被茂密,根本看不到有什么路。真是"蜀道难,难于上青天"。到了神农溪,两边悬崖上不时可以看到大巴山区特有的悬棺。除了船上观景外,游船中途还停了两处景点,让大家上岸游览。葛导早晨酒已全醒,但胃仍然难受,所以没有陪大家上崖讲解,全靠地导小刘一人张罗。大家敢怨不敢言,谁让杜院长惹的祸呢!

　　下午四点多,游船通过瞿塘峡入口处的夔门,此处照片被印在第五套人民币十元的背面,十分著名。大家不停地拍照摄像,一向不太喜欢照相的高院长也手持一张印有夔门的十元人民币,让别人帮他照相。

　　过了瞿塘峡,就来到此次游船上行的最远端白帝城。游船靠岸一小时让大家上岸游览。回来的时候,杜院长从街边摊子上买了两大包卤菜,一手提着一包,一边走一边还不忘拽他的文化:"朝辞白帝彩云间,千里江陵一日还。两岸猿声啼不住,轻舟已过万重山。"看来晚上又有一番"战斗"了。

　　回到船上,游船上的行程基本就全部结束了。游船回去时是顺流而下,中途不再靠岸,一觉睡醒就回到三峡大坝了。今天晚上的时间十分充足,不喝点酒确实无聊。晚餐特意定得迟,为的是让其他散客先吃完,金冶医院好独占餐厅。晚餐开始后,全体人员举杯共庆旅途愉快,高院长和杜院长代表医院领导挨桌敬完酒后,不爱喝酒的人很快吃好饭回房间去了,剩下的骨干人员被杜院长重新集中到了两桌。昨晚剩下的二锅头又被悉数搬上桌来,依然是人手一瓶对着瓶子喝。两桌人越喝兴致越高,不知道什么时候开始,每人除了一手拿着一瓶二锅头外,另一手又多了一根香烟。

　　老杜提议到:"我们现在要搞点文化,否则干喝没有劲!"

　　大家问:"搞什么文化?"

老杜说:"我们来学古人,饮酒作诗,作不出来的喝酒怎么样?"

大家都说行,要老杜带头。

"好,那我就先来啊!"老杜环顾四周后,举起筷子敲着桌子一句一顿地说道:

> 豪华客轮江上行,
> 两桌正好二十人。
> 人手一瓶二锅头,
> 喝得老子头生疼。

"不行,不行!"老杜刚说完,内科张主任就率先发难,"你老杜那么大酒量,这才几杯就头疼了?再说人数也不对啊!"

老杜说:"那我再改改!

"豪华客轮江上行,两桌不到二十人。

"数字对上了吧?

"再来一瓶二锅头,老张你看行不行!"

老杜又拧开一瓶二锅头看着老张。

"这个照,这个照。有诗为证,你把这瓶也喝掉啊!"满面通红的张主任兴奋地盯着老杜。

"下面哪一个啦?"老杜拿着筷子,就像古时候的将军拿着令箭点将一样。

龙博士说:"我来!"龙博士是金冶医院口腔科医生,"文革"后第一批本科生,喜欢看书,医院的同事都喜欢开玩笑叫他"博士"。

> 春江无月夜深沉,
> 杜康佳肴灯光明。
> 毋须点将自奋勇,
> 抖擞精神战酒神。

"不管,不管,龙博士果然是文化人!"吕主任大着舌头说,"哪个是酒神?哪个是酒神?……"

看着一帮酒鬼饮酒作诗,胡吹海侃的样子,再联想到昨晚葛导的耍酒疯,高院长的打油诗也基本成型了。他把手一扬,自告奋勇:"轮到我了,我来一首!"

"巴蜀风光秀万千。"

"好!"大家附和着。

"高峡平湖连天边。"

"不错,押韵!"老杜拍着桌子。

"美女佳人闹癫狂。"

"哪个美女在闹?哪个在闹?"张主任追着问。

老杜说:"不就是葛导昨晚折腾半夜嘛!你不知道啊?"

"我还真不知道!"张主任望着高院长说。

"烟枪酒鬼赛诗仙!"

最后一句高院长把音拖得老长,完了把手上的香烟一扬,仿佛他就是当年玉树临风的李大诗仙一样。

两桌人齐呼好诗。

一直到所有的二锅头都喝光,这场"战斗"才正式结束。回到房间时间还早,高院长又召集几个人打牌,打的是这两年才从秦州那边传过来的掼蛋。这种扑克玩法集中了八十分、斗地主和争上游的规则于一身,难度和趣味性都有很大提高,玩起来很上瘾。这时候办公室小孙喝多了,在船上到处窜不睡觉,一会要约人一道下河游泳,一会又乱敲别的游客舱门,几个人都按不住。大家只好散了打牌,一道把小孙弄到房间睡觉。

一夜无事,高院长一觉睡到大天亮。醒来时船已经停在前天晚上上船的码头边。大家在船上吃过早餐后下船直接游览三峡大坝。游大坝的时候,高院长听说小孙后来又折腾了大半夜。与小孙同住一个房间的是医保办牛主任的爱人潘律师,潘律师是作为医院家属自费参团的。早晨起来,潘律师发现小孙光着上身"大"字形躺在地板上,自己新买的皮鞋有一只被小孙吐得满满的,怎么倒都倒不掉。因为四月份江面气温还比较低,小孙昨晚吃的东西油水又大,吐到鞋里一夜结成了"果冻"。气得潘律师只瞪眼,那双皮鞋是牛主任前两天为了参加春游特地给他买的,脏成这样还能穿吗?

高院长忍不住边笑边调侃道:"老杜,抓紧把我昨晚作的诗改下,不光是佳人闹癫狂了,再加一个才子,叫才子佳人闹癫狂!"

游完三峡大坝,大队人马按来时的路线原路原交通工具返回,当晚回到了桂原。三天的旅游实际上占用两个休息日,回来后也就歇了一晚,第二天都要上班。虽然出门旅游比上班还累,但大家精神显然放松多了,上班以后很长一段时间大家都会津津乐道旅途中那些囧事。

高院长一直认为职工春游是企业文化的一个组成部分。到底什么是企业文化? 仁者见仁,智者见智,各种说法都有。高院长粗糙的见解就是:一个企业大多数人的价值观或者行事风格就是企业文化。调动员工积极性的手段有多种,钱当然是最常用的手段,却是最被动的方法,你给我多少钱,我就干多少活;而企业文化是从内心激发员工的工作热情,员工主动把单位的事当成自己的事,先努力工作,后获得回报,然后形成良性循环。管理者调动员工积极性应当两者并重,虚实结合,短期利益和长期利益兼顾。

所以高院长这么多年一直赞同每年组织春游,比单纯发给员工几百元钱奖金效果好。

第十六章

　　华夏路是桂原市北部一条主干道,整日车水马龙,一片繁忙;福园路是一条绿树浓荫的小支路。两条路交口的东北角有一所花园式医院。

　　医院正门向南开在华夏路上,面向马路是一栋高三十多米的九层大楼。楼前广场平坦开阔,广场地面全是灰色花岗岩地砖。广场东头有一排木制园艺廊架,廊架顶上生长着茂盛的紫藤,枝头开着一串串紫色的小花。廊架下面是一溜排的停车位,夏天里,停在下面的车辆能免受阳光的毒晒。进入大门左手边有一个正方形的保安岗亭,一架制作精巧的木廊架正好把岗亭罩在里面。廊架顶上也长着茂密的紫藤,垂下来的藤条已经挡住了岗亭四周的玻璃。向着广场两面窗外的藤条被剪出了方洞,以免影响保安的视野。岗亭远远看上去就像一辆伪装好的战车。

　　大楼的东西两侧均有一条黑色柏油路通往主楼后。主楼后是一栋L形六层楼房;两栋楼之间是一块面积约足球场大的中心广场,一个也爬满紫藤的"之"字形回廊将中心广场分为东西两半,回廊两端对接着两栋大楼的后门与侧门;紧连回廊东边是一处憩园,憩园地面茂盛的新西兰草坪像绿色的毛毯,"毛毯"上散着许多球形的石楠丛,间或植有一两棵金桂银桂;憩园北边立有一块巨大桃形石,正面雕有四个大字"医者仁心",凹进去的狂草字体被红油漆点拨后分外醒目;憩园再往东是一处运动场地;回廊的西边则是一片斜长形的香樟林,香樟树下安置了许多休闲座椅,每当下午的时候,许多患者喜欢安静地坐在椅子上享受着春日的和风或夏日的荫凉。

　　六层大楼的后面是一幢稍矮一些的"工"字形楼房,站在地面都可以看到楼顶上植物的身影。所有空地均被绿化,所有的道路两边均植有黄杨或红叶石楠。即便是院角垃圾临时存放点,也细致地用箢竹围成了一个封闭的空间,远处只能看到绿色箢竹挺拔的身姿。

临马路的围墙全部采用通透式铁艺栏杆,墙根下种植的云南黄馨从栏杆缝隙勇敢地向外探出身体,重重叠叠地,远看像是一片绿色的瀑布。初春时节开满黄花的枝条又像是一条黄色的彩带。东边围墙外是城中村,围墙用砖砌成,但墙根全部种有竹子,是那种长得不高,枝叶繁茂而主干不突出的山竹。竹丛把围墙从上到下全部护住,不露一点砖头和水泥。

夜晚,高杆路灯发出的光线把楼房的轮廓描绘得清晰而又柔和;散落在道路两旁的地灯,把路旁的小树装扮成美丽的圣诞树,夜晚的医院更显温馨。

这就是金冶医院未来的样子,也就是高院长心中的花园式医院。

五月底的时候,综合服务楼主体基本竣工了。医院新址上规划的建筑大部分已建成,因此配套工程就提上了议事日程。道路、广场、围墙、绿化、停车场等都要精心设计。按照高院长的想法,金冶医院一定要建成花园式医院。高院长几年前到上海去参观学习,特别留心上海医院的绿化。上海人把拐拐角角的地方都种上了植物,许多医院的绿化都延伸到了空中,楼顶、房顶都是郁郁葱葱的植物,整个医院生机勃勃。高院长十分羡慕,总想着将来有一天自己的医院也这样。随着主体工程的全面竣工,高院长的花园式医院蓝图也基本定稿了。

郑书记非常喜欢紫藤。郑书记是上海人,早些年有个电视剧叫《紫藤花园》,剧中的女主人公浪漫、漂亮而又有气质,是郑书记最喜欢的佳人类型。郑书记有时候也把自己想象成剧中的女主人公。当然高院长不一定喜欢那种女人,但是高院长也喜欢紫藤。郑书记还建议回廊两边都要设计美人靠,病人坐在美人靠上倚栏欣赏医院美景,心情就会好,心情好病就容易好。

张院长说憩园的东边一定要建一个篮球场。张院长是医院篮球队队长,带着最近几年新进医院的大学生,已经连续三年在金冶集团为医院夺得篮球比赛冠军。篮球文化已经成为金冶医院文化之一，至少在年轻人心中占据了重要位置。新建成的篮球场一定要正规气派，位置被规划在紧邻工娱治疗室的后门。张院长建议高院长应当让精神病人打打篮球，打球也是一种工娱治疗。

就在高院长醉心于他的花园式医院梦想的时候，市拆迁办的人却找上门要拆医院的围墙，说由于福园路扩建需要，西边的围墙要向内收缩十五米。十五米！那可是高院长规划中的香樟林！不光香樟林没了，医院前后相通的道路也断了，这怎么行？

高院长不是没有吃过亏。当年华夏路扩建时，拆迁办也是火急火燎地要医院拆南面的围墙和大门。高院长为了支持政府修路，立马就把围墙和大门拆了。围墙拆了不能马上重建，因为你不知道退到哪儿建合适。退少了道路施工的时候碍事还得拆，退多了医院白白损失掉一大块土地。因此只有等路修好了，才能安安稳稳重建围墙。高院长把围墙拆掉后，华夏路竟然又拖了两年才动工。没有围墙医院就得实行"开放式管理"，结果附近小偷隔三岔五来院子里偷电瓶车、偷电瓶车里的电瓶，社会上的三轮车和大卡车在医院里横冲直撞、乱停乱放。有一次，一个门诊患者一天在院子里被偷了两次电瓶，气得到高院长办公室大闹，非要医院赔她电瓶不可，把高院长头都吵炸了。总不能聘一个保安团来看门吧？高院长只得建了个临时围墙防盗，结果临时围墙修路时被挖倒两次，气得高院长大骂拆迁办。

实际上综合服务楼开工后，市里就有扩建福园路的动静，高院长心里也做好了拆迁的准备。因为按土地证上的标记，医院西边的围墙确实占了福园路红线三五米。这是怎么回事呢？这事得从老早说起。

福园路是个叉头路，就是华夏路两边的交口不在一条直线上。规划局想在将来扩建福园路时把两个叉头对接上，所以规划道路红线时，在北边福园路即将进入华夏路时设计了一个S弯，弯后的道路应当正好从金冶医院目前这块地的中间穿过。高院长当初与村里谈购买这块地时，也担心将来修路会占地，特地事先到规划局信息科画了一张红线图。果然西边福园路的规划红线占了这块地,但占得不多,也就大头五米小头三米这么一条斜边,不影响大局。回来后高院长就与村里签订了购地协议,并交了三十万定金。正式报规划的时候,规划局窗口说这块地福园路从中穿过,不能盖楼。高院长说自己事先已画过红线。窗口一调查,发现是信息科新来的小姑娘少画了一个坐标点,少了一个坐标点,那个S弯就变成了一条斜线。因为是规划局的错,规划局就开了个局办公会议,把福园路的红线按错画的样子做了调整。桂原市接不上头的路多着呢,谁会关心这么条小支路。

但是高院长一直关心着!

福原路开工后,眼看着施工队一天天把管线埋好,一天天把路基垫好,一天天把碎石层压好,眼看就要铺柏油层了,就是没有人通知医院拆迁。高院长心中暗喜:"规划局肯定把画错的红线纠正过来了。本来就是嘛!既然接不上福园路南边的头,偏那三五米的斜边就没有意义了,不如恢复原状。"

哪知道路修到人行道的时候,拆迁办却上门来拆迁了。高院长气得又想骂人。

拆迁办的人拿出福园路的红线图。高院长一看,不但当年的错误没有纠正,还在路边设了一个公交岛,一直要拆到住院大楼的墙根。

高院长说:"这怎么可能?这个福园路当时红线就画错了,就是按画错的红线来,医院也只占红线三五米,你这怎么一下子要拆十几米?这不行,围墙不能拆,我要找规划局去!"

拆迁办的干部看高院长这样,赶忙做工作:"道路规划不是你说错就错的,找规划局也没有用,迟早都要拆的,我看你们早点拆了省得烦心。"

高院长说:"你们这样一拆,我医院内部的道路就断了,消防也不允许啊!而且这院内的配套规划也是刚经过规划局审批的!"

这时,拆迁办童主任不屑一顾地说:"老高,医院又不是你家的,你就抓紧时间拆了吧,要不哪天晚上他们施工队用挖机一捣,你找鬼去!"

这个童主任与高院长不止一次打过交道,教条得很。上次华夏路拆迁就是他让高院长提前两年拆迁的,高院长到现在气还没有消。

大约三四天后的下午,高院长在办公室里接到保安的电话,说来了一群自称是区拆迁办的人,开着一辆挖掘机正在拆医院西围墙呢,他拦不住。高院长一听火冒三丈,这不明摆着欺负人吗?说好了等几天容我与规划局协调,这就等不及了!于是他急急忙忙下了楼。到现场一看,一辆橘红色的挖掘机正用挖斗推围墙上的铁艺栏杆,旁边站着五六个男子,指手画脚地指挥着,拆迁办童主任也在其中。高院长首先跑到挖掘机前面,对着驾驶员做出停止的手势,挖掘机立马停了下来。然后高院长转脸对着童主任发火:"不是说好了等我找规划局协调后再说吗?这还没有两天,你们就等不及了?"

童主任说:"市里催得急,这条路是重点工程,每天都要汇报进度,给你三天时间已经够多了。"

高院长说:"你现在急了?华夏路修的时候,你提前两年动员拆迁,这次路都快修完了,到了人行道你才通知拆迁,你们做事就像个神经病。"

童主任:"高院长,你不能说话这么难听,都是根据上级指示工作,我也没有办法,你说我是神经病就不对了。"

高院长提高嗓门:"不管怎么讲,今天不能拆,等几天我与规划局协商不成再说!"

"那你说还要几天?"童主任用手指着高院长问。

高院长用手把童主任的手一拨拉说:"我怎么知道几天!"

正在这时,施工队王老板的狗蹿了上来,对着童主任的左腿就是一口,只听童主任大叫一声,双手捂着大腿根部痛苦地蹲了下去。众人赶紧围着童主任问咬着哪里了。

医院综合服务楼虽然早完工了,但收尾事情还不少,院内围墙边还放着一大堆建筑材料,所以王老板安排一个看门老头带着一只狗留守,为的是看住工地上的建筑材料。狗也就是当地的土狗。这狗刚来时见高院长也要咬,后来熟了就不咬了。高院长有时也带着酒桌上的剩菜给它吃,时间一长，狗对高院长比看门老头还亲。今天突然来了一大堆人在外嚷，狗看到有人指着高院长要"行凶"，保护主人是狗的天职，这时不咬童主任更待何时？

童主任双手捂着大腿根部，暗红色的血液从双手指缝中涌出。众人哪见过这架势，七手八脚把童主任往医院大楼里扶。高院长也愣了，在医院门诊见过不少被狗咬的，但出血这么多的还真没见过，赶紧往急诊室奔，好提前通知急诊室做好准备。紧接着童主任被一群人扶到急诊室，血顺着童主任的腿不停地往下流，走廊的花岗岩地面上留下一条暗红色的印迹。

高院长指挥着外科王主任："快！快止血！"王主任带着助手和护士立即开始抢救。看着仍然不断涌出血液的童主任大腿，高院长想一定是伤到大血管了，如果是伤到股动脉是会死人的，但是细看，涌出来的血是暗红色，高院长心想肯定不是动脉，不是动脉就好办。简单判明情况后，童主任被送进门诊手术室清创止血。等待的工夫，高院长转身走到工棚里，那条狗吐着舌头在工棚门外半趴着，像什么事也没有发生一样，见到高院长赶忙站起来摇着尾巴迎了上来。高院长心想，你这狗东西可闯大祸了，一边埋怨看门老头没有把狗拴好，一边叮嘱他拴住狗，可不能再咬了人。

回到急诊室，王主任摊着双手从门诊手术室里走了出来，乳胶手套上沾满的血液十分刺眼。王主任对高院长摆摆手说："院长，这狗咬得太狠了，好像是股静脉被撕掉一小块，我们医院处理不了，要转到大医院处理。我在他大腿根扎了止血带，临时止住血了，我来找病人家属谈。"

高院长说："你不要找家属了，他是区拆迁办的，刚刚是因为医院围墙拆迁的事被王老板的狗咬了，先救人要紧。

"你不是在省人民医院外科进修过吗？外科主任你都熟悉。你辛苦一趟，抓紧跟救护车把童主任送到省医去，我随后叫办公室小孙带钱去！"

高院长把转诊的事情安排妥当后，回到了八楼的办公室。坐在宽大的办公椅上,他心里也有点忐忑不安。童主任毕竟是代表区政府的,万一有个好歹真不好交代。但是也不能怪我啊?狗又不是医院养的,你按约定过两天再来拆哪有这些事呢?话虽这么说,但真要是处理不好,医院以后可有苦头吃了。

直到晚上六点多,王主任从省人民医院那边来了电话,说手术做了,没有大事,高院长才离开办公室回家。

第二天早上一上班,王主任把详细情况向高院长做了汇报:"昨天去直接找到了血管外科的邓主任,做了血管吻合手术。但是由于静脉壁缺损较多,吻合后担心将来管壁微血栓形成,所以加了一个滤网,以后可能要长期吃抗凝药。"

高院长感觉有点对不住童主任,毕竟都是公事,拆迁也是难事,谁做都得罪人。第二天,高院长与王主任特地到省人民医院看望了童主任。童主任也没有说难听的话,表示不生高院长的气了。

出了省医,高院长有点愧疚。童主任虽然讲话有点直,但人还是厚道人,吃了这么大的亏,也没有为难高院长,政府工作也是不容易,也要理解人家。

等童主任出院的时候,规划局这边也沟通好了。规划局说可能是局里道路处与建设处两个处室沟通不够,出现互相矛盾的问题,后来让设计院修改了图纸,去除了公交港湾,只需要占四五米的院子。还说现在管线和路基都已施工完毕了,要是早一点反映问题,还可以考虑调整中心线,你们的围墙也许就不要拆了。

从规划局出来的时候,高院长又气起童主任来了。你要还是像以前那样,猴急猴急地早早让我拆迁,我早点到规划局反映情况,说不定这围墙还真的不要拆呢!

第十七章

快下班的时候，快递员送来了一封信，要求高院长签收。高院长看到信封下面的落款是桂原市北桂区人民法院，心里已经有了预感。打开信封，里面是一张打印好的应诉通知书和一份材料。

金安省冶金集团有限公司医院：

我院已于2011年6月16日受理原告陈文林、储琼英诉你院医疗损害赔偿一案，现发送诉状副本一份，并将有关事项通知如下：

一、当事人在诉讼过程中，有权行使《中华人民共和国民事诉讼法》第五十条、第五十一条、第五十二条等规定的诉讼权利，同时必须遵守诉讼秩序，履行诉讼义务。

二、你方应当在收到诉状之日起十五日（涉外案件为三十日）内向本院提交答辩状一式两份。

三、法人或者其他组织参加诉讼的，应当提交法人或者其他组织资格证明以及法定代表人身份证明书或者负责人身份证明书。自然人参加诉讼的，应当提交身份证明。

四、需要委托代理人代为诉讼的，应当提交由委托人签名或者盖章的授权委托书，授权委托书应当依照《中华人民共和国民事诉讼法》第五十九条的规定载明委托事项和权限。

2011年6月27日

就是去年神经康复科那次医疗纠纷。死者叫陈小雯，这个陈文林、储琼英应当就是死者的父母亲了。家属好像有四五个月没有来医院了,看来是在忙起诉的事。这个官司是早晚的事,高院长并不感到意外。

高院长与杜院长商量:"我们哪有时间与他们搞这个呢?医院也没有专门的法律顾问,还是找个律师代理吧。"杜院长讲:"牛主任的爱人老潘是律师,不如让潘律师来帮忙处理这个事,到时候给他一些补助,反正他在单位也没有太多事做,就当搞个兼职。"高院长感觉这样也好,又问杜院长,"上次那个鉴定报告可出来了?"

"没有,到现在也没有给我们啊。对方讲我们给的病历材料不全,他们不好下结论。"

"怎么会不全呢?病历都是封存的,也是当他们面打开复印的啊。"

"我也是这样想的,谁知道呢。"

潘律师很快弄好了答辩状。应诉状的主要意思就是:1.医院诊疗无过错;2.患者死亡与医院的诊疗行为无关,是疾病本身的转归。

答辩状提交给法院以后,焦点还是回到了医疗过错鉴定上。由于江陵医学院司法鉴定中心的鉴定报告迟迟没有出来,法院不愿意再等,把双方叫去做了一次调解。主持调解的是一位姓钱的女法官。

那天高院长、杜院长和潘律师都去了法院。在等原告的时候,钱法官与高院长这边单独进行了沟通。

钱法官说:"患方的要求你们也看到了,你们看有没有可能调解结案。"

杜院长说:"不是医院一毛不拔,患者死亡当时医院就出了两万元丧葬费了,我们认为医院在治疗上没有过错,再给家属赔偿是没有道理的。"

钱法官说:"既然是调解,双方都要做一些让步。对方也不能按起诉书那样要那么多的赔偿,但是你们也不能一点不让步啊,否则怎么调解呢?"

高院长接话道:"我们的意见是等鉴定结果出来后再调解,如果医院有责任,医院肯定会赔偿;如果医院没有责任,医院不应当赔偿。现在医疗环境这么恶劣,如果都无原则地让医院赔偿,那医院还怎么开?"

钱法官说:"等结果出来了,如果医院有责任,再调解就不是现在这个标准了,你们可要想清楚噢!"

"不分清责任就来谈赔偿,那你们法院不就是和稀泥吗?"高院长不满地嘟哝道。高院长说的时候声音很小,吐字也不是很清晰,哪知道这个钱法官耳朵很灵,立马大声训斥起高院长了:

"和稀泥!调解怎么叫和稀泥?我这也是为你们好,人都死了你能说医院一点责任就没有?你们医院不赔偿,家属会这样算了?他不满意还不是要到医院找你们闹!你去看看人民法院的工作条例,调解也是一种重要的结案方式,你这样的认识是十分错误的!"

高院长被训得一愣一愣的。钱法官说完,抱着材料直接走出了谈话间,不再理高院长他们了。

等钱法官走出门外,高院长冲着她的背影不满地说:"嘿,这个钱法官,脾气还不小。人死了医院就有责任?医院是保险箱吗?法官都这么认识,医患关系能好吗?"高院长心里的不满也只能忍着,知道不该跟法官硬顶。

江陵的报告迟迟不出,原告方认为是医院在找关系,医院认为是原告有关系。钱法官提议另找一家外省的鉴定机构做司法鉴定,双方都同意。最后法院指定秦州医科大学司法鉴定所做本案的医疗过错鉴定。

这个鉴定机构比江陵医学院认真多了,不但要看病历和尸检报告,还要听双方当事人的解释。听证的时候,专家对金冶医院病区主任说:"这个病人的病情也不是很复杂,根据尸检报告,病人最后死于颅内感染,从病历上看医院至少有两方面错误:一是腰椎穿刺指征不明确,不应当贸然做穿刺,这样很容易加重病情;二是发生颅内感染时你们又没有做血培养,选用抗生素无针对性。"病区主任也提不出合理的解释,只得点头默认。

专家接着说:"这起事故你们医院存在过错是很明显的!"

从鉴定所出来后,高院长说:"看来医院有责任是肯定的了,老杜你看能不能沟通一下,让他们把鉴定结论尽可能写轻一点?"杜院长说:"我来试试。"

高院长之前已经做足了功课,按照医疗事故处理条例,医疗事故中医疗过失行为责任程度分四等:1. 完全责任,承担100%责任;2. 主要责任,一般要承担60%~90%责任;3. 次要责任,一般要承担20%~40%责任;4. 轻微责任,一般承担不超过10%的责任。这主要责任、次要责任全在鉴定人员的一念之间,但是赔偿数额相差很多。高院长交代杜院长一定要努努力。

协会要有凝聚力,必须要有活动。年初会长例会确定夏天在安南地区搞一次活动。安南山多水好,到处都是风景。水阳县溪多水大,最适合漂流。活动地点就定在水阳县城。开什么会呢?高院长春天去台湾游览了一趟,早就听说台湾的长庚医院很有名气,旅游的时候特地私事公办,跑到高雄长庚医院参观了一圈,会议主题就定为台湾医院管理经验交流!高院长从网上搜了一些资料,又找了一些自己在台湾拍的照片,制作了个幻灯片,作为主旨演讲;再请一两个会员单位谈谈医院管理体会,作为互动交流。这样会议内容基本就齐了。

活动叫个什么名字呢?叫"长庚医院管理经验交流班",有点俗气;叫"台湾医院管理经验研讨会",还是不够大气。高院长电子邮箱经常被各类会议通知塞得满满的,打开看看都叫"国际论坛""高端峰会"什么的,名称听起来都很高大上。对,就叫"高端论坛"!

接任会长第一次组织学术会议,光自娱自乐影响力不够,高院长与陶秘书长又一道邀请了市医保中心滕主任参会。经过精心准备,"桂原市职工医院管理协会台湾医院管理经验高端论坛"于2011年7月29日在安南水阳县水阳宾馆正式开幕。

水阳县是安南地区的一个山区小县,县城人口不到5万人。县城所在地阳关镇上的宾馆基本上都是农家乐水平,唯一一家号称三星级宾馆的就是这个水阳宾馆。县城小宾馆没有办过"高端论坛",临阵十分紧张。下午两点半会议正式开始,高院长提前十分钟坐电梯到会议室,结果宾馆唯一一台老爷电梯半道坏了,高院长和小孙卡在里面出不来。保安来了以后在门外说:"保管电梯钥匙的人回家吃饭了,但是你们不要急,她家就在附近,我们已经打电话叫她了。"等女服务员来了把两人放出来的时候已经快下午三点了。

小孙嘟哝说:"只隔两层,早知道我们走楼梯上去就好了!"

高院长纠正道:"你见过哪个高端论坛的代表是走楼梯上楼的?"

小孙低着头憨笑。

一进会议室,陶秘书长就笑着说:"这什么破宾馆,一上来就把我们会长卡在电梯里,一会议室人都在等你的报告呢!"

高院长朝坐在嘉宾席的滕主任和其他领导拱拱手,直奔主席台开始他的"台湾医院管理经验初探"。好在报告内容还算新颖,会议室里立刻安静了下来。一个多小时后,高院长的报告结束了。接下来是中铁安江局机关医院的人讲医院后勤管理经验,讲到一半的时候宾馆停电了,会议室立即闷热难耐。宾馆服务员上来说这是县供电局停的电,一般都要五点以后才能来电。看来这里经常停电,服务员都习以为常了。没有投影,没有音响,也没有灯光,机关医院的代表只能"黑讲",三下五除二把剩下的内容说完。会场里的人再也坚持不住了,滕主任和嘉宾席上的一帮人,尽管手中的纸扇不停地摇,脸上的汗还是不断地往下淌。高院长与陶秘书长商量决定简化议程,让滕主任讲了"几点指导意见"后,立即提前结束了这场高端论坛。

晚上的聚餐大家都非常尽兴,还安排了卡拉OK。县城的卡拉OK效果还真不错,比那个所谓的三星级宾馆靠谱多了。当然这次会议的重头戏还是第二天的琴溪河漂流。

琴溪河是水阳县水质最好、风景最美的一条河,没有之一。河流迎着山间地势曲折跌宕,最终汇入下游水阳江。河两岸都是青山翠竹,溪水清澈见底。夏季水量充沛的时候,全流段均可以漂流。最佳漂流段是在月亮湾,这里风光秀丽,河面湾多水缓。趁着上午阳光不强,会务组安排大家乘竹筏漂流。一行四十多人分乘十几个竹筏顺流而下,每只小竹筏四个游客一个艄公,游客几乎人手一支水枪。人还未坐稳,"战斗"就开始了。刚开始一些矜持的领导们还躲躲闪闪,不一会儿全都被喷得湿漉漉的,这时候就没有领导和群众之分了。竹筏穿过一个小木桥时,桥上的游人直接用水桶提水往竹筏上浇。转过一个急水湾,河面一下变得异常宽阔,水流似乎一下停止了。水底的鹅卵石也看得清清楚楚,只是由于水流的原因,看起来像油画一样,有点变形。放眼前方,竹筏上、河面上、河滩上到处水花四溅。省精工科技公司医院姚院长戴着个大草帽站在筏尾用水枪射人,脚未站稳,一头栽到河里。水只有半腰深,艄公并不紧张。后来男女老少干脆都主动跳到河里,溪水凉爽宜人,脚下都是圆滑的鹅卵石,大家都不愿再上竹筏。艄公制止不住,干脆把竹筏停到滩头,等大家打够了再走。

  一个多小时的"战斗"很快就结束了。上岸统计"战果",损失却有点惨重:有好几个人找不到自己的鞋子;省电力局医院的江主任眼镜掉水里没捞上来;损失最大的是省建设集团医院的一个护士长,脖子上的金项链没有了。察看照相机上的照片发现上竹筏时还在脖子上,肯定是掉在水里了,也不知道掉在哪段,找是找不回来了。高院长见状安慰道:"既然是战斗,就会有牺牲嘛!"高院长哪里知道,那条项链价值八千多元呢!护士长郁闷得中午的饭都没有胃口。

  午餐安排在河边不远处一家农家乐餐厅。滕主任与院长们坐一桌。席间每桌上了一盘很有特色的红烧小鱼,这鱼高院长吃过。杜院长的一个好朋友是本地镇上医院的院长,姓田,上次来玩的时候,田院长请大家吃过这种鱼。这鱼个头很小,一看就知道是山溪里生长的鱼。大大的头,细长的身子,前部略呈圆柱状,后部略微侧扁,长五六厘米,有点像鲈鱼苗的样子。高院长一边劝滕主任等人多吃,一边问大家可知道这种鱼叫什么,大家都说不知道。高院长说:"这种鱼叫琴鱼,是水阳县的名贵特产,从晋朝开始就是贡品。早上我们来的时候路过的那个镇子叫琴溪镇,刚刚漂流的这条河叫琴溪河,这种鱼全世界只有琴溪河里才有,所以叫琴鱼。而且这种鱼每年只有农历三四月份在琴溪河月亮湾这段水域才可以捕到,逾期异地皆不可得,所以水阳县自古就有'三月三,琴鱼出'的谚语。"

"哦,这么神奇?"滕主任不大相信。

"那当然了,不信你可以上网查!"高院长肯定地说,"更为神奇的是,这鱼当地人一般不是用来吃的,是用来泡茶喝的!"

"越说越神奇了!"滕主任补了一句。

"一点不神奇!"高院长与滕主任碰了一杯啤酒后说,"当地人把琴鱼捞上来后,在盐开水里放入佐料,将鱼放入,慢慢炝熟,再用炭火烘干,制成琴鱼干收藏起来,逢年过节沏茶招待贵客,泡完茶的琴鱼干也可以吃掉。"

这时候陶秘书长已经用他的智能手机在百度上搜到了琴鱼茶的词条。老陶对着屏幕大声念道:"琴鱼栖身在安南水阳县琴溪河一带,形状十分奇特,早在东晋就被列为贡品……琴鱼虽是鱼类,却很少作为菜肴烹制,而是以饮茶精品著名。每年清明前后,琴溪河两岸的村民便用竹篓、篾篮在琴溪河滩头张捕。琴鱼被捕获后,放入盐开水中,并佐以茴香、茶叶、食糖,然后将鱼炝熟,再用炭火烘干,精制成琴鱼干收藏起来。逢年过节用来沏茶,作为杯中佳茗,招待上门客人。琴鱼茶和虫茶、糯米香、雪茶并称为中国四大奇茶。"

"你看可是假的?"高院长笑着说。

这时杜院长打趣道:"会长,你什么时候文化提高到这个程度啦,我们快赶不上了!"

高院长说:"我们今天都没有文化,人家琴鱼是泡茶喝的,我们却弄来红烧,有失文化人身份啊!"

"好,下午我请大家喝琴鱼茶!"杜院长站起来认真地干了一大杯啤酒。

第十八章

　　两个多月后,秦州医科大学司法鉴定所的鉴定报告出来了。鉴定报告是直接寄到北桂区法院的。鉴别报告最后并没有划分责任等级,只是给了一个原则性的结论,报告结尾是这样写的:"一、金冶医院在适应证不明确的情况下,为陈小雯实施腰椎穿刺引流术不妥,可加重患者病情,医方的医疗行为存在一定过失;二、金冶医院的医疗行为与陈小雯的死亡之间存在一定的因果关系。"

　　两个"一定"!"一定的过失"到底是多大过失?"一定的因果关系"究竟有多大关系?鉴别机构既不得罪人,又不犯错误,把难题交给了法院,你法院爱怎么理解就怎么理解。

　　报告出来没多久,法院正式开了庭,主审的就是那个钱法官。庭审时双方的焦点就在这个"一定"上。医院这方认为"一定的过失"就是很轻的责任,按照司法惯例,医院最多承担10%的赔偿责任。原告律师认为"一定的过失"至少是一半的责任,医院至少应当承担50%的责任。法官也拿不准这"一定的过失"到底应关联多少责任,没敢贸然宣判。

　　休庭一周后,钱法官又主持了第二次调解。这次原、被告双方就这个"一定的过失"争论得更激烈,越吵越乱,后来几乎是不讲理了。潘律师说:"按常规理解,一定的责任就是一点责任,就像我们说一个人有一定的水平,就等于说这个人有一点水平。"原告律师说:"一定就是全部的意思,毛主席说过一定把淮河修好,就是说百分百要把淮河修好,事实上淮河现在也确实修好了。"

　　钱法官听着头痛,感觉这么吵下去,"一定"是讲不到一起的。干脆把双方分开,单独做工作。她对医院这方说:"现在医院有责任是肯定的,既然没有明确划分责任大小,那么责任大小就由法庭说了算。这是法官自由裁量权,你们要是不让步的话,到时候判完了可别后悔!"对原告方也是这样说:"你们要是狮子大开口,到时候可别后悔啊。"双方是麻秸秆打狼两头怕,在钱法官的调解下,终于达成了和解协议:医院除了先期给的2万元丧葬费外,另外赔偿原告各项费用8万元,诉讼费减半收,由原告出,鉴定费由被告出,医院一周内给钱到位。双方签字结案,历时一年多的医疗纠纷官司终于结束了!

就在法院终于办结陈小雯案的时候,金冶医院的花园式医院完工了。十一月份的时候,医院搞了一个隆重的综合服务楼竣工典礼。

按照当初的规划,楼房建成后,医院两个机构就要完全分开了,综合服务楼就成为东风街道社区卫生服务中心业务用房。竣工典礼前,医院又将楼房里里外外装饰了一遍,东风街道社区卫生服务中心的标牌也端端正正地挂在了大楼的正门上。张院长被正式下文兼任社区卫生服务中心主任,普通员工也根据岗位和本人意愿进行了一次自愿分流。金冶医院和东风中心从房屋、人员、业务和管理上全部分开了。金冶医院领导班子当初的宏伟设想正在一步一步走向现实。

年初综合服务楼还在施工的时候,高院长又去向市卫生局赵处长咨询了二级专科医院的事。赵处长说:"不管专科、综合,首先得有房屋,你房屋还没建好就提这事,他们一票就给你否决了,建议你把房子建好再申报。"现在楼房建好了,高院长抽空把创办二级专科医院的申请先交到了区卫生局。有过上次"一百张床"的经验,加上从科学院医院和中铁安江局一处医院了解到的情况,高院长知道这项工作不那么容易,得做持久战准备,还得用巧劲。这事上上下下需要好几个层级的审批,还真不知道从哪里下手好。

首先肯定要经过区卫生局,区局一把手武局长为人厚道、办事干练,与高院长关系也不错。高院长去了两次,武局长就爽快地在申办二级专科医院的报告上批了一行字:"情况属实,请市卫生局审批!"区卫生局这关就算轻松地过了。接着高院长又去市卫生局,几个处长都说,新办医院要等局里的"十二五"医疗机构设置规划出来才行。现在规划已经搞得差不多了,过了年应当会出来,再说现在是年底,领导们也比较忙,没时间研究这个事,年后再来吧!

腊月里,时间异常金贵,医院里总有忙不完的事,日子恨不能掰着指头数,紧张得令人窒息。而春节一过,时间又突然变得很奢侈,似乎又有大把日子可以挥霍了!

高院长一边紧张安排医院内部事务,一边分出很大精力来维护社会关系。领导、专家和重要客户,高院长都要亲自拜访。其他关系户也要安排分管院长或对口部门去打点,春节是关键节点,马虎不得。

那个时候年关时髦送卡,这种卡最早是桂原市一家大型百货公司出售的,销售非常火爆,后来其他百货公司和连锁超市也纷纷效仿。从一百元、两百元一张的卡开始送,后来发展到送五百元、一千元一张的。开始多是求人办事,后来单位之间也互相送。金冶医院毕竟是国有医院,买卡太多财务不好出账,所以也就是象征性的送一两张,人家收时也没压力。

最让高院长头疼的是喝酒。常年打交道的关系户,年底聚一聚是不可少的。送卡、送礼只是满足对方物质上的需求,喝酒更多是满足人的精神需求。马斯洛不是提出人有五个层次的需求吗,从低到高分别是生理需求、安全需求、情感和归属的需求、尊重需求和自我实现的需求。高院长研究过,一场酒下来,这五个需求基本上能满足四个,搞得好五个都有了。第一个没有问题,又吃又喝当然满足了生理需求。第二个安全需求满足也很明显,你看有的人平时胆小,只要酒一喝到位,经常把胸脯直拍,谁也不怕!谁都不怕还没有安全感?第三个更没有问题,喝酒就是联络感情用的,这一点不用解释。第四个更是酒席的基本功能,不管什么样的酒场,被请的人肯定得到主人的充分尊重。请客的人想着法子敬客人酒,敬酒时自己先站起来,还死活不让客人站,还得把杯子放得低低的,不停地说着奉承的话,甚至还要"打的"到跟前敬。这样如果还找不到被尊敬的感觉,那你在其他地方也很难再找到尊敬。第五个层次自我实现就看你怎么理解了,每个人的追求都不一样,有些人就是喜欢这种吃吃喝喝的生活,那就已经实现了。

当然年底请人吃饭是要提前预约的,而且交情不够是约不上的。外院专家平时不喜欢应酬,一年到头总要请到一起聚聚吧;卫生局领导去年对医院支持很大,年前一定要约他们坐坐;社区中心每年要办"健康之友"联欢会,街道社居委的干部都会来,晚上的酒肯定是要喝的;医药公司的萧总早就约医院班子年前吃顿饭,区局关局长也会参加,这场酒肯定是推不掉的;东升公司子公司负责人每年年底都要聚会,高院长是不能缺席的;集团公司工程处对医院去年盖大楼鼎力支持,年底一定要请吴部长他们搞搞文化;神经康复科今年业务增长喜人,胡院长下周要来医院,晚上的庆贺必定很热烈。

基本上一个腊月里,高院长和班子成员几乎天天有应酬,晕晕乎乎一直到过年。这是中国城市里的普遍现象,农村更厉害。那个住在精二病区21床的陈校长,他的学校在远郊。据他讲,他一年到头都在喝酒,婚丧嫁娶、升学参军、盖房上梁、吵嘴打架都得喝酒。春节期间他基本上是从放寒假开始,一直喝到正月十五以后。仅一个过年酒就能喝上个把月:你到我家拜年,我到你家拜年,我们一起到校长家拜年,校长再回拜我们各家。有一年春节后开学都一个星期了,陈校长那天实在找不到喝酒的理由,听说村主任家的母猪昨天下了仔,硬是让村主任办了一桌喜酒。陈校长喝成了精神病就不足为奇了。

腊月二十八晚上,高院长安排了一个重要的饭局。

饭局安排在一个雅致的徽派酒店。酒店不大,在一个公园旁边,周边很安静。进入酒店内,厅堂房阁全是徽派装饰:大厅正面有一扇巨大本色木雕屏风,天花板下吊着的六角宫灯发出淡红色的光,通向二楼的木制楼梯扶手油光发亮,一尘不染;二楼和三楼楼梯左右各有一间包厢,或者说是一间书房,就是把包厢布置成古代书房的样子。书房四周是书柜,正对门摆设一张古色古香的书案,书案上文房四宝俱全,四面墙上间隔挂有绘画和书法作品。包厢比常规的要大得多,正中间放了一个能坐下十来人的大圆桌,圆桌边全是木制高背太师椅。这种椅子靠背太直,坐着的时候上身得强迫挺直,像仪仗队训练似的,很不舒服。另外椅面太硬,虽然上面放着红色丝绒软垫,但是人坐久了还是有点屁股疼。高院长最不喜欢这种椅子,他人瘦,屁股上肉少,坐不了一会屁股、后背都难受,要不停地变换坐姿缓解不适感,不了解底细的人常误认为高院长有多动症或者身上染了虱子。

今晚请的客人大都是各大医院的专家教授,既有省级大医院的,也有市属医院的,还有市外医院的;既有神经外科的,也有神经内科的,还有急诊科的。能把省市业界专家请到一起,要归功于杜院长。请客的主题是感谢各位专家一年来对金冶医院神经康复科的鼎力支持,希望来年一如既往。

金冶医院班子全体到场,胡院长也特地从秦州赶来。由于周末交通拥堵,快到七点钟的时候,专家们才到齐,简单介绍一下后就正式入席。按规矩,高院长做东应当坐中间东道主的位置,但是高院长一是客气,二是怕这么多大牌专家在场把不住局面,所以一再谦虚,让金医一附院神经外科唐教授坐中间,唐教授死活不肯,又拉省医罗主任坐,罗主任也躲得远远的,最后只得请金医二附院神经外科李主任坐中间,李主任也说不合适。高院长就一边把李主任往座位上推,一边大声说:"李主任是我老乡,又是金冶医院的顾问,理当坐中间嘛!"大家都说对。

"好好,恭敬不如从命,我今天就来给高院长服务一把。"李主任半推半就地坐到了东道主的位置上。

酒席正式开始,李主任建议每人先干三杯,然后再开始互相敬酒。大家的第一壶酒很快就喝完了。一般情况下饭局不谈正事,但是往往又免不了扯到正事,正事是大家共同的话题,容易产生共鸣。杜院长说:"金冶医院神经康复科这两年搞得不错,病区已经扩大到两个,下一步还想开个重症监护病房,各位老大你们可得多支持啊。"罗主任说:"神经科重症病房要求比较高,你们的医护人员可配备好了?"杜院长说:"我们这个重症与你们大医院的不一样,我们主要是把一些昏迷的病人放在里面统一管理,太重的我们不收。"李主任说:"搞之前最好把医护人员送到大医院重症室培训一下,到我们科或者到罗主任那都行,回头我来问问我们医院医务科手续怎么办。"

高院长说:"不急!不急!我们只是有这样一个想法,哪天有空再向各位专家详细汇报,今天的任务就是让专家们年前散散心,把酒喝好,我带头先来敬各位专家一杯。"说着高院开始打通关,喝完以后张院长和杜院长依次打了通关。几个通关下来,酒桌气氛融洽起来了,高院长提议老杜露两手文化让专家们瞧瞧。

老杜把桌上人的分酒器都满上,然后说道:"今天我们把各位请来就是想让大家开开心,各位都是见过大世面的人。"

胡院长笑着插了一句:"都是有身份证的人!"大家哈哈大笑。

老杜接着说:"各位什么山珍海味没有吃过?所以我们高院长特地选择这么一个雅静的地方,主要是品品文化,放松放松心情,菜也没有什么特别的,都是家常菜,也不贵!"

罗主任笑着说:"哎!你这样讲,我们就是整天在外面大吃大喝了?"

老杜尴尬地笑着说:"不是那意思,不是那意思,我说错了,我来敬罗主任一杯。"

喝完后老杜接着说:"实际上饭店的菜贵不贵,不需要看菜单,菜只要一上桌我就能看出来贵不贵。

"从三个方面观察,就能大致评出菜的价格。"老杜夹了一只基围虾,指着虾子说,"一是看菜的生熟度,越生的菜越贵。比如虾子,如果放点酱油、放点辣椒炒一炒端上来,这就是家常菜,不贵;如果什么也不放,清蒸一下,白生生的就上来了,这个就要贵一些了;如果直接就上来一盘活蹦乱跳的生虾,盘子旁边再放点醋啊芥末啊什么的,这个菜就贵了。

"第二是看菜与盘子的面积比,面积相差越大越贵。比如说,一大碗堆得高高的红烧鸡端上来,你看分量这么多一定很贵。错!不贵。那种很大一只盘子,只在中间放一点菜的才贵。所以饭店要想把菜卖贵点,就得把菜放少少的,盘子弄得大大的。"

众人看看桌子上的盘子,除了一个干锅外,果然盘子都很大,菜也就堆了中央一小块地方,有的盘子里那点菜早就被人一筷子夹光了,就剩一个光盘子在那。哦,有道理!大家被老杜的"文化"吸引了,一桌人都停下筷子听老杜讲。

"第三方面也是最重要的一个方面,就是看餐具的形状。"老杜指着桌上的菜碟说,"稍微高档一点的宴席,餐具不管大小,是不能重样的。各位老大看,今天桌上这些盛菜的餐具可有重样的?"

大家一看确实没有重样的。有盘子,有碗,有锅,有铁板,有木框;有圆的,有方的,有长的,有短的,还有扇形的、梯形的、鱼形的,还真没有找到两个一样的!

"餐具一样那是土菜馆,八个碟八个碗什么的!"杜院长继续说道,"不知道各位可注意了?今天不光菜盘没有重样的,各位自用的碗碟也都不重样,这是接待最尊贵客人的标准。"

大家再低头看自己及他人的餐具,果然是的!碗是那种深色釉面碗,制作很精致,上面的图案也非常讲究,每个碗上烧制的图案都不一样,细细品读应当都是中国古代经典文化故事。再看每人面前的筷架,是按照十二属相制作的灰陶瓷筷架,每个筷架都不一样,今天正好十二个人,十二个属相全部聚齐。

李主任端起酒杯朝高院长一扬:"看来高院长你今天这桌也不便宜啊,盘子大,餐具不一样,还都是生的!"大家轰地大笑。

高院长忙说:"各位专家百忙中来捧场,这算什么呢?老杜你不能光搞'文化',再敬专家一圈!"

"好,我再来一圈!"老杜端着分酒器又转了一圈,与罗主任、李主任等几位酒量大的炸了几个蘯子。

高院长不失时机给大家解释道:"杜院长是文化人,省师范学院文学系高才生,对文化研究很深,特别是饮食文化。"

老杜谦虚地笑:"我认真观察过,做菜确实蕴含文化。你看普通人做菜那就叫做菜,大厨做菜那是艺术,就和画画写字一样。大厨做菜与我们一般人做菜不同,也是从三个方面来区分:一个是大厨炒菜用勺,我们一般人用铲子;第二,大厨炒菜放配料时是用勺背沾,而不是用勺子挖;第三,大厨炒菜用手颠锅,不用勺子翻。"

老杜双手比画着说:"你看啊,菜往锅里一倒,呼啦一下油火往上一蹿。左手拿着锅柄颠几下,颠锅的好处是菜炒得均匀而不容易碎,豆腐都可以炒,右手用勺敲几下锅沿,再用勺背沾一点盐啊、糖啊、味精啊往锅里一和,再颠几下,呼啦出锅倒盘子里,菜就炒好了。作料要多点,勺背按的时候就使点劲,要少点就轻轻地按,放多放少,全凭感觉。菜一旦装盘了就不能再倒回锅里重炒,好坏就这样了,就像画好的画一样,不能再用笔去描。"

李主任一直盯着老杜:"你讲得还真像,我现在在家炒菜就是用勺,学大厨,也会颠锅了。"

"所以真正有水平的厨师,菜烧好了你再让重烧他会很生气的。就像画家一样,画什么样就什么样,再改算怎么回事?好吃就多吃点,不对味就少吃点。"

老杜正眉飞色舞地说着,包厢外面正好走过一个戴白帽子的服务员,高院长立即嚷道:"大厨,大厨,快过来,听听我们这位帅哥讲得可对!"

老杜用手拨拉一下高院长笑道:"那哪是大厨,一看帽子就不对。国际上是有标准的,厨师长的帽子 30 厘米高,厨师的帽子 25 厘米高,那个人帽子趴在头上,不是厨工就是服务员。"众人又是哈哈大笑。

第十九章

　　一直到年三十,这样的酒场才能正式结束。到家庭团聚喝酒的时候,高院长反倒没了胃口。年夜饭是在孩子姥姥家吃的,高院长只是象征性地敬了老人几杯酒,没有多喝。老婆孩子晚上就住姥姥家,高院长大年初一早晨要到医院给员工拜年,所以晚上必须赶回来。一晚上被爆竹吵得没睡好,高院长早早起床赶到医院,郑书记、张院长已经把拜年的糕点、水果都准备好了。高院长挨个岗位拜完年后回到家中,坐在客厅的沙发上,窗外是阴沉沉的天空,年前下的雪堆在地上还没有化完,宽大的客厅显得格外冷。高院长想,大过年的一个人在家冷得要死,不如找个澡堂子泡泡澡,既解决中午吃饭问题,又能放松身体美美地休息一下,多好。

　　与过去的澡堂不一样,现在洗澡的地方都叫大浴场,里面除了能洗澡,还免费提供吃喝,还有各种各样的娱乐和健身项目。从十多年前开始,桂原市就一阵风兴起了这种大浴场。几年的工夫,全市到处都是大浴场,好像桂原人原先都不洗澡似的。这些大浴场一家比一家高档,一家比一家名字靓,什么"金桂湾""金色童年""银色月光""白云沙滩"等等。浴场环境也非常好,大厅看起来都像五星级酒店。洗浴间宽大清洁,各式各样的池子一个挨着一个,池水碧蓝碧蓝的,就像亚龙湾的海水。有池浴,有淋浴,还有名目繁多的桑拿浴、药浴、芬兰浴等,有的浴场还有游泳池。家人休闲去浴场,单位活动去浴场,请客谈生意也去浴场。一到浴场餐厅开放的时间,餐厅里到处都是头发湿漉漉的、两腮红扑扑的、穿着红红绿绿休闲服的男男女女,拿着个盘子来来回回挑吃拣喝,吃完了或去健身房,或去棋牌室,或躺在休闲大厅沙发上看电视,一待就是一整天。

好像在一夜之间，人们的兴趣又转移了。这两年桂原市大大小小的浴场关了一大半，剩下的浴场生意也清淡了许多，请客谈生意再也不去浴场了，高院长都有两三年没有去外面洗过澡了。

高院长找了一个离家不远的浴场。这家看起来也明显衰败了，浴场的一半已经改成了超市，浴池也只保留了一大一小两个。因为是大年初一，客人很少，高院长脱了衣服，径直来到大池子。这里就高院长一个人，除了旁边龙头放水的声音，整个池子间很安静。水略微有点烫，高院长在浅水区找了个斜坡躺下，整个身子半浮在水中，只让头露出水面，感觉全身的血管一下都舒张开了，十分舒坦。高院长一边享受着温水浴的酣畅，一边尝试让大脑完全放松。

不大一会，对面入口进来一个壮年男子，牵着一个三四岁的小男孩，朝大池子走来。小男孩脚上的拖鞋有点大，走路跟跟跄跄的。地面有点滑，快到池边的时候，小男孩脚下一滑，重重地摔倒在地。小男孩哇哇的哭声和男子的训斥声刺激了高院长，高院长的脑子也入不了静了，反倒胡思乱想起来。

小时候就盼过年，天刚下雪就开始掰着指头数还有多少天过年，不知道对过年有多向往。随着年龄的增长，高院长对过年的兴趣越来越淡，这几年甚至有点厌烦的感觉。现在不缺吃不缺穿，平时哪天不是过年？过年反倒变成繁忙和烦心的代名词。除了对外各种应酬外，内部利益分配同样令人心烦。年终奖平均发吧，不利于调动积极性；与业绩挂钩吧，多寡不均又吵得要死。前年发年终奖，精一病区主任领到的年终奖比往年多了一万元，年夜饭高兴得开了一瓶茅台，结果喝酒过程中接到科里护士长的电话，得知二病区主任今年增加了两万多，当即气得把另一瓶茅台也撬开喝了。

当家人不容易，年关压力不是普通员工所能想象得到的。金冶集团以前有一年春节前，因为官司败诉，外地法院第二天早上要查封企业银行账号。那个账号上存的几百万元全是职工年终奖和年关急需用的款项，查封以后这年还怎么过？工厂不乱了吗？但是得到消息时已经是晚上九点多了，再转账已经不可能。当时的赵董事长连晚召开紧急会议，最后想出了一个歪招。

第二天早晨，金冶集团安排好一名保卫部员工早早地来到银行大门口等候，八点半银行大门刚打开，两名外地法院工作人员急忙走进大厅，拿出一张法院公函正要递给银行工作人员时，保卫部员工上前一把抢过公函，三下两下撕碎后一口吞到肚子里。这一幕就像电影里的场景，法院的人惊得半天没有回过神。职工的年终奖保住了！当然那个保卫部员工当时就被派出所拘留了。赵董事长第二天又发动离休干部去省高院沟通，说账号封了，我们离休干部过节费都发不出来了。保卫部员工终于在年三十上午被放了出来。

医院虽然没有企业的摊子大，但高院长每年也都是一直忙到年三十下午，大大小小的事务才忙定。年初一清早还要赶到医院给值班员工拜年，拜完年实际上新的繁忙的一年又开始了。这些年职工医院生存越来越难，而同时医疗行业乱象丛生，政府和老百姓都不满意，医生也是牢骚满腹，这一切到底是怎么了？

公办大医院规模越建越大，病人越收越多，医疗费也是居高不下，国务院多次发文控制公办大医院过度扩张，但是收效甚微。去年全国最大的公办医院已经发展到6000张床了，仍然不够用。举债发展起来的公办大医院把患者和医生都虹吸去了，导致包括职工医院在内的基层医疗机构生存空间越来越小，国家投入那么钱办社区医院，由于没有好的医生，患者根本不愿意去社区看病。

大医院管理就比小医院好吗？上次高院长到市二院办事，从住院部大楼一楼坐电梯到二十四楼的脑外科，总共用了二十六分钟，还是低峰时段，这么低的效率也叫管理好？实际上医疗机构也是一个生态系统，就像自然界，有大老虎，也要有小绵羊；有大树，也要有小草，这样才能和谐。如果只有大医院，没有小医院，或者只有公办医院，没有社会办医，生态平衡就被打破了，要么效率十分低下，要么看病越来越贵。

民营医院这些年的发展也是剑走偏锋。政府鼓励民营医院发展起来的本意是借此推动医疗市场竞争,促进大医院提高服务质量,降低医疗收费价格。结果一些民营医疗机构缺乏长远规划,一味追求眼前利益,想着法子打擦边球。你看桂原市有些民营医院起的名字,什么"北大妇产医院",这个医院是北京大学办的吗?什么"军大消化病医院",恰巧这个医院就在解放军科技大学旁边,让人误以为这个医院是解放军科技大学的校医院,你说你不是故意误导患者吗?还有,全国至少有两千家"协和医院",一千家"中山医院",这些医院与协和、中山都有关系吗?大多数分明是以李鬼之名糊弄患者嘛!

还有一家民营医院最可笑,网站首页挂着一个大大的飘窗,上面写着:"请远离医托号贩子,维护正当权益,通过医托号贩子挂号一律不接诊。"实际上这家医院专门有团队充当医托,常年在各大医院门口拉病人,还到金冶医院拉病人被发现过,贼喊捉贼,可笑之至。那家医院网站上还写着"未及时挂上号的患者请到服务台预约",医院大厅撂棍都打不到人,还有人挂不上号?心思都用在这上面,能提高医疗技术吗?

那么,职工医院能担当重任吗?经历这些年的改革,桂原市虽然仍有职工医院三十多家,但多是一二级医院和社区卫生服务中心,没有一家三级医院,总体上属于小而散的状态。举办主体有企业、事业、高校及机关,举办层级有中央属、省属、市属等多种层级,形成不了合力。职工医院历史上也曾经辉煌过,但随着国家政策的转向和国有企业经营机制的转变,职工医院的发展失去了政策支持,这些年企业对职工医院基本没有投入,地方政府也是对职工医院抱着自生自灭的态度,鲜有政策支持,职工医院几乎是在夹缝中求生存。可贵的是这一群体通过自己顽强拼搏、艰苦奋斗,在当前严峻的医疗市场环境下,依然表现出强大的生命力,在医疗服务领域发挥着无可替代的作用。

职工医院注重成本管理,运行效率比大医院高,同时职工医院坚守底线,比民营医院诚信。而这两个特点不正是政府这么多年苦苦追求的吗?所以从某种意义上说,职工医院或许将来会成为国家二梯队,承担医改重任。当然前提是职工医院必须回归主业,融入产业。

既然公办大医院改革如此困难,如此缓慢,那能不能把职工医院组成一个集团,独辟蹊径,形成一个具有中国特色的兼顾效率和公平的公办医院体系呢?桂原市的职工医院能不能率先组成一个医疗集团或者健康产业集团呢?

谁来牵头?谁来领导?谁投资?不愿加入怎么办?资产如何评估?利益如何分配?想着都头痛。

不想了,高院长强制自己切断思路,双手捧起热水浇在脸上,身体往上提了提,把浴巾枕在脑后,尝试让大脑再次入静。

慢慢地,高院长感觉池面缓缓升起一团白雾。白雾散尽后,出现在眼前的是一片白茫茫的雪地。狂风夹着雪花扑面而来,远处的山峦隐约只见到影子。不远处的前方,一只白鹿快速地奔跑了过来,越跑越近,鹿角上粘着的雪花都清楚可见。这只鹿白毛白腿白蹄,白色的鹿角更是莹亮剔透,十分显眼。白鹿跳跳蹦蹦地跑着,快到他眼前时又折向东边,并逐渐消失在远方。白鹿消失后,雪立即止了,风也停了,鹿经过的地方全部长出绿油油的麦苗,越长越高,越长越绿。大片的绿色麦苗瞬间转化为一片绿色的山林,峻峭的山峦间隐隐传来溪水流动的声音。响声越来越大,至近处时只见一条小溪弯曲迂回,沿着山涧奔流而下,溪水冲击着溪边的乱石,激起杂乱的浪花,至山势突变的地方,溪水又形成一处瀑布,飞流直下,甚是壮观。由于水流的长年冲击,瀑布下面形成了深潭,潭水深不见底,瀑布激起的厚厚水雾弥漫在空气中,使人呼吸起来胸口发闷,闷得几乎无法呼吸……

大池子这时进来了一个大胖子,略微涌动的池水呛进了高院长的鼻孔,高院长猛地惊醒了,刚才他是做了一个梦。高院长喜欢陈忠实的小说《白鹿原》,看过五六遍,电影也看过,其中的细节烂熟于心。那雪地里的白鹿不就是《白鹿原》里的场景吗?那溪水和瀑布是哪里?是黄山的翡翠谷、庐山的三叠泉,还是贵州的黄果树?都有点像,但又不完全像。

他手指上的皮肤都泡皱了,瞟一眼擦背间一个师傅都没有,看来都回家过年去了,他在淋浴间简单地冲了一把,就换上休闲服到休闲大厅睡觉去了……

第二十章

春节过后不久，高院长及时召开了桂原市职工医院管理协会 2012 年第一次会长例会。协会去年活动开展得非常丰富，除了令人印象深刻的水阳县高端论坛外，十一月组织的到桂林参观学习也使院长们第一次感受到协会文化的魅力，二十多人深夜走在阳朔街头的情景至今历历在目。研讨会、培训班、医疗纠纷维权分会成立等等，活动一个接一个，应接不暇，个别院长已经抱怨协会活动太多，喧宾夺主了。

这次例会在市电力局医院召开，七位协会领导一个不缺。会议议题有六七条，都是今年要办的几件实事。其中有开办协会网站、成立协会学科专业委员会、举办各类培训班、集体申报新农合定点医院资质等。每个议题都要认真讨论落实，因此会议也就开得像个真正的会议了。看来新会长得到院长们的认可了。

唯一让高院长有点失落的是陶秘书长离开了协会。陶秘书长那个交通运输公司职工医院规模很小，又在家属区。运输公司这几年也在搞主辅分离，谈了不少家，最后准备把医院降级为卫生所并整体交给市中医院。陶院长一看形势不妙，早早找了出路，托关系调到省中医院当医生去了，有事业单位编制，不比那个小院长差。这样的话，陶秘书长的协会职务就不能担任了。去年的年会上，大家推选桂原石化公司职工医院郑院长接任了秘书长。

陶秘书长一走，高院长不光失去了一个好搭档，本来就少得可怜的会员单位又少了一个，高院长感受到了危机。听说桂原市下辖的菱湖市还有三家国有企业职工医院，高院长于是请市卫生局赵处长出面动员他们加入协会。在赵处长的授意下,高院长搞了一个座谈会。菱湖市卫生局的领导和几家医院的院长都被请来开会。会上赵处长把情况一说,几家医院的院长当即表示愿意加入协会。就这样,协会一下子就增加了三家会员,而且协会历史上首次把地盘扩大到桂原市外。

接下来,高院长开始实施协会今年的重点工作——台资医院管理模式培训。台湾知名电子企业民博集团几年前在秦州办了一家三级医院,叫秦州民博医院,高院长的校友武明被这家医院挖去当外科主任。借着这层关系,高院长首先组织了二十多位院长到秦州民博医院实地参观学习,又把自家医院的科主任、护士长分批送到民博医院培训,最后又把民博医院的副院长、科主任、护理部主任、推广部经理请来桂原讲课。

即便这样,高院长感觉冲击力还不够,准备再办一次封闭式培训班强化训练。

既然是封闭式培训,当然得找个远离闹市的地方,知名风景区肯定不行,国家早就禁止公款到风景区开会,再说那些地方人多嘈杂,比城市还吵,根本"封闭"不起来。

安西山区有一个石笋寨,高院长偶然间去过一次就喜欢上了那里。那是大别山脉里的一个普通山沟,由于位置偏僻,远离城市,自然环境一直保持着近乎原始的状态。山沟里的三四十户人家组成了一个自然村,叫东河村,村子最里边有一个天然形成的巨大石柱,石柱孤立突向天空,有四十多米高,很像一根巨大的石笋。专家就把东河村改名叫石笋寨。

石笋旁边有一条小溪自半山腰蜿蜒而下,七拐八弯,流出村口。由于开发旅游的需要,小溪上人工修建了许多挡水坝,人为形成多处瀑布和水潭。溪水清澈见底,水中鱼虾嬉戏,两岸植物茂盛,路边和村民院落前常见百年以上的香樟树。全村几十户人家沿着小溪两岸散落居住。春天里,站在村头一眼望去,淡绿的竹林、碧绿的茶园、鲜红的杜鹃、金黄的油菜花田,好似一幅醉人的油画。

沿着溪边修建的一条柏油路直通石笋寨大门,路两边的树木原始地生长着,树枝在小路的上空茂密地交织着,形成了一个绿色的隧道。新修的柏油路不宽,但路面十分平坦,两旁的路基长满了野草,春天里开着不知名的野花,到了秋天则落满了厚厚的树叶。

石笋寨里建有一家条件相当不错的酒店——石笋人家度假酒店。酒店建在山脚下一处平地,充满徽派特色。青砖、灰瓦、白墙与青山绿水交相辉映,组成一幅宁静清逸的山居图。酒店院内回廊相连,溪水环绕,水中锦鲤时隐时现。院落最深处的山脚下建了一个大型的石壁墙,墙上雕刻着《千字文》,彰显出酒店的文化。

从公路边丛生的野草就能明显看出,即便开发了这么多年,这里仍然缺少游客。而高院长恰恰就是喜欢这里的游客稀少。现在但凡离城市近一点的旅游景点,都是人满为患,而且人为包装痕迹明显,商业氛围浓厚,高院长一点也不喜欢。而人迹罕至的地方又普遍离城市很远。石笋寨恰好兼有两者的优点而无两者的缺点。上一次高院长到石笋寨玩的时候特地在这个石笋人家度假酒店住了一晚。晚上山沟里出奇地宁静,温和的晚风吹在脸上十分醉人。清晨推窗远眺,山顶上飘着薄雾,阳光从山背后射向云层,天空呈现五彩云霞,路旁茶园里早起的采茶人已在忙碌,小溪里缓缓流动的泉水似乎传出轻轻的笑声,空气像用泉水滤过的一样清新。如此美妙的傍晚和清晨对于高院长这样的城里人完全是一种奢侈品。

这里不正是开会培训的绝佳之地吗?

事实证明高院长选的地方深受大家喜欢,培训班报名人数远超预期,而且很多医院的院长亲自参会。周五下午,两辆大巴车满载参会人员来到了石笋人家度假酒店。当天晚上没有学习任务,大家尽情享受山里的慢生活。第二天全天培训,请来的专家有秦州民博医院的副院长、厦门长庚医院的护理部主任,还有一位中国人民大学的管理咨询专家。

下午四点半,培训正式结束。会务组利用山村傍晚的浪漫时间安排了一项爬山活动,让大家充分体验野外运动的快乐。爬山累了痛快洗个澡,再吃饭胃口好。晚餐就在酒店餐厅摆了十桌,人人脸上都洋溢着兴奋的笑容,老师与学员、领导与同事、同行与朋友,大家互致问候、互相敬酒。

人人都讲菜的味道好,说蔬菜是无污染的,猪肉是土猪肉,竹笋是鲜竹笋,就连土豆丝都说比桂原市里饭店做的香。晚餐几乎是在光盘行动中结束的。按照协会的老规矩,晚上的活动这才算是刚刚开始,精彩的在后面。

餐后半个小时光景,由郑秘书长和老杜召集,各家医院的骨干分子全部被请到酒店隔壁的陈家大院。村民老陈利用自家房子开了个名叫陈家大院的土菜馆。一排砖瓦房前面有一个宽大的院子,院子中间长着两棵高大的香樟树,树龄有上百年。老陈喜欢在树下招待客人,客人们也喜欢在大树下就餐。上次来石笋寨时,高院长晚上在树下喝过酒,那种"开轩面场圃,把酒话桑麻"的感觉让他一再回味。所以策划这次培训班时高院长就确定了,晚上一定要在陈家大院搞一场篝火晚会。篝火看来是不需要了,老陈在大树干上装了两个大功率的节能灯,又把酒厂送的红灯笼沿围墙四周挂了一圈,远远看去就像陈家大院里在唱大戏。来石笋寨都是一日游的客人,晚上鲜有人在寨子里过夜。老陈的这个土菜馆,白天倒有一些客人,晚上几乎撂棍打不到人。看到这么一大拨人晚上来喝酒,老陈两口子笑得合不拢嘴,赶紧忙前忙后给大家端菜上酒。

上菜的功夫,高院长悄悄来到陈家大院对面的山坡上醒酒。今晚是大月亮,四周的山峰、树木、房顶和地面都像撒了一层面粉,不远处的石笋人家度假酒店在昏暗的路灯下显出模糊的轮廓。除了陈家大院里张灯结彩、人影晃动外,寨子里大多数人家都已熄灭了灯光,忙碌一天的村民大多已进入了梦乡。上午刚刚下了场大雨,小石桥下的溪水已经发出哗哗的响声,温暖湿润的山风吹在脸上,就像爱人的亲吻。这夜晚的石笋寨不就是个桃花源吗?陶渊明的世外桃源也不过如此!

白酒喝不动了,这一次清一色上了啤酒,素菜、荤菜又弄了一大桌。所有人都一边喝啤酒一边用筷子敲着节奏唱歌。从《红星照我去战斗》到《映山红》,从《大花轿》到《酒神曲》,新歌老歌一起唱,唱得还特别齐。

昨天落实场地时,高院长让老陈在村里找个会弹琴的人,好给晚会助兴。老陈说酒店看班的老李头就会拉二胡,你叫他肯定行。今天早上高院长当面请老李头晚上拉二胡时,老李头还真有点受宠若惊。他中午特地跑回家把他那宝贝疙瘩———一把旧二胡,从家里拿到酒店来了。当桌子下面啤酒瓶积了一小堆的时候,高院长举着一把二胡、拉着老李头出场了,全场报以热烈的掌声。

老李头功底还真不错,简单试拉了几下就找到调了,但是只会几首老歌。高院长说我们就爱唱老歌啊!一群酒鬼围着老李头的二胡,从《不忘阶级苦》到《八月桂花遍地开》《北京的金山上》《浏阳河》,再到《社会主义好》,直到老李头实在找不到会拉的歌了为止。

老杜高兴得一次次把整包烟往老李头手中塞,老李头不要,老杜说:"李掌柜你不要客气,不要不行!"

老陈在一旁笑着提醒道:"院长,你都给了三包了!"

篝火晚会的高潮出现在桌子上也摆满空酒瓶的时候,全体人员合唱小虎队的《青苹果乐园》:"啦啦啦啦,尽情摇摆……""啦啦啦啦,尽情摇摆……"男男女女都站起身在院子里摇摆,老杜不知什么时候把老陈的两个铁锅盖拿了出来,打着节奏。响亮的歌声和刺耳的"锣声"把附近值班的两名保安引来了。他们以为晚上发生了什么治安事件,结果发现是一帮酒鬼在群魔乱舞,摇摇头走了。一直到十一点多钟,晚会才散。老陈这时已经困得不行,抱着孙子在一旁打盹了,明早还要早起采茶,山里人也很辛苦,"陶渊明"也不好当啊!

一群人歪歪倒倒地迈着八字步回到了酒店,老杜、高院长和郑秘书长几个人走在最后。此时酒店大院内一片寂静,池中蛙声轻鸣,天空明月高挂,石拱桥下的水面倒映着空中明月,正是天上一个月亮,水中一个月亮。触景生情,老杜酒兴又发,他仰望着天空的明月,双手一摊,转身拦住了大家:

"各位,此情此景人生能有几回?我等若不在这桥头明月下小酌几杯,如何对得起文化人的称呼?"

老杜没喝够!

郑秘书长猛挥一下右臂:"我看行!"

几个人叫出只穿短裤的酒店掌柜,从餐厅搬出了桌椅,回头到老陈家把刚才剩的酒菜又包来一些,几个人举杯邀明月,把酒问青天,深夜两点方才散去。

老杜回到房间,同房的小孙说自己晚上一直忙服务没有喝到酒,老杜说那哪行啊?用牙咬开两瓶啤酒,两人坐在床边喝完了才睡。老杜这一晚四喝,震惊协会。从此,老杜的好酒量在协会里就传开了。

第二十一章

桂原市政府是2006年整体搬迁到行政服务新区的。市政府主体建筑是两栋完全对称的写字楼,这本书被很多市民简称为"双子座"。双楼背面是大半圈三四层高的裙楼,裙楼里设有市政府行政服务中心和会议中心。整个行政服务新区设计有序大气,环形车道与方格路网有机结合,区域内交通十分顺畅。宽阔的柏油路和众多的停车场体现出行政服务新区的超前设计,当时老百姓都说马路搞得那么宽,停车场建那么多完全是浪费。这才短短几年,原来行人稀少的行政服务新区已经是车水马龙了,那么多停车场竟然满足不了办事人员的停车需求,时代发展的速度超过了人们的想象。

只要是工作日,市行政服务中心门口的车辆总是停得满满的,高院长经常要跑老远的地方才能找到临时停车位。春节一过,高院长又开始跑二级专科医院的事。行政服务中心卫生局建设处窗口的韩处长一年前已经轮转到别的处室,换过来的处长是个男的,姓钱,不知道从哪里调来的,不过高院长似乎看他有点面熟,钱处长也说知道金冶医院。戴着眼镜的钱处长隔着柜台客气地接待了高院长,让高院长尽快提交一份申请报告。后来报告提交上去了,钱处长却说要等局里"十一五"规划出来。高院长问什么时候出来,钱处长说快了,就是不说具体时间。高院长着急,就隔三岔五来窗口问。再后来高院长每次到窗口时,钱处长就像是见到陌生人一样,先问什么事,然后面无表情地说规划没有出来,再等等,再等等。

一等就是三四个月。高院长感觉不对啊,年前就说春节后能出来,这都五月底了,怎么还没有出来?他心想,既然是全市性的规划,网上应当是公开的,就天天在网上搜,果然在网上搜到了一份《关于印发〈桂原市2011—2015年医疗机构设置规划〉的通知》的文件,文件落款的日期是2012年3月10号。都发了两个多月了,钱处长怎么还说没有出来?高院长心中有些不快。他打印了一份网上的文件,择日又来到了窗口。钱处长还是像见到陌生人一样,问高院长什么事,高院长说就是上次问的那件事啊。钱处长立即板着脸问上次什么事,高院长心里就纳闷了,我都跑了六七次了,难道你真是贵人多忘事?只好把文件袋扬了扬说:"就是办二级专科医院的事啊!"

"局里的规划还没有出来!"钱处长似乎就会说这么一句话。

高院长不急不慢地把打印的文件从袋子里掏出来,往柜台上一放说:"钱处长,我在网上都搜到文件了!"。

钱处长瞟了一眼说:"哦,是下来了,二级专科医院在省里批,你要到省厅去申报!"

到省里办你就早说啊,非要弄个规划的事拖几个月干什么?高院长这才感觉到钱处长一直在敷衍自己。但是高院长记得第一次找钱处长时,钱处长说知道金冶医院,还说刚刚有一家医院申报二级中西医结合医院,这家医院选址就在你们医院附近,你们要办二级专科医院就得抓紧。怎么后来态度突然来个一百八十度大转弯了呢?

钱处长是不是要点好处?但是又不像!因为高院长几次请钱处长抽空到金冶医院看看,或者周末去钓钓鱼打打牌什么的,钱处长每次都一口回绝。

高院长实在弄不明白毛病出在哪里,找来杜院长给诊断诊断。

杜院长问:"你找他,他什么反应?"

高院长:"我找了多少趟了,他总是推三推四,就是不接茬。"

杜院长伸出右手,用食指和拇指做出数钱的动作:"你得这个啊!"

高院长:"我暗示了好几次,好像不是这个原因哎!"

杜院长手比画一个割肉的动作说:"你得舍得下手,小打小闹哪行啊!"

高院长："我最多给他送几张卡，送卡现在都是违规的，我怎么下手？国有医院你又不是不知道！"

关键还是在钱处长这。但是钱处坚持说二级专科医院直接到省里办，市里从来没有出过什么报告。高院长心想，反正事也办不成了，我也不怕得罪你了，直截了当地说："科学院医院周院长说的，他们就是市里先出的报告。"

钱处长说："你现在就打电话给周院长，看看可是我出的报告。"

高院长当面打通了周院长的电话，周院长说是在市局出的报告，具体报告内容他记不得了。钱处长拿过电话问："老周，老高非说你们家是在我这出的报告，可是这样的？"周院长说："具体是哪个部门出的报告我还真不是太清楚，这个事当时不是我办的。"钱处长把电话交给高院长说："我没有骗你吧！我什么时候给他出过报告？"

高院长无话可说了，只好硬着头皮去省厅碰碰运气了。

卫生厅医疗机构设置批准也归建设处管，高院长直接来到建设处处长办公室。处长是一位五十多岁的尹姓男子，中等个子，皮肤白皙，体态丰满。虽然互不认识，但尹处长对人很客气。高院长把情况一说，尹处长和周院长讲的一样，先到市里申报，市里再打报告给省里批，省里不直接受理二级医院设置。高院长说去市局跑了多少趟了，他们说从来没有出过报告，都是直接到省里批。尹处长说："他们讲得不对，我来给你看一个报告。"说着他从文件堆中找出一份资料来，封面是一张印有××省焦南市卫生局抬头的红头文件，题目是《关于设置二级专科医院焦南市民康泌尿外科医院的报告》。报告内容大致是："……我市泌尿外科医疗机构紧缺，为了老百姓的就医方便，需要设置这么泌尿外科医院，请省里批准……"果然是市里打报告，然后省里批复。在文件面前高院长又无话可说了。

高院长又折回钱处长的窗口，说："人家都给我看了焦南市卫生局的报告，就是先经过市里的。"

钱处长摊摊手说："实在不行你去找许局长吧。"

高院长说:"我直接找许局长合适吗?"

钱处长说:"这有什么不合适的?你要找就赶在早上九点钟之前去找她,晚了她到医院去了。"

第二天早上八点多一点,高院长准时来到许局长办公室外,推门进去时许局长正埋头看一份报纸。高院长自我介绍了一下,然后坐到局长办公桌对面的椅子上。

许局长抬了一下头,又继续埋头看她的报纸了,说:"新办医院你直接到建设处窗口就行了!我不管这个事。"

高院长说:"钱处长说要找您。"

许局长说:"那他瞎说,设置医院是他们处里的事,他们直接批,不需要问我。"

高院长说:"那我再去问问钱处长吧!"

……

最近一段时间,有好几个科室反映放射科的片子质量差,高院长感觉得过问一下。早高峰过后,高院长给放射科李主任打电话,科里小杨接的电话,说李主任今天请假到省人民医院看病去了。高院长也就没有多问。医院职工得个小毛病,都要跑到大医院找专家看,正常现象。女儿去世后,李主任情绪低落了好长一段时间,工作明显不如以前,做什么事都提不起精神。早年间香港电视剧中有一句经典台词,高院长至今清晰记得——"时间会冲淡一切忧伤和痛苦"。一点不假,随着时间的推移,李主任的丧女之痛逐渐得到平复,工作热情又回到了当初。前年夏天,李主任到了退休年龄,医院班子觉得李主任工作认真负责,放射科什么事都不要院领导操心,再说一时也找不到合适的人选,就返聘他继续当放射科主任。李主任也领情,工作就更加认真负责了,把科室管理得像未退休前一样,X光机和CT机都保养得很好,各项参数都调整到最佳状态,金医附院来坐诊的专家都说金冶医院的片子质量一点不比他们医院差。所以听到大家反映放射科片子质量有问题,高院长感觉有点诧异。

又过了几天,高院长再次打电话找李主任,科里还是说李主任请假到市里看病去了。高院长有一丝不祥的感觉,不禁替老李担心了起来,直接打了李主任的手机,李主任说他正在省人民医院看病。

高院长问:"什么毛病,不要紧吧?"

"就是老是头疼,不是什么大毛病!"李主任很肯定地说。

"哦,不是大毛病就好,等你回来再说吧!"

大约半个月后,张院长到办公室问高院长:"李主任在省人民医院住院你可知道?"

高院长说:"我只知道他前阵子到省人民医院看头疼,但他说不是什么大毛病,现在怎么突然住院了?"

张院长说:"李主任头疼好长时间了,一开始利用调休时间去看病,没有和我们说,结果现在省医怀疑是颅内恶性肿瘤,必须住院手术,才向我请假。"

"老李还真倒霉,怎么父女俩都得了癌症!"高院长叹了一口气,"可说什么时候手术了?我们什么时候去医院看看他?"

"他老婆特地交代,李主任不让人到医院去看他!"

"那为什么?"高院长不解地问。

"我也不知道,可能是认为大家工作忙,去看他影响工作。也可能是李主任内心要强,不希望大家看到他现在背运的样子吧。"

不管李主任内心怎么样想的,既然特地打了招呼,应当尊重人家的想法。有些情感层面的东西不是一两句话能说清楚的。同样是生病,有的人非常希望有人去看望,觉得自己被尊重;有的人就不希望别人去看望,觉得自己生病是个倒霉的事,别人来看望是看他的笑话;还有一类人,非常爱惜自己的形象,生了病一定不是容光焕发,因此不希望人家看到自己憔悴的样子。李主任一生爱面子,女儿去世时,领导、同事出的人情他一概未收,只收了医院的慰问金。当时给他女儿募捐也是医院主动做的,事先李主任并不知道,如果他知道也是绝对不会同意的。

二级专科医院跑了这么长时间一点头绪没有,李主任又得了癌症,高

160

院长最近有点郁闷。忽然间他想起来,自己偶然间认识的市卫生局法规处陆副处长,据说现在已经升为人事处处长了,还兼局机关纪委书记。纪委书记参加局班子会,他应当知道得多,可以去问问他。

下午,高院长来到了陆处长的办公室,把前因后果详细一说。陆处长说:"这件事情我知道,年初你们两家职工医院都递交了医院升级的报告,另一家是市电力局医院,他们要升二级综合,你们要办二级专科。"

"是的,我听电力局医院鲍院长讲过!"高院长插话道。

"二级综合医院直接由市里批,他们医院房屋面积不够,让他们整改好再申报。你们主要牵涉到社区卫生服务这一块。"陆处长说完停顿了一下。

"社区卫生处不是秦处长在负责嘛,也不光是秦处长,也是局长的意思。说你们当时办社区中心时就承诺医院整体转型为中心,现在你们既要办中心又要办医院,那中心的工作还能做好吗?要不就把中心牌子收回来。"

高院长急着插话说:"我们医院现在一百多人,光办个中心怎么行?再说我们又盖了一栋楼,中心和医院已经完全分开了。"

"那天开会我也这样说过,但是局长和秦处长都不同意,别人就不好再讲了。你可找过局长了?"

"钱处长叫我去找过一次,许局长又推回给钱处长,说这是处里的事,她不直接管!"

"那她就是不同意!"陆处长很干脆地说。

从陆处长那里回来,高院长大致理出头绪来了,原因出在秦处长!钱处长先前的所有行为都有了合理的解释:一开始接到高院长的报告,是想帮高院长把事办成,但是开会时秦处长和局长不同意,他不可能为一个没有一毛钱关系的职工医院院长去得罪领导和同事,所以后来态度就一百八十度大转弯了。他不对高院长说出背后真正的原因,是坚守原则不"出卖"领导!后来在高院长紧盯下自觉理亏,又让高院长直接去找局长,暗中传了一下球,但局长未接。

没找到原因时,高院长心里还有一线希望,找到原因后这一丝希望也破灭了。秦处长这个人很教条,她认定的事九牛拉不回。每次到东风社区卫生服务中心考核都不满意,每次都让高院长抓紧转型,每次都说要把社区牌子收掉。前几年突击建居民健康档案,高院长搞创新,废除了纸质档案,全部实行电子档案,省里领导来现场考察都说好,就是秦处长不认可,考核时竟然给东风中心健康档案打了个0分,她说她只看纸质档案,电子档案一概不算。如今除了桂原市,省内省外哪个地区还在用灰尘落多厚的纸质档案?今年市局又推广社区统一软件,东风中心等几家职工医院,以种种理由,一直顶着未换软件,秦处长大为恼火,甚至认为是高院长带的头。如此僵局下,高院长如果找秦处长去说,秦处长一定又是那句话——"你那么喜欢办医院就把中心的牌子交回来,想办中心的人多着呢!"

第二十二章

洪会长调到上海快两年了，多次邀请协会的院长们去上海做客。会长例会讨论决定组织一次上海参观学习。上海的社区卫生服务搞得不错，还听说上海有家外资医院——和睦家医院，管理很特别。话传给洪会长后，洪会长说这个没有问题，你们只管说来多少人。高院长说，就是各家医院的领导，最多二十来人吧。

六月十日，二十二人的参观学习团来到了中铁华东局总部。洪会长热情接待了协会的新老朋友们，当天下午就带大家去医疗机构参观。

参观的社区卫生服务中心叫北新泾社区卫生服务中心。中心是新建的，精致的楼房和漂亮的绿化给人赏心悦目的感觉。进入楼内，大厅和走廊都十分宽敞，国家领导人到中心视察的照片挂在醒目的位置。病房都是豪华装修的双人间，医疗设备很齐全、也很高档。高院长和张院长特地看了这里的档案。哪有什么纸质档案？几年前就不用了，连病历都无纸化了。医生早晨推着电脑到病人床头查房，医嘱当场在电脑上开，信息化建设十分超前。

和睦家医院比想象的小，最多只有刚才那个中心大，是美国人独资开办的医院。大厅布置得就像星级酒店，接待人员礼貌客气，轻声细语，称呼服务对象都是先生、女士。整个楼里看不到几个病人（他们叫客人），偶尔可见楼层的转角处有一两个人坐在沙发上喝咖啡。医生大多是中国人，病人也是中国人居多。这家医院实际上是个产科医院，产科病房完全颠覆中国人的想象，就像豪华酒店的套房，房间装饰得温馨舒适，家具应有尽有。病房里就有产床，产床是嵌入墙壁里的，用的时候一按开关，墙上的产床就自动落了下来。孕妇待产、生孩子、产后护理全部在病房里完成,全过程家属都可以陪同,产妇完全没有在一般医院里那种孤零零一个人上战场的恐怖感觉。

但是在这里生一个孩子的费用也令人咋舌,平均要5000多美元,合人民币三四万,还是顺产。除了产科,这家医院就只看感冒、发烧一类的常见病,还有就是给小孩打打预防针。这里看病全是美国式的,挂一个号一百美元,要预约。医生看病很耐心,一天就看几个人。座谈的时候,院长们问接待的主管,如果遇到医疗纠纷怎么处理。主管半天没有回答上来,最后说,我们只看常见病,没有遇到过什么医疗纠纷啊!

一百美元看个感冒还没有医疗纠纷,院长们很羡慕!

晚上,洪会长就在机关的餐厅里招待大家。老领导的盛情难却,大家酒兴高涨。洪会长这次没有使用他那惯用的三大招,而是找了几个壮小伙来护驾,小伙子们把院长们一个个都喝得神魂颠倒。

第二天上午,高院长接到医院门诊部张主任电话,说医院出了医疗纠纷:病人昨天下午在医院吊水,晚上回家死了,家属今天一大早就来医院闹,一定要院长到场,否则不走。按计划参观人员今天晚上才能回到桂原,高院长只得离开大部队先回桂原。

患者是附近的一位男性居民,七十五岁,咳嗽、发烧来医院就诊,门诊诊断为支气管炎,常规输液治疗。下午三点多开始输液,五点多吊完水,患者自己骑自行车回的家,晚饭都正常。夜间十点多的时候,家人发现患者躺在床上不动了,赶紧叫来120送市三院,市三院医生说人在家里就死了。患者家属一大早就来医院讨说法,说是医院用错药把人搞死了。

高院长在火车上已经打电话给张主任详细了解了情况,患者吊的就是一瓶加了先锋霉素的葡萄糖水,先锋霉素按规定做了皮试,是阴性,用药剂量虽然比说明书略大了一点,但临床上都这样用,也根本不可能导致死亡。这种猝死要么是突发心脏病,要么是突发脑出血,其他都不可能这么快。

高院长中午一点多赶到了医院。死者的儿子、女儿还有妹妹一共五个人,中午没有吃饭,就在会议室里等院长来。儿子、女儿话倒不多,特地从南京赶来的死者妹妹是领头的。这个妹妹年龄看起来和死者女儿差不多,应当是个表妹。表妹说:"我这个哥哥家庭十分困难,七十多岁了还在外面打工,侄子、侄女都没有正经工作,这一死家里就倒了顶梁柱,你们医院要妥善处理。"

高院长先向家属解释:"我们已经认真调查了,医院用的药没有问题,就一瓶水,药也是常用药。他回家几个小时后才出的问题,与医院用药没有关系,应当是其他突发疾病引起死亡的。"

表妹说:"我哥哥一向身体很好,从来没有什么病,这次也只是感冒、咳嗽,不是药有问题怎么可能回家就死了?"

高院长说:"根据我从医这么多年的经验,即使医院用错药了,也不会没有征兆突然就死亡的,你说有什么样的药让人吃了马上就死的? 老鼠药也没有这么快啊! 依我的经验看,最有可能的就是突发心脏病,脑出血都没有这么快。"

"我哥哥从来没有心脏病,也没有高血压,平时身体好好的,要不然怎么去打工呢!"表妹反驳道。

"有的人有心脏病他自己并不知道,发病了才查出来的,严重的当时就要了命!"高院长说。

"三院抢救时说是什么病呢?"高院长又问道。

"三院说人在家就死了,他们也不知道是什么病。"表妹说着把昨天抢救时的病历和发票递给高院长看。

高院长一边随便翻看着病历,一边继续说道:"要想搞明白死因,只有做尸体解剖,那样就能明确到底是死于什么疾病!"猛然间高院长在病历中看到了"原有冠心病史"这几个字,一下子感觉找到了突破口,马上把病历中的这一行字指给表妹看:

"你看,这上面分明写着有冠心病史,这肯定是你们家属告诉医生的,否则医生怎么会知道?"

一家人对着病历看了半天,突然间什么话都没有了。这个病历恰恰证明家属有意隐瞒病情,同时也说明高院长分析的死因是对的。出现这种戏剧性的结果是患者家属万万没有想到的,到此这场纠纷也就无法再进行下去了。表妹说:"院长,我这哥哥家里实在太困难了,你们就当救济,适当给一点线吧。"

最后,高院长同意给家属五千元困难救济。

张主任后来不解地问高院长:"你好不容易发现家属说谎,还答应给他们钱干什么?"

高院长说:"一来这家人确实是穷人,你看那儿子、丫头一句话不会说,我动了恻隐之心。二来我觉得这家人是老实人,稍微有点心机的人要是不把那个病历带来,看你医院怎么解释,这家人故意隐瞒死者心脏病史,在我看来只是笨。准确地讲他们是属于那种笨拙的老实人,不是坏人。人死了都要找医院嘛,现在社会就是这样的风气,他们不来找我们,邻居都会说他们没用,他们一定也是鼓了很大勇气来的,也不容易。"

"不让老实人吃亏!对待患者也要坚持这个原则。"高院长似乎在宣誓一个宣言。

"那有个屁用!这都是一锤子买卖,下次还会与他们产生纠纷?"张主任嘟囔一句走了。

……

七月份的一个上午,一个自称放射科李主任妹妹的中年妇女来到高院长办公室,说李主任在省人民医院快不行了,让医院领导快去看看。高院长这才想起来李主任住院开刀有两三个月的时间了,听说李主任手术后回家休养了,这怎么就不行了?

李主任妹妹说:"俺哥手术回家住了个把月,又去化疗了一次,但是没有什么效果,后来东西也不能吃了,神志一会清醒一会糊涂。半个多月前又住到了省人民医院,现在情况越来越差,我看是不行了。我哥和嫂子不让我告诉医院,我感觉这人都快不行了,也应该让单位知道,你们去看看他,也许能给他最后一点安慰。"

高院长说:"这个事情还真怪我们,最近忙,没有顾上关心。你哥的病怎么发展得这么快?"

李主任妹妹说:"哎,俺哥一家真是倒霉透了,我都没有和你说,侄女和我哥得癌症了,我嫂子也得了肺癌!一家三口都得了癌症!"

"杨大姐也得癌症了?"高院长十分震惊!

"是的,在服侍俺哥的时候,她感觉有点咳嗽,担心别和俺哥一样,拍个片子一查,医生说是肺癌,长的位置很深,不能手术,只能化疗。已经做了两次化疗了。"

"这不,把我从老家叫来服侍俺哥嘛!两口子都住院,床前连个端茶倒水的人都没有!"说着李主任妹妹眼圈红了。

李主任一家的不幸很快传遍了全院。医院领导班子又向东升公司工会做了汇报。东升公司即便有上万名职工,像这种情况也极少遇到。公司领导十分重视,第二天,公司工会主席亲自出马和医院领导班子一起来到省人医院看望李主任。

与当年看望李桦桦一样,都是肿瘤科病房,不同的是这次是李主任躺在床上。李主任脸色灰暗,头发剃光了,头颅一侧往外鼓出一个大大的包,手上和脚上都连着不少仪器的电线,右手臂上连着输液皮条。人是清醒的。

李主任的老伴和妹妹都在病房。杨大姐人倒没有瘦多少,气色却是差了很多。何书记对杨大姐说:"你身体这样也在这服侍啊?"

杨大姐说:"我还好,化疗只要住院两天时间,出了院我就来陪老李。这不把他妹妹也叫来了,我浑身没有劲,白天黑夜哪搞得过来啊!"

这时东升公司工会周主席站到李主任的床边,对着李主任说:"李主任你要坚强一些,要相信医生的技术啊。"李主任轻轻点点头。

周主席继续说:"公司王董和袁总他们开会走不开,托我代表公司领导班子来看看你。安心养病啊,有什么困难你就提出来。"

李主任轻声地说:"谢谢……公司领导……谢谢!"

这时站在床边的杨大姐对周主席和医院领导说:"老李自己心里也

明白,在这也没有好办法治,他唯一的想法就是转回自己医院治疗。"

周主席看看高院长。高院长说:"这不是什么问题啊,但是我们的技术条件还是差些,你们可要再考虑考虑?"

杨大姐说:"老李也知道,到了这个时候在哪都没有办法了,老李最后的心愿就是死在自己的医院里!"

三天后,李主任转回到金冶医院。医院特地在内科病区给他找了个单人病房。

李主任住在金冶医院的那段日子里,医院的同事们尽最大能力给予他帮助和安慰。同事们经常去看他,内科病区的医护人员不论上班下班,为了李主任总是随叫随到。李主任需要加强营养,同事们就买来各种营养品,还有人送来各种煲好的汤,让他换换口味;天热容易长痱子,细心人买来爽身粉;每隔几天,同事们总是要想办法给李主任洗个头。

慢慢地李主任陷入了半昏迷状态,对外界几乎没有反应,外人叫唤一概没有反应,但只要是老伴和同事们给他喂饭,李主任就会张口咽下。

杨大姐一边护理丈夫,一边还要做化疗。思念早逝的女儿,挂念病重的丈夫,她虚弱的身体承受着常人难以想象的巨大压力,常常是未曾开口早已泪如雨下,生理和心理上的双重折磨,让她憔悴不堪。值班医生和护士在空闲时,总是到病房里陪杨大姐谈心,倾听她心中的苦闷,鼓励她战胜病魔,尽可能给她微薄的安慰和帮助。

两个多月后赶上中秋节,这一天有着特殊的意义,因为第二天便是李主任的生日。内科病区和放射科全体同事们,放弃了家庭团聚,下午下班后不约而同地来到了病房,给李主任过了生命中最后一个生日。那一刻,小小的病房里洋溢着温馨和感动,同事们捧着生日蛋糕和鲜花,齐唱生日歌;那一刻,小小的病房里,友情和亲情化成一丝丝真诚的爱。闻讯赶来的院领导也加入了祝福的行列。李主任虽仍是昏睡状态,但大家似乎感觉到,李主任嘴角露出了微笑……

半个月后,李主任还是走了,大家的爱没能留住他。

李主任死后没多久,他爱人杨大姐也死了。杨大姐死时,高院长领着班子成员和几个主任一道上门去吊唁。那是一个冬天的上午,天半阴着,非常寒冷,地上星星点点残存着没有化完的积雪。原金冶集团老厂区东边的一处民房外,松散地摆着十几只花圈。郑书记说,李主任死后,杨大姐把金冶集团小区的老房子卖了,还清了女儿和丈夫生病时借的债,然后在这个地方租了一间民房。后期的治病都是她一个人咬牙坚持着,直到临终不行时,才叫来老家的姐姐陪她走完生命的最后一程。

除了老家几个亲戚和殡葬公司的人,现场人不多。老家的姐姐迎接了高院长他们。姐姐头发花白,表情麻木,看不出更多的悲伤。高院长带大家鞠了三个躬后,环顾房间一圈,整个房屋就是一间卧室加一个外接的厨房和卫生间。家具显然是从原来房子搬来的,与房间极不协调。床上胡乱摆放着殡葬用品,小桌上散乱着拆开和未拆开包装的药品,估计是杨大姐死前治疗用的药。高院长是个重感情的人,尤其看不得悲伤的事,不觉眼眶发热,匆匆安慰一下亲属就带着大家离开了。

出门后牛主任问:"高院长,你好像流眼泪了?"

高院长揉了揉眼睛说:"不是不是,刚才是被沙子迷了眼!"

三天后的早晨,高院长刚到办公室,郑书记就拿着一个纸包和一封信进来说:"大清早杨大姐老家的姐姐来了,交给我一包现金和一封信,说信是李主任生前写的,一定要给你看。纸包里是两万元现金,说我们看信就知道了。

"另外她还雇了一辆三轮车送来了一张不锈钢病床,说是杨大姐生病期间买的,两头都能升降。杨大姐走了,这个也没有用了,大半新的,送给医院病房能用上。"

高院长问:"她人可走了?"

郑书记说:"她大概急着坐车回老家,看到我在,把东西交给我就匆匆忙忙地走了!"

高院长拆开有些发皱的信封,一张印有金安省冶金集团医院抬头的信纸上写满了僵硬的字。看得出信是病中的李主任所写。

题目是"一个老党员的最后请求。"

高院长、郑书记、张院长：

　　我是土生土长的农村孩子，跟随党组织从部队到三线厂，又到金冶医院，从战士到工人，又到医生，从懵懂少年到退休老人，这些年与大家一起奋斗，虽苦犹乐。也许是命运的安排吧，我和妻子女儿一家三口都身患绝症，虽拼尽全力搏斗，但终于力不从心。我与爱人都已退休，死也没有什么遗憾的，唯有桦桦尚未享受人生快乐即花信凋零，天有不公。

　　但我十分欣慰的是：孩子生病期间，医院领导给了我极大关照；金冶集团上下均为我全家牵挂，大家为孩子治病捐款多次；我回医院后，同事们又给我和杨红极大安慰和照顾。我充分感受到集体大家庭的温暖。

　　我自感生命不长，我是个老党员，也是个坚定的无神论者。外物生不带来死不带去！我已嘱咐杨红，我走后把金冶小区的房子卖了，把孩子治病期间借的公款私款都还了，剩下的留给自己治病。如有结余，全部交给医院作为救助资金给以后需要帮助的人，算我退回当初医院为孩子的捐款也行，算作我交的最后一笔党费也行。杨红后事可能还要有劳医院领导烦心。

　　最后，给各位领导和同事们问好！

2012 年 8 月 27 日

第二十三章

周一早晨,高院长刚上到八楼,一位坐着轮椅的患者已经等在办公室门口了。

"高院长,我来给你反映一个问题!"患者扬了扬一个装着许多药品的大塑料袋子气愤地说。

"什么问题?"高院长一边打开办公室的门,一边把患者迎了进来。

患者是金冶集团的退休老员工,经常给高院长反映问题。他把塑料袋子放在高院长的办公桌上说:"你们医院发给我的药都是过期的,根本不管用。"

"哦,我来看看!"高院长拿过药盒仔细看了看说,"这上面写的生产日期是2012年4月,有效期是到2015年4月。现在是2013年3月,还有两年多才过期,怎么说是过期药呢?"

"那你为什么不给我2013年生产的,非要给这个2012年过期的药给我呢?吃这个药一点效果都没有!"

高院长说:"不管是哪一年生产的,只要在有效期内效果都是一样的。药品出厂到医院要经过好几道手续,哪能一出厂就到医院了呢。"

"那市里大药房为什么能给2013、2014年生产的药呢?人家那个药吃了就有效果,你这个药吃了一点效果都没有。"

"还有2014年出厂的药?2014年还没到,就生产出来药了?"高院长不屑地问。

"大药房里就有,你们为什么老是进这些过期的药来糊弄我们老头子?"老头越说越激动。

高院长知道与他说不清。八十多岁的人了，年轻时就不讲理，老了故意倚老卖老。高院长也不想和他费口舌，就说："那怎么办呢？我们医院小，药品周转慢，要不你到大医院去拿可好？"

"高院长，你不要这样糊弄我们，你要这样，我就找国投公司，我问他为什么老子的病没有药治！"

老头子又开始不讲理了。老头子心里鬼精，先骂国投公司是警告高院长：你要再不给我解决我就连你也骂！高院长只好让药库管理员找了几盒生产日期近一些的药换给了他，好不容易才把他打发走了。

一大早就捞个不痛快。金冶医院近两年因为离退休职工医疗费的事与市国投公司闹得很僵，高院长也伤透了脑筋。

金冶集团离退休职工有两种：一是新中国成立前参加革命工作并享受供应制的干部，年龄大了经批准离开工作岗位休养，这叫离休干部；还有一些也是中华人民共和国成立前参加工作的人，但不是干部身份，退休以后待遇大部分比照离休干部，这些人的准确称号应当叫"中华人民共和国成立前参加工作的老工人"。这两类人员在医疗费报销方面没有什么区别，金冶医院也都按离休干部对待。

2009年金冶集团破产后，离休干部交到了桂原市老干部局统一管理，但是那二十多个退休老工人交不了，还得继续由企业管理。企业不是破产了吗？所以市国资委下属的国有资产投资管理公司专门设了一个社会事务服务中心，全市破产撤并企业的退休老工人都由这个服务中心管理。金冶集团的退休老工人过去都在金冶医院看病，破产以后看病还是在金冶医院，金冶医院还是按过去的流程：退休老工人先免费在医院看病，完了后医院凭发票到服务中心要钱。这样运转了两三年，金冶医院与国投公司服务中心就积累了不少矛盾。

主要矛盾是服务中心嫌退休老工人的医疗费用太高，认为是金冶医院故意诱导退休老工人常年住院花钱，而且认为退休老工人的医疗费水分很大——反正退休老工人自己不掏钱，金冶医院想收多少就收多少，没人监督。高院长当然知道医疗费有水分，但是这些退休老工人多年在金冶医院享受惯了，住院要单间，陪客要单独床铺，房间还要能洗澡，吃饭还要吃小灶。金冶医院又不是慈善机构，这些成本从哪出？开饭店还怕大肚汉？退休老工人来住院医院难道把他们赶走？再说服务中心也太教条了吧，金冶医院资产现在也是国投公司的，金冶医院从服务中心要钱等于是国投公司从左口袋掏到右口袋，肉烂不都在锅里嘛！

所以服务中心让金冶医院控制医疗费，金冶医院是满口答应但坚决不改。国投公司气得就开始在病历上挑医院的毛病，说金冶医院治疗不规范，给病人乱用药，一个病人一天吊了12瓶水，一天12瓶水还不把病人吊死了！金冶医院说，那12瓶水有4瓶是给患者换药洗伤口的，真正输液的只有8瓶水，而且那8瓶水都是100ml一小瓶的葡萄糖水，换成常规的500ml大瓶只相当于1瓶多，1瓶水就把人吊死了？反正服务中心不是说这个不合理就是说那个不合规，不是这块罚款就那块扣钱。

金冶医院搞不过服务中心，就动员退休老工人去对付他们，说服务中心老是扣医院的款，你们如果不去反映，下次用药就不能保证了。退休老工人和病区的医生都是老朋友了，医生一鼓动，他们马上就去服务中心吵，还激动得拿着拐杖要打服务中心的处长。

服务中心后来就不敢随意扣金冶医院的费用了。第一回合，金冶医院小胜。

上一年春节后，服务中心突然下了一个通知，说从下月开始，退休老工人看病必须个人垫钱，然后凭发票和病历自己到服务中心报销。服务中心的算盘打得很精！经过前面的交锋，服务中心知道光讲理没人听，心想让你们退休老工人自己交钱，你总得心疼吧？你总不会大病小病都去住院吧？就是住院也要监督医院的合理收费吧？而且出院后如果费用不合理，就得由退休老工人自己承担，这招还治不了你们？

退休老工人们说，那怎么可能？我们是国家"离休干部"，看病从来没有掏过钱，现在工人、农民住院都只交门槛费，你们叫我们住院先掏钱？

服务中心讲，在我们这管理的那么多企业退休老工人都是这样做的，你们金冶集团就特殊了？

退休老工人讲，我们就是不交钱，看哪个敢不给我们住院！

这一招没有打到退休老工人，倒是把金冶医院给打着了。金冶医院如果仍按以前的模式办，服务中心将不再与医院结算医疗费；按服务中心的通知办，退休老工人不配合。金冶医院当然不敢不给退休老工人住院：把退休老工人逼出事来，院长还想不想干了？再说好几个退休老工人常年就住在医院里，你能把人抬出去扔了？那几个退休老工人都是八九十岁瘫痪在床的半植物人，搞急了家属把人撂在医院不管了，金冶医院改护理院吧。

金冶医院是老鼠掉风箱里——两头受气。第二回合，服务中心大胜！

金冶医院只得一边继续免费给退休老工人看病，一边动员家属以家庭困难为由去服务中心借款。服务中心说，如果住院时间长没有钱垫，可以一个月结账一次来报销。但是真去报的时候又说这个发票抬头不行，那个病历不行，反正设置种种障碍，就是不给报。后来家属们发现有钱没钱反正也不影响治疗，也就不愿意去服务中心借款了。从去年三月到今年五月的一年多时间，金冶医院的退休老工人的医疗费一分钱也未报掉。家属不急，高院长急，派医保办小宋天天去服务中心催。好在夏天的时候服务中心换了领导，事情才有了转机。新来的处长同意把这批陈年旧账结了，但是说报销的医疗费必须打到退休老工人本人的卡中，医院再找退休老工人要！

服务中心又给金冶医院出了一个大难题，桂原土话把这个难题叫"倒拔蛇"。有农村生活经验的人都知道，蛇一旦往洞里钻，抓住尾巴是很难拔出来的，因为蛇身上遍布鳞片，倒拔的时候鳞片形成倒刺，再加上蛇身的缠绞力，力量大得出乎想象，就是把蛇身拽断了，蛇前半截还是留在洞里。所以当有人提醒你某事是"倒拔蛇"时，就是说这事方法不对，不要白费工夫了！

围棋术语中也有一个词叫"倒拔蛇势"，道理是一样的。生活中也有很多"倒拔蛇"的例子：比如单位发奖金，如果是少发了，下个月再补上问题倒不大；如果多发了再想扣回来，就属于"倒拔蛇"，没有那么容易了。

金冶医院就有过这样的例子。有一次，财务科把一个社区医生的提成多算了，后来审核时被科室领导发现了，但是奖金发放表事先已经被社区医生看到了，重算后找她签字时她就不干了，最后吵到高院长那里。社区医生说这个工作本来就不是她的，是她不计得失加班加点辛辛苦苦把事做了，前几天看到奖金多一些，还以为领导考虑到这个情况，特地奖励她的，怎么现在又说算错了。最后医生和会计都委屈得眼泪鼻涕一大把，搞得大家都不开心。事后高院长安慰受伤的会计："我班上班下多次说过，这种'倒拔蛇'的事情不要做，你们就是不听，这下给蛇咬到了吧！"

医院里病人催款不及时也容易形成"倒拔蛇"。一旦患者经济条件差（长期欠费的又有几个经济条件好的）而治疗效果又不好时，麻烦就来了，你催他交费，他可能会说：

"我们又没出院，出院了一起交不行吗？"

"我的病到你们医院不但没有治好，还不如以前，你们给我治坏了，我正准备和你们打官司，你还要让我交费？"

"才住一个多月怎么要这么多钱？你们医院这是抢钱啊？你们医生都是白眼狼！"

高院长这次的蛇是拔定了，而且这次要连拔两次！

这些退休老工人最小的都八十多岁了，银行卡平时都在儿子、媳妇手中保管着，要把医疗费要回来必须经过两道关：老人先从儿子、媳妇手中把卡要到自己手中，拔一次蛇；然后金冶医院再从老人手中把医疗费要回来，再拔一次蛇。难度可想而知！有两个老人已经去世了，家属根本不愿意接金冶医院的电话；还有一个老人呢，半身不遂，不能说话，金冶医院把他治到能下床走路了，但是口齿不清，说话还是不行。医院找他儿媳妇要医疗费，儿媳妇说只要老头子能说清楚欠你们医院多少钱她就交多少。

高院长心想,这叫什么话?能说清楚话,你公爹还要住院吗?

总共15万多元的医疗费,金冶医院"拔"了两年多,还有5万多元到现在没有要回来。

第三回合金冶医院大败,服务中心平手,退休老工人大胜!

那天小宋说:"高院长,我们起诉退休老工人吧,他们整天自称是离休干部,离休干部就这觉悟啊?欠着公家的钱还赖着不给!"

高院长翻了一眼小宋,若有所思地说:"老工人还是好的,坏的是那些不孝子孙们!"

……

国投公司折腾完退休老工人的事,又开始折腾医院改制了。一晃医院资产托管给国投公司已经三年多,托管是暂时的,国投公司的最终任务是要把医院资产处置掉。中金公司重组金冶集团时就明确提出,医院、幼儿园、酒店、物业等辅业全部要剥离。幼儿园和酒店已经改为员工持股了,物业没有资产,只需要进行人员安置,就剩下医院没有改了,国投公司就此催促高院长好几次了。

医院职工这么多年习惯了国有身份,一听讲医院要卖,立刻就联想到那些干着坑蒙拐骗勾当大发横财的某些民营医院,所以员工对医院改制十分抵触。

国投公司总经理带了一帮人来医院召开座谈会,结果座谈会变成控诉会,张主任、孙主任等几个老主任几乎指着总经理的鼻子责问:"为什么其他医院搞垮了反而交给政府,我们辛辛苦苦以院为家,把医院办好了却要被卖掉,这是哪家的道理?照这样说,我们先把医院搞倒掉,你们再来卖不迟!"

总经理说:"企业主辅分离是国家的政策,交给政府那是以前的做法,现在很难。你们现在自己也可以去找,只要有哪个大医院要,我们可以把资产无偿送给他们。"

主任们说,反正我们不同意卖医院,你们要硬搞我们就上访。座谈会不欢而散。

　　医院一天不改制,国投公司的任务就没完成,任务没有完成,政府就要问他们的责,所以,不管职工愿不愿意,改革必须要推进。九月份,国投公司派来了资产审计和评估工作组,对医院资产进行审计评估,启动了资产转让前的准备工作……

第二十四章

　　年底快到了,高院长又要张罗协会年会了。

　　去年年会是在桂原市内一个民办博物馆里办的,效果很好。那是一个以徽派文化为主题的民俗博物馆,坐落在桂原市西北郊的一处农业示范园内。博物馆号称是金安省第一家民办博物馆,名气很大,很多领导都曾经视察过。博物馆占地面积约 50 亩,三个展厅面积总共约 8000 平方米,收藏金安省历史文化、重大事件、政治名人、楹联匾额、徽州三雕、民风民俗等相关文物近 6 万件。馆中有七八座异地重建的徽州古迹:宗族祠堂、老宅、小姐楼、跑马楼、官厅、门坊、路亭等。这些建筑都是馆主花大价钱从安南和赣北地区整体买来的,在当地拆除时全部物件都编上号码,绘制好结构图,运到桂原时再按编号和图纸原样拼装好。

　　年会会场设在博物馆的一栋老宅里。那个老宅很大,里面摆了七八张八仙桌。大家围着八仙桌坐着太师椅开年会,感觉很新鲜。吃饭也是在老宅里吃的,那天正好是西方的平安夜,高院长找了两个吉他手,闹了一晚上才散去。

　　冬天开会还是有温泉的地方受欢迎。菱湖市的汤山温泉已经办过一次,平江县也有一个温泉小镇叫金汤镇。那里温泉水质不比汤山差,这几年开发得也好,有一个金凤凰度假山庄环境不错,室内室外都有温泉池,还有模拟海浪的室外游泳池。会长例会确定今年年会就在金凤凰度假山庄办。

　　时间还是老规矩——元旦小长假前的双休日。但是,举办周周二的时候,天气预报说周末有大到暴雪。郑秘书长不安地打电话给高院长:

"会长,周末下大雪怎么办?交通会不会有问题?"

高院长说:"现在就是下锥子也得办啊!半个月前就发了通知,各项准备工作都做好了,酒店的订金也交了,领导也说定了,改日期是不可能的。再说雪还能大到车子不能开的地步吗?不就五六十公里的路嘛!通知汽车公司提前准备好防滑链,走国道,慢点开。"

郑秘书长说,那也只能这样了。

周五上午,高院长再次上网查询了天气预报,气象局更加肯定明天有大到暴雪,还特地强调有关单位要注意防寒防冻。高院长反倒有一种兴奋的感觉。集体活动都是早早定好时间的,能遇上这样的大雪天气也是一种缘分。

下午,高院长特地又召开了一次筹备小组会议,详细交代了明天会议组织工作的注意事项,特别提醒负责摄像的小孙:"协会这么多年集体活动难得遇上大雪天,明天的摄像一定要把雪景拍好,内景外景多拍点,路上也要拍,这些都是我们后期做视频的珍贵资料。"高院长脑子里甚至已经呈现出了一幅幅浪漫画面:漫天风雪中,一辆满载参会人员的大客车在国道上艰难爬行,车外大雪纷飞,车内欢声笑语,人们纷纷举着照相机、摄像机拍着雪景;度假村的室外温泉区,纷纷扬扬的雪花落在人们的头上脸上,一群人不顾寒冷地在雪地里打闹着……

小孙说:"院长,你放心,这次我一定拍好。上次没有拍好,你讲的我都记住了。"

各项事情安排妥当后,接下来高院长重点考虑的就是明天参会领导乘车的事。根据以往的经验,请领导参会还真是个细活,有时候一个环节没有做到位,前面的功夫都是白费,甚至整个会议都能办砸。

一般情况下,请领导参会要提前一两个星期,领导答应了,临近开会前还要再确认一下。即使这样也不能肯定领导当天一定到会,因为领导事务多,随便有个临时任务都会取消这个计划,所以往往到最后一刻才能确定哪些领导参会,然后才能根据实际情况安排接送车辆和陪同人员。

领导搭配也很有讲究。像协会年会这种非工作性会议,出席活动的领导至少要有两个部门以上,这样才显得不孤单。另外领导的级别最好对等或相差不多,这样现场气氛才融洽。比如说,如果邀请了一位卫生局的副局长参加会议,那最好再邀请一位人社局或民政局的副局长参加会议;邀请了一位民政局的处长,最好再邀请一位卫生局的处长。"人数成双,职位相当",这是高院长这些年总结出来邀请领导的规则。

去年博物馆的年会差点就在这上面出了问题。市卫生局医政处赵处长是协会名誉会长,每年必请;市医保中心主任也是每年必请的贵宾;市卫生局分管医政的副局长刘局长调来没两年,作为行业主管部门领导,也欣然答应参会;市人社局新调来了一位分管医保的袁书记,院长们都想借年会之机把袁书记请来,让他与职工医院建立感情,在医保中心滕主任的协助下,袁书记也答应参加年会。

哪知道会议前一天晚上,袁书记来电话说第二天有重要事务不能参加年会了。高院长一下有点蒙了,袁书记不去,那明天刘局长也可能会生变。刘局长是头一次参加协会会议,如果知道袁书记不去,他就是勉强到会,也可能只露一下头就借机提前走了。这时候另请领导很难了。前面说过,领导很忙,不提前打招呼根本抽不出空,再说你到跟前才请人家,人家会认为你不重视他,有空也不会来!

急中生智,高院长突然想到了一个应急办法。

市卫生局沈局长是高院长多年的老朋友,也担任协会名誉会长很多年,后来协会逐渐萎缩,名誉会长的帽子就降格由赵处长戴着了。不管是不是名誉会长,只要协会搞活动,沈局长都乐意到场。后来沈局长轮岗到人社局,但不分管医保,与职工医院联系的纽带断了,协会活动渐渐就不叫沈局长了。今年筹备年会时也有人提议请沈局长来,高院长说人社局袁书记已经答应来,再请沈局长恐怕不合适。

现在袁书记不来了,如果沈局长明天能来,不还是"人数成双,级别相当"吗?晚上九点多,高院长硬着头皮拨通了沈局长的电话:"沈局好,这么晚还打扰您,不好意思!这不明天下午协会又要开年会了嘛,就在西郊那个思源民俗博物馆里开,想请您到场,卫生局那边我请了刘局长,人社局这边想让您代表！"

"哦,小高院长啊,好的,我明天正好有空,具体什么时间啊?"沈局长还是像以前那样称呼高院长。

"正式会议是明天下午三点开始,前面是游览博物馆,您不想参观的话,三点钟到就可以了,因为您是协会的老领导,我没有见外也就没提前说!"

"没事!没事!明天下午我自己开车去,你讲的那个地方我知道。"沈局长很爽快地就答应了。

高院长心头一块石头落地了,毕竟是协会老领导,感情不一般的。沈局长要是知道袁书记不去才临时让他去救场,心里不知道会怎么想,高院长感觉有点对不住沈局长。会议那天,四个领导都按时到了场,而且一个不缺地参加了晚餐,餐后还在老宅里与大家联欢好一阵子才走,高院长自创的那个规则又一次通过了实践的检验。

今年年会同去年一样,还是请了先前的四位领导,袁书记早就表态:"去年没去成,今年一定不让大家失望。"安排接送车辆时,赵处长和刘局长都说自己开车去,滕主任每年都是由协会安排车接,高院长建议袁书记与滕主任一起坐协会的车,袁书记说自己让局里驾驶员开车去。

由于暴雪的原因,高院长预感今年情况可能又会生变。晚上高院长还是不放心,特地挨个给领导打电话确认一下,其他人都没有变,袁书记果然又打退堂鼓了,说:"明天有大雪,就不去了吧?"

高院长说:"大家都期盼您两年了,哪能不去呢!下雪我们开慢点,不影响的。"

袁书记说:"那好吧。"

安排明天接滕主任的是辆大众轿车,高院长亲自开车,杜院长和医保办牛主任随车陪同,路上好与滕主任聊聊天。刚刚听了袁书记这个不坚定的口气,高院长决定把小车陪同人员调整一下,当即打电话通知牛主任,让他明天改坐大客车去。高院长是这样想的:万一明天早上因为大雪堵车,或者单位司机晚起等原因,袁书记又有可能借口不去,我把我的车子预留一个宽敞的位子,真要出现那样的情况,我就一车接两人,彻底切断了袁书记的"退路"。高院长为自己想到了这样一个好主意而暗暗欣喜。

　　第二天早晨,果然大雪纷飞,北风夹着鹅毛大雪漫天飞舞。高院长与杜院长八点钟准时来到滕主任家楼下。滕主任很快下楼上了车,一边感叹雪大,一边问袁书记的情况。高院长说昨晚特地打电话问了,他说让单位驾驶员开车去。滕主任说你现在再打电话问下,我们从他家小区门口过,两辆车子一道走。

　　高院长拨通袁书记的电话,袁书记好像刚起床的样子,懒洋洋地说:"雪这么大就不去了吧?路上不安全呢!"

　　高院长说:"我们和滕主任都在车子上了,怎么能不去呢!"

　　袁书记说:"早上看雪这么大,我以为你们会议改期了,我现在再叫驾驶员也来不及了,我就不去了吧,让滕主任代表是一样的!"袁书记又开始打退堂鼓。

　　高院长心想,幸亏昨晚的神机妙算,连忙说:"不要叫驾驶员了,我接滕主任这个车子宽敞得很,我们现在就开车到你家小区,大约二十分钟就到!"袁书记再没有理由推辞了。

　　顺利接上袁书记后,高院长开车上了高速。高速公路上还没多少积雪,高院长尽量把车开得又快又稳。车平稳了后,高院长打电话问郑秘书长大客车怎么样,郑秘书长说比你们小车晚了一步,高速口已经封闭了,大客车正在国道上走呢。高院长说,不急不急,反正今天任务就是开会,早点晚点没有关系。

　　高院长、刘局长和赵处长的三辆小车很快就到了度假村。大客车走的是国道,十点多钟才到。上午十点半,度假山庄会议室里,桂原市职工医院管理协会2012年年会正式开始。会议的议程比较简单,重点内容就是高院长的年度总结报告。这个报告高院长事先花了不少工夫,从继续教育、行业自律、文化活动等多方面、多角度展示了协会一年来的工作成绩,幻灯片汇集了图片、视频、动画、图表等多种元素,令人耳目一新。然后是放映协会文化活动电视片——《山歌好比春江水》。这部片子是高院长为这次年会精心制作的，内容是协会近年来举办的十多场活动的视频资料精选，其中有琴溪河打水仗，有遵义会址采访老红军，有漓江游船上拍MV，有深夜阳朔街头纵情放歌，有玉龙山下跳锅庄舞，有石笋寨陈家大院狂欢，还有青藏高原纳木错湖畔献哈达。

文艺片由高院长亲手编辑制作，片中优美的画面和动听的音乐深深感染了每个参会人员。其中六首歌曲全部由协会成员本色演唱，画面与声音的合成天衣无缝。院长、主任们也都是第一次完整观看这样的视频，看到视频中的自己在高院长的镜头中那么美，那么青春靓丽，都激动不已。

袁书记是第一次现场听高院长的总结报告，图文并茂的幻灯片已经令袁书记刮目相看，再看完《山歌好比春江水》，他已经赞不绝口了。等到被邀请上台讲话时，他已经找不到合适的词来称赞协会了，短短几分钟的讲话，袁书记把"最有文化的""最有魅力的""最有凝聚力的""最才华横溢的"等等几乎能想到的好词都用上了。最后表示，医保中心明年也要加入职工医院管理协会，引得台下人哄堂大笑。

年会还未开完，袁书记已经对协会有了非常良好的印象。院长们的期望，一次会议就解决了。

下午的活动是泡温泉。此时地面的积雪已经有二十多厘米厚了。度假山庄的室外温泉区雪花漫天飞舞，浴客们三五成群，裹着白色的大浴巾，露出潮红的脸蛋，缩着脖子佝偻着腰，小跑着从一个温泉池跳进另一个温泉池，享受着"一半是海水，一半是火焰"的快感。杜院长感觉还不过瘾，带了几个小伙子纵身跳进了已经结着薄冰的泳池里搞起了冬泳。可惜没有坚持两分钟，一个个都从泳池边飞跑回来跳进温泉池。大家充分享受这天然之趣。

由于年会文化气氛浓厚，又遇上浪漫的天气，领导们兴致都很高，晚餐后都留了下来，第二天再回桂原。

第二天早上雪后天晴，十点多钟的时候，路上已经可以通车了，大队人马乘大客车回桂原。高院长和老杜昨晚酒都喝多了,只好让吕院长用他们医院的商务车送袁书记和滕主任回桂原,会务人员下午再走。

中午,高院长带大家在镇上找了一个土菜馆,大家一边等菜,一边议论着这次会议。牛主任说:"高院长,袁书记这次一下子就被你征服了,昨天晚上吃饭的时候,你到旁桌敬酒去了,他把你夸得一朵花似的,又是有才华,又是有情趣,又是有水平。"

高院长说:"是吗?有那么好吗?"

牛主任说:"那当然,袁书记对职工医院一直不了解,一次会议就把印象搞得这么好,以后我们沟通起来可就方便多了。听医保中心的何科长说,袁书记一般不参加社会上的这些活动,很少有人能请动他。"

高院长说:"那是的,这不都请了两年才请到嘛,而且还亏得我前天晚上想得周到,让你坐大车,否则袁书记这次可能又来不了。"

杜院长说:"要是老牛你也坐这个车,再带袁书记就五个人了,还是高院长想得周到!"

"细节决定成败,这就是个典型的管理案例,可以写到管理学教科书里了!"杜院长继续给高院长戴高帽。

高院长想起来了摄像的事,转脸问小孙:"昨天室内室外的活动都拍了吧?雪景拍得可多?"

小孙说:"都拍了,应当不少!"说着把摄像机拿出来递给高院长。

高院长打开相机,把录像带倒到头,然后快进播放,粗略地看了一遍。整盒带子几乎都是会议室里的开会镜头,室外镜头就是大客车到宾馆门口时一闪而过,再没有其他的镜头。高院长问:"就这一盒带子?"

小孙说:"就拍了一盒!"

高院长说:"你这全是室内镜头啊,雪景一点没有拍嘛!我来前不是特地给你们开了会,特地让你多拍雪景的吗?"

"这个……那个……"小孙支支吾吾半天也没有嘟哝出什么。

"这么珍贵的资料一段也没有拍!"高院长气得差点把摄像机扔了!

第二十五章

　　金冶医院资产评估上一年十一月就结束了，国投公司要求医院抓紧对员工进行思想动员。高院长说，马上就到年底了，搞改制乱哄哄的，年都过不安，是不是等春节过了再启动？国投公司说，也行，正好你们班子年前可以做做准备。

　　职工都希望把金冶医院交给公立大医院，医院领导班子也想找个公立大医院把金冶医院收编。倒不是领导班子对大医院有多向往，主要是怕麻烦。职工的想法是百人百样，怎么改都有一部分人有意见。所以医院班子不想折腾。

　　高院长心想，医院真能交给大医院，对全院职工来说也是一个满意的交代。至于自己的岗位，他真的不担心，到时候能干则干，不能干找个民营医院，待遇肯定比现在强。民营医院很难找到既懂医疗又会管理的人，尤其是精神科高级职称，全省就那么十几个人。协会里只要有一点规模的医院，除了鲍院长外，其他院长的收入都比高院长高一大截，就连一些社区卫生服务中心主任都拿着不错的年薪。当然高院长也不怨公司，因为袁总他们整天压力那么大，收入也就那么多。知足常乐，何况公司对医院管理十分宽松，只要完成责任制指标，公司对医院日常经营并不干预。班子成员这些年就两三个人，大家工作中配合默契，心情舒畅。按现在时髦的话说就是——钱虽不多，但幸福指数很高！

　　想得都很好，但是哪个大医院会接收金冶医院呢？医院班子打听了好几家大医院都没有结果。有一天，来金冶医院坐诊的省人民医院内科徐主任说，他问过他们医院分管外协的李副院长，李副院长说省人民医院有兼并小医院的计划,让高院长直接去办公室找李副主任。

约好了时间,高院长去了省人民医院。在陈旧的机关办公楼里,高院长转遍了四层楼也没有看到副院长室的牌子,也没有看到院长室、书记室的牌子,最后只好走进一间挂着院办公室牌子的房间询问。人家问什么事,高院长说他是金冶医院的,来找李副院长谈医院合作,那人指了指门外,说往里走第三间就是。

高院长好奇地问:"你们医院院长、书记办公室怎么都不挂牌子?"

"挂牌子?"那人翻眼看看高院长说,"一有医疗纠纷病人家属就把这层楼都堵上了,你还挂牌子?那不把患者家属都往这里引嘛!"

高院长心想,这么大的医院也怕医闹啊!但是院长办公室都不敢挂牌子,这成何体统?

敲开那间办公室的门,李副院长正等着高院长呢。高院长把医院改制的事情大致一说。李院长说:"我们医院现在有意拓展合作网络,准备在桂原市东西南北各选择一家医院作为合作医院。北面暂时还没有,如果你们愿意,我来向院长说,抓紧时间搞。"

高院长说:"我们愿意啊!"

过了半个多月,省人民医院党委书记亲自带队,李副院长和其他几位院领导、科室主任一行十来人到金冶医院实地考察。医院领导班子很热情地接待了省医的领导。省医领导的办事效率就是高,党委书记当场表态:医院交给我们管理可以,条件也好商量,但是人员我们不要,劳动关系仍然放在原单位,医生、护士我们尽可能使用,其他用不上的人员回企业安置。

高院长心想,关键不就是人吗,不要人我把医院交给你们干什么呢?我们现在又不是吃不上饭!

这边找不到婆家,那边国投公司又催着要挂牌,高院长急得团团转。春节过后,市国资委召开了第一次金冶医院挂牌出让筹备会议,主要讨论如何设置挂牌前置条件。除了员工劳动合同如何续签、员工收入如何保证等一般条款,草稿中有一条引起高院长的警觉,就是关于医院下一步发展方向的,讨论稿上写着:"经咨询市卫生局,桂原市肿瘤病人多发,肿瘤医院设置床位不足,尤其城市北部一带没有一所肿瘤医院,建议金冶医院下一步转型为肿瘤专科医院……"

肿瘤专科医院?我们以精神病专科为特色,怎么要转肿瘤医院啦?高院长立即提出了质疑。国资委的人说这是咨询市卫生局后写的,还把市卫生局出的意见函拿给高院长看,函的落款就是市卫生局建设处。医院发展方向为什么不征求现任经营班子的意见?我们申请转型为康复专科医院已经通过区卫生局的审批,并报到市卫生局了,局领导难道不知道?局领导不知道难道建设处也不知道?市局不是要我们全部转成社区卫生服务中心吗?现在怎么又可以办肿瘤医院了?高院长的脑海里一下子涌出了"十万个为什么"。

高院长暗下决心一定要弄清情况。回来以后,高院长把情况在院务会上做了通报。大家义愤填膺,精神科孙主任说:"这太不像话了,搞肿瘤医院让我们这些精神科医生改行啊?能改掉吗?笑话!"

高院长让大家先别激动,待医院班子向东升公司反映后再说。

临下班时,孙主任从病区打来电话,说病区有两个病人打架劝不开,请高院长去处理一下。

高院长进入精二病区的时候,东头的一间病房里正传出来很大的争吵声。进入房间,只见一位中年男性患者头上包了一块纱布,纱布中央还有少量渗出来的血迹,患者激动地要出门找"凶手"算账,正被医务人员劝阻着。

受伤的患者住35床,患有重度强迫症,强迫行为和强迫思维症状都很严重。患者每次吃晚饭时,要根据天气选择主食:下雨天吃米饭,晴天吃馒头,阴天则两样都吃。今天是阴天,食堂服务员送晚餐时,他排在后面,轮到他时已经没有米饭了,只剩下馒头和稀饭,他非要服务员再送份米饭来。旁边的一位男患者看不惯他的样子,就责备他是故意刁难服务员。结果两人就吵了起来,后来又打了起来,"伸张正义"的患者用自己的铁饭盒把35床的头砸破了。

其实强迫症患者心里是极度痛苦的。强迫症属于精神病学上神经症一类疾病，它与神经分裂症等重度精神病不同，强迫症和癔症、神经衰弱等神经症患者都有自知力，就是自己知道自己不正常，但又无法纠正，所以内心非常痛苦。这个35床，家住多层住宅六楼，每天早上出门锁上门后都担心门没有锁好，要反复几十次上楼察看才能放心。走路时只要看到方块道砖，必须脚落在地砖中央并一块一块数，算错了还要重来。这次吃米饭也是一样，今天是阴天，对他来说，如果缺了一样米饭，他就觉得整个人丢了魂似的浑身不自在，一夜都睡不安。所以他才央求服务员再送一份米饭，但未被人理解。

院长来了，患者还是给面子的。经过大家的劝解，食堂又送来一份热腾腾的米饭，患者的情绪逐渐稳定了下来。高院长交代孙主任妥善处理后离开了病区。

这时天已经快黑了，高院长想起来今天要把车子保养一下，于是把私家车开到与医院只有一街之隔的孟老板修理厂。高院长这辆私家车买了两年多，还没有开到一万公里，但定期保养一次都没少过。孟老板是高院长多年的好朋友，原来是金冶集团的驾驶员，当年冯院长拉大输液抵账时就经常用他的车，高院长也是那时认识他的。后来孟老板辞职下海开了修理厂，生意十分红火，修理厂也越做越大。孟老板与高院长投缘，两人渐渐成了无话不说的好朋友，平常都以兄弟相称。黄老板五十来岁，中等身材，身板结实，说话声如洪钟，底气十足，常常人未谋面声音先到："兄弟啊，好久没有看到你啦！在忙什么啊？"

高院长把车开到厂里时，孟老板还没下班，非要拉着高院长在旁边的酒店搞两杯。高院长不想喝酒，就谎称自己吃过饭了，今天来就是给车子换机油和空滤，一会就走。

孟老板似乎有话要说，盼咐工人保养车子，然后把高院长拉到自己的办公室。坐下来以后，孟老板问："小高，你们医院改制搞得怎么样了？是不是马上要卖给私人老板了？"

高院长说："都讲了好几年了，我看不是那么好卖的，职工都不同意，怎么卖?"

黄老板说:"你不要大意啊,有些事不是你能当得了家的。我们是兄弟,我要提醒你,不能太书生气啊。"

"这个我知道,你孟老板永远是老大!"

"我听说,最近有个南方的老板要买你们医院。这个老板在桂原开了一家肿瘤医院,叫个博什么肿瘤医院,就是有个什么刀的那个医院!"

"是不是叫爱博肿瘤医院? X刀?"

"对,对,就是爱博肿瘤医院。"

高院长感觉给针扎了一下,追了一句:"你怎么知道的?"

"兄弟啊,我什么不知道?!"黄老板瞅着高院长的脸说,"小高,你一定要把握好,当一把手的在关键时候一定要头脑清楚。中午十二点瞎子都知道是白天,夜里十二点孬子都知道是晚上,傍晚和清晨你要能分得清是白天还是晚上那才是有水平,那才是领导。你们卫生局是不是有个徐局长?"

"只有一个姓徐的,是副局长,去年已经退了!"高院长纠正道。

"是吧,他表弟和我是多年好朋友。他表弟经常与这帮民营医院的老板在一起,什么事都对我讲。

"小高,你不知道社会的复杂。那个肿瘤医院院长与卫生局一些人有说不清的关系。听说卫生局有个管审批的处长,老娘得了癌症,要吃一种什么药,不能报销,一年头十万的费用,都是那个院给报销的。

"听说你这个医院被他们买去变成肿瘤医院,那些人都有股份,你们院长、书记什么都没有,被卖了还帮人数钱!……"

孟老板经常与高院长说一些官场内幕,虽然也有夸大的成分,但这次说得有鼻子有眼,更是与医院挂牌筹备会上卫生局的意见函相互印证。高院长完全相信孟老板这次说的又是真的,于是立即改变了对钱处长等人的看法——看来其道貌岸然的背后竟然有着龌龊的交易!

半个月后,袁总把高院长叫到办公室,说:"市里转来一封医院职工写给市领导的联名信,信里说职工都反对卖医院,改制过程有暗箱操作,要求医院还回到东升公司。市领导要求公司给个明确意见,这个意见就由你来写,盖公司的章。"

高院长说:"我怎么写呢?"

袁总说:"你想怎么写就怎么写!你们要是想回东升公司就按想回来的意思写,你们要是想卖掉就按卖掉的意思写。"

高院长说:"那我现在回去就写,写好了给您看。"

第二天,高院长把写好的报告草稿送给袁总看。报告题目是《关于金冶医院改制情况的汇报》,内容大致如下:"……我们的建议是,国有企业改制历来是一个关系职工切身利益和社会稳定的敏感问题,建议主管部门充分听取职工的意见,同时要考虑医疗行业的特殊性,并确保操作程序公正公开,稳妥实施。针对当前金冶医院职工对待挂牌转让抵触情绪较大的事实,建议贵委暂不急于处置金冶医院资产,等我公司年底老厂区关停后,结合闲置土地开发,将医院纳入规划范围,在我公司主导下统筹考虑金冶医院的下一步改革与发展,避免出现不稳定因素。特此汇报!"

袁总只看了最后一段就觉得高院长写的对路,说:"你放这,我让办公室盖章寄回去。"报告为什么这么贴合袁总心思呢?实际上袁总心里一直不想放弃医院,一直想借助金冶医院这个牌子将来逐步发展东升公司大健康产业,高院长怎么会不明白呢?

信寄回去时间不长,国投公司总经理又来了医院一趟,说,你们东升公司答应把医院要回去,那医院资产暂时就不处置了,但中金公司要尽快交一个承诺函给市政府,你们也要催催。

金冶医院改制的事就暂告一段落。

第二十六章

各位领导、各位专家、同志们：

大家好！在这春暖花开、万物复苏的季节里，社会各界期盼的科学院肿瘤医院正式开业了。我谨代表桂原市职工医院管理协会向科学院肿瘤医院的全体同仁们表示热烈的祝贺，向关心支持肿瘤医院建设的各级领导和专家表示衷心的感谢。

科学院肿瘤医院的开业，象征着桂原市职工医院界一颗璀璨的明星耀然升空。

……

希望肿瘤医院的同志们在将来的工作中，把科技优势转化为医疗优势，为广大肿瘤患者提供高水平的医疗服务，为桂原市的医疗卫生事业做出重大贡献，为职工医院的转型与发展创出一条示范道路。

最后祝参加典礼的各位领导、专家和同志们，身体健康，万事如意！谢谢大家！

致辞完毕后，高院长满面笑容地走下主席台，肿瘤医院院长助理小盛向高院长伸了个大拇指。这里正在举行的是中国物理科学院桂原通用技术研究院肿瘤医院开业典礼。肿瘤医院更名前叫中国物理科学院桂原通用技术研究院医院，与金冶医院一样，也是一级医院。几年前他们也紧跟形势办了一所社区卫生服务中心，不过中心是设在研究院生活区所在街道，不存在一个机构两块牌子的问题。但是根据国家的医疗机构设置总体规划，有了社区卫生服务中心这层机构后，政府将不再允许设立一级医院,所以研究院医院要想继续办下去,必须得升级。可能是得益于研究院这个大牌子,周院长的二级专科医院申办比金冶医院要顺利得多。去年秋天,二级肿瘤专科医院的牌子已经拿到手了。为了更好地展示医院形象,周院长特地等医院运行一段时间,各方面配套都完善后,才搞了今天这么一个隆重的开业典礼。

周院长三十多岁,大额头,胖脸,常年梳着个大背头。他走路喜欢背着手,迈着八字步,很像古代的大将军。这几年随着医院的扩张,周院长的腰围也在迅速扩张,这个大将军就更加神似了,所以协会的院长们都开玩笑叫他"大将军"。

在申报二级医院的时候,科学院医院已经进行了一场脱胎换骨式的改造:首先是把医院治理结构进行了重构,桂原研究院成立了医学物理中心,重点开展转化医学;科学院医院作为医学物理中心下属临床研究基地,专科开展肿瘤的临床治疗和科研。这样一来,医院就升格为研究院的主业了。医院又对房屋进行了有限规模的扩建,由于受研究院总体规划的限制,房屋只能建多层,但岛上有的是土地,所以建筑物内部都很宽敞大气,病房都是带独立卫生间的双人间或单人间,供应室独占一层楼,手术室加设备层占了两层楼,大大小小的会议室建了六个。

最能体现医院科技硬实力的是肿瘤诊断治疗方面的高尖端设备:256层的原装进口螺旋CT、3.0T的核磁共振仪、世界一流的精准放疗加速器,据说这台加速器是亚洲第三台、中国第一台。设备未安装之前,高院长参观过那个精准放疗设备间。房间的六个面均是用钢筋混凝土浇筑的,厚度达到1.5米以上,进出口通道设计成回形,像西部原子城的地下道。每次来人参观,大将军都要带着客人挨个参观他的这几个宝贝。这几台设备价值好几个亿,别说其他职工医院不敢想,就是省人民医院这些大医院也没有这么齐全。"大将军"的骄傲之情完全能理解。

像往常一样,典礼结束后依然是周院长带着大家参观医院,重头戏当然还是那几个大宝贝。高院长虽然对这些高级设备很惊奇,但内心也很平静。这方面金冶医院无法与他们比,一个是全国知名的国家级研究院,一个是普通的钢铁企业医院,但是这个二级医院申办对高院长的刺激还是挺大的。协会里二级医院越来越多:吕院长的二级专科医院前阵子已经批下来了,桂动医院在省国资委的支持下也悄悄拿到了二级医院的证,鲍院长那个二级综合医院据说也快要批下来了。而高院长这个会长单位到现在还没有找到二级医院的门,说出去真丢人。高院长真的有点着急了!

参加完周院长这个典礼后,高院长又开始研究自己的脑病康复医院了。高院长想起,上次李总召集的卫生系统聚会,省厅有个副处长参加了。这个副处长在人事处,姓韦。高院长想,通过这个韦处长在省厅了解了解情况,这事说不定就好办些。高院长把这个想法告诉李总后,李总说他来协调。过了一阵子,李总专门把韦处长请到了金冶医院现场办公。韦处长问高院长:"你可直接去找过尹处长?这个事就是他负责,他答应就行。"

高院长说:"我去找过他一次,但是他说要市里先打报告他才批。"

韦处长说:"省里也可以直接批,以前有过的。我回去找尹处长说说。但尹处长最近陪厅长出国考察去了,一个月后才回来。"

好不容易等了一个月,高院长打电话问韦处长,韦处长说:"尹处长上周回来了,前天开会我已经当面跟他说了,你这两天去找他!"

哪还会等两天,高院长当天下午就到了尹处长的办公室。高院长直接说是韦处长让来的,就是上次说的二级医院的事。尹处长平静地说:"二级医院申办确实是由市里受理,然后报我们批,我上次也给你看了焦南市卫生局的报告。"停了一会尹处长又说,"不过现在国家鼓励社会资本办医,所以政策有所放宽,省里也可以直接受理。你们准备申报什么样的二级医院?"

"我们想申办二级康复专科医院!"高院长特地把专科两个字加重了说。因为高院长研究过卫生部的医疗机构设置标准,康复医院和专科医院是并列的两个类别。过去康复医院的标准十分低,但2012年国家出台了一个康复医院新标准,如果按这个新标准,二级康复医院每床建筑面积要有85平方米,金冶医院这栋大楼面积就不够了。但要是按照专科医院的标准,每床面积只要45平方米,房屋面积就绰绰有余。

"脑病康复专科医院。我们一直就是以康复为主,现在想办成康复专科医院。"高院长说着把材料递给尹处长。

尹处长翻着材料:"金安脑病康复医院!脑病康复医院,叫脑科医院不好吗?"

高院长说:"尹处长,还不是那个意思,我们这个脑病既包括脑外伤、脑出血,还包括精神病,是躯体康复加精神康复的意思。"

"哦,但你这医院名称不行,要加名号,非政府办的医院都要加名号。另外也不能叫金安,你这样的规模不能挂金安省,叫桂原可以。"尹处长把材料放到旁边的柜子里说。

"你回去按照这个医疗机构设置标准准备,然后哪天我带专家组去现场看一看。"尹处长说着递给高院长一本小书,就是1994版的卫生部《医疗机构设置标准》。这上面的标准都是老标准,不管专科还是康复,金冶医院条件都够。

二级医院申办有了重大突破,医院领导班子都很兴奋。高院长与张院长商量医院名称加什么名号,想了很多名字都很别扭,干脆把股份公司的名号带上得了,新医院名字就叫"桂原东升脑病康复医院"。按照1994版卫生部《医疗机构设置标准》,医院房屋和设备等硬件标准没有大问题,根本就不需要怎么准备。但为了保险起见,除了房屋面积外,其他跳一跳就能够达到条件的全部按2012版康复医院标准准备。

一个多月后,尹处长带了一个五人组成的专家组来到医院。让高院长感到意外的是,专家组人员中竟然有市局的钱处长。

专家组首先查看了医生的执业证复印件等文字材料,然后让高院长带着专家组在全院上下参观看了一遍。回到会议室后,尹处长说:"金冶医院是家职工医院,也是一家国有医院,康复工作做得比较好,申办二级康复医院也符合政策方向。今天请各位专家来,主要是看看医院基本条件够不够,哪些地方还存在问题。"

专家组里有两位大医院的康复科主任,他们主要从康复室面积、设备和人员资质方面提了一些细节问题;市精神病医院的专家说精神科病房太挤,一间病房住了四个病人,每床面积不够,建议按两人间或三人间改造;钱处长没有多话,只是说领导看没有问题就行。

最后尹处长总结道:"依据各位专家的意见,金冶医院的条件基本符合二级医院标准,有些地方还存在一些问题,我们回去再讨论一下,然后再正式通知你们结果。"

一周后,高院长从省厅建设处拿到了二级医院设置批准书。拿到这个就像生孩子拿到计划生育服务证一样,剩下来只要十月怀胎,把孩子健康生下来就能上户口了。当然卫生厅给的不是十个月而是一年半时间。在一年半时间内,只要医院硬件软件准备好,随时可以申请专家组来验收,验收合格就正式发证。

山重水复疑无路,柳暗花明又一村。高院长折腾了几年没有找到门,蓦然回首,门却打开了。那天专家组来医院的时候,钱处长的表情怪怪的,但是那天他没有反对,高院长也就知足了。得到的太容易,高院长心中反而不太踏实,心里念着抓紧时间把专家们提出的问题解决掉,尽快通过验收,把证拿到。

高院长按专家们的意见整理了一份整改清单,逐一进行整改。

金冶医院住院大楼建成使用有六七年了,病房的墙体涂料成片剥脱,门也被轮椅和推车撞得红一块白一块的。医院决定趁着这次二级医院申办把病房重新装修一遍。高院长之前看过中铁安江局机关医院新装修的病房,内墙全部都贴上瓷砖,墙角和窗台下制作安装了专门的患者物品柜,门也换成钢制喷塑门,病房干净明亮。高院长决定就照着他们的样子装修。

由于各楼层都住着病人,所以只能一层一层轮流施工。这可累坏了病区的医生和护士,首先要把患者转到其他楼层,然后再把病房里的床铺、医疗器械等东西搬走,装修好了原样恢复,再把患者接回来,接着装修另一层。

一天上午,高院长在市内开会,突然接到后勤主任的电话:"院长,医院着火了,你赶快回来!"高院长连忙开车往回赶。刚到医院大门外,高院长看到一台消防车正从医院后门出来。医院中心广场一片狼藉:草地上和柏油路上还在流淌着漂着泡沫的污水,一楼康复站墙外的两台空调烧成了黑色的铁架子,篮球场上散落着一大片黑色的燃烧不全的东西,个别地方还冒着微烟。住院大楼东边一间病房里,一个精神病病人对着窗子正大声地唱着:"砸碎万恶的旧世界,万里江山披锦绣,披锦绣……"

高院长问后勤主任怎么回事。后勤主任说:"四楼护士这两天搬病房时发现一些床垫子受潮发霉了,就拿到篮球场上来晒。估计是楼上有人向院子里扔烟头,引着了床垫,床垫又把旁边的空调烧着了。当时火势确实很大,保安就打了119,消防车来了,很快就把火扑灭了。"

"可找到那个扔烟头的人了?"高院长问。

"没有找到,估计是施工队的工人扔的,但施工队的人都说他们没有扔。六楼到七楼都是精神病人,不可能抽烟,四楼、五楼是神经康复病人,都躺在床上不能动,也不可能抽烟。家属倒是有抽烟的,但是他们都是从走廊的两头窗户往下扔烟头,扔不到这里来!"

下午一上班,东升公司消防队、东风街道安全科,还有《桂原晚报》的记者,都来金冶医院了解情况。政府现在是五警联动,一打119,其他部门全都知道金冶医院着火了。本来损失倒不大,这下社会影响倒不小。气得高院长暗下决心,一定要找到那个扔烟头的人。

临下班,高院长让后勤主任不要走。等施工队的工人离开后,高院长带着后勤部主任来到装修的楼层。正对着院子着火点的那间病房,里面有一张临时休息用的床,床边上有一个罐头盒,罐头盒里面全是烟头,罐头盒旁边还有一个红色的香烟盒。高院长用手机朝床底下一照,里面也全是烟头,立即断定烟头就是从这里扔出去的。这时后勤主任站在阳台上对高院长喊:"院长,你过来看看,这个位置正好对着着火点,而且阳台墙角还有好几个烟头,这些烟头肯定是从室内往外扔的时候,被墙挡下来了,没有扔出去!"

证据确凿！高院长让后勤主任立即打电话把包工头找来。包工头来了以后，在确凿的证据面前也不得不承认烟头是施工人员扔的。高院长指着包工头的鼻子说："你来施工的时候我们一再交代，不能让工人们在医院里抽烟，抽烟要重罚，现在出了事故，影响这么恶劣，损失你都得赔！"

包工头说："我已经反复对他们讲了，他们就是不听，我明天找他们算账！"

高院长心里好受多了。这次终于找到了肇事者。赔钱倒是小事，高院长主要是为自己抓紧时间锁定证据进而抓住"罪犯"而自豪，要是等到明天，工人们把房间一打扫，这次又白烧了。

第二十七章

2013年12月10日下午,是约定好省厅专家组来金冶医院验收二级医院的时间。一段时间以来,金冶医院重点工作就是全体动员,全力以赴迎接二级专科医院验收。医院已经从房屋、设备、人员以及管理制度等方面进行了全面的整改。为稳妥起见,医院还特地请了金医附院和市精神病医院的专家来医院预检了两次。万无一失后,高院长才向尹处长提交了验收申请。正式验收那天上午,医院特地让保洁员将楼房里里外外清洁了一遍,院内外的绿化也洒足了水,植物看起来都像春天一样生机勃勃。下午一上班,高院长就坐在办公室里忐忑不安地等待着专家组的到来。距约定时间还有不到一个小时的时候,服务台突然打来电话,说一楼大厅的消防水管爆裂了!高院长心想大事不好,赶紧下楼。

来到一楼大厅,只见大厅西头墙面一处消防栓正向外喷射着巨大的水柱,地面全是积水,保洁人员和窗口工作人员正不停地用扫把往门外赶水。大厅墙角和门外站着一群不知所措的人。后勤部老窦拿着一个扳手前后奔跑着。

高院长拉住老窦问:"怎么回事?"

老窦说:"可能是这个消防栓的阀门芯坏了,我上去堵了一下,压力太大,根本堵不上。"

"那抓紧时间把总阀门关上啊!"

"总阀门也不知道是哪一个,这楼上的消防水和自来水都是串在一起的,我刚才把室外的进水总阀门关了,但是水压一点也没有减小!"老窦用袖子擦着脑门上的汗说。

高院长知道这个消防水管比较复杂,除了直接连接市政自来水管网外,还连着楼顶上的消防水箱。各个楼层的管道都是相通的,就是把市政自来水进水总阀关掉,楼上水箱的水也够放半天的。要是平时,高院长也不着急,住院大楼又没有地下室,地面都是花岗岩。但是今天不行,尹处长带的专家组马上就要到了,水漫金山的样子还怎么验收?这可要坏了大事!想到这,高院长的心咚咚地跳了起来。

这时有人说水都流到电梯井了,会电着人,快让保安把电梯停掉,把电源切断!又有人叫唤水进药房了,药架上的药品受潮了!这当口不知道谁出了个主意:"一楼东边的墙上还有一个消防栓,把这个消防栓用消防皮管接上往室外放水,这样坏掉的那个消防栓水压就会降下来,这个时候上去或许能堵住。"

高院长说赶紧试试,就是水压不降,两个消防栓一道放水也能快点把楼顶水箱里的水放干。很快另一个消防栓被打开放水。这个主意还真不错!那边阀门一打开,这边的水柱立马就低下了头。这时后勤主任自告奋勇,立即冲上去用身上的棉衣堵住了阀口,再用手慢慢摸到阀芯的位置,把掉下来的阀芯塞进阀门,水一下就止住了。全身湿透的后勤主任对着高院长笑了笑。高院长悬着的心一下子落地了,一边让后勤主任千万把这个阀门固定好,一边让郑书记通知各科室员工立即到大厅扫水。大厅的水刚刚扫完,地面勉强擦干,尹处长带领的专家组就到了医院。

尹处长看着大厅那么多穿工作服的人,以为都是来迎接他们的,很高兴。高院长边引导边解释着:"刚才大厅消防栓突然坏了,漏了一地水,电梯井也漏了水,担心不安全把电梯关了。各位领导今天受累了,只能爬楼梯上楼了。"

好在会议室就在八层,领导们没有说什么。上楼梯的时候,高院长眼睛余光看到郑书记亲自下到电梯井里,和几个人一起用脸盆往外舀水,一身都是水渍的她,不停地用袖子擦着额头上的汗。高院长顿时鼻子有点酸。

还是像上次设置批准时那样,也是来了五个人。钱处长这次没有来,看来这一关不需要他参加了。院方简单汇报后,专家组依然是先看了一下人员名单和有关资格证书,然后到病区、康复大厅和供应室等重点地方逐一查看。各个地方都按专家的要求做了规范的整改,尹处长很满意。专家组没有像上次那样提出问题,一致的意见是医院基本符合标准,回去以后尽快办理发证手续。尹处长说还有一家医院要看,匆匆忙忙离开了。一周以后,省厅建设处办公室通知高院长去领回了二级康复医院的执业许可证书。

看着手中跑了两三年、费了无数周折办下来的二级医院证书,高院长就像当年拿到中专录取通知书一样激动!

人痛苦的时候感觉时间过得很慢,快乐和忙碌的时候感觉时间过得很快。高院长记得上初中时,班主任老师非常严厉,对学生的学习抓得很紧,常常提醒孩子们不要浪费宝贵的学习时间。她最常念叨的一句谚语就是:"年怕中秋月怕半,星期就怕星期三。"意思是一年当中,只要中秋节一过,很快就到年底了;一月当中只要十五号一过,剩下那半个月不知不觉地就过掉了;一个星期只要到了星期三,剩下几天一眨眼工夫就没了。对于喜欢做事的人来说确实如此,在高院长的忙忙碌碌之中,很快2013年就到了年底。

年度最后一次会长例会上,院长们讨论完了年会的事,议题不约而同地转到了医保管理。

年初开始,桂原市医保中心搞了个创新,把大病救助保险交给商业保险公司承办。从专业的角度来说,普通老百姓眼中的医疗保险实际上分两个部分,一部分叫统筹基金,一部分叫大病救助基金。住院报销先从统筹基金支出,超过一定额度后再从大病救助基金支出。能进入大病救助的患者很少,因为大部分患者都是一般疾病,医疗费用不会太高,统筹基金报销足够了,少数生大病的人才会用到大病救助保险。

桂原市医保这几年年年超支,尤其是大病救助基金超支严重。桂原市医保中心想通过这个创新来解决基金超支问题。保险公司除了严审大病人员的医疗费用外,还把关口前移,盯住统筹基金。他们招聘了许多医学院校的毕业生参与医保中心管理科的工作,每天派人下医院检查,只要发现病人不在病房,或者床边没有洗漱用品,或者没有门诊检查直接住院的,就说医院弄虚作假挂床骗保,或者说医院小病大治,套取医保基金。轻者扣除人次,重者有一罚三、有一罚五。这样一来,医院都不敢收病人了,住院病人少了,能够进入大病救助的病人也就少了。保险公司既挣到了大病救助基金结余的利润,也帮医保中心省了不少统筹基金,两家皆大欢喜,唯有医院怨声载道。会上,大家一致要求协会出面,与医保中心对话,维护职工医院的利益。

趁着邀请医保中心领导参加年会的时机,高院长和郑秘书长向袁书记和滕主任提到了这事。袁书记说,那我们干脆开个座谈会来沟通沟通。高院长和郑秘书长说那更好不过。

袁书记办事效率就是高,没过几天就让协会通知各家院长去医保中心开座谈会。进入会场,高院长发现除了袁书记和滕主任外,中心管理科和稽核科的几个科长都在,而且一脸茫然的样子。管理五科许科长平时检查最认真,扣款下手狠。座谈会开始后,大家的火力全力对着许科长,说五科扣减费用太随意,没有标准,不顾医院的利益;说职工医院人微言轻没有话语权,是软柿子随他们捏;说不管扣款对不对还不让医院质疑,谁质疑加倍扣。桂原热电总厂医院王院长激动地说:"你们医保中心自相矛盾,收重的病人你们不给钱,收轻的病人你们又说降低住院指征。住院指征是医生掌握还是你们医保中心掌握?如果是你们掌握,以后我们就让患者先到你们这里备案,你们说够标准我们才收,病人与你们吵不要怪我们!"

高院长事先做了充分准备,所以发言不急不躁,有理有节。主要内容有两点:一、以住院指征为由对医院进行多倍核减费用处罚有失公平;二、结算可达到人均次定额计算方法不合理。两点干货说完,又进行了总结:"职工医院虽然在规模上多属中小医院,在医疗市场上的话语权微弱,但是由于历史原因,职工医院兼有为社会服务和为企业职工家属服务的双重职能。企业职工和家属往往通过职工医院的服务来评价政府形象,其综合社会影响力不可忽视。支持守法诚信的职工医院健康稳定发展,有利于在医疗机构间构建良好的生态平衡,有利于缓解医疗费用过快上涨的社会矛盾,有利于培育公平有序的医疗市场。建议贵中心在制定和执行政策时充分考虑职工医院的合理诉求,维护职工医院的基本利益,促进各级各类医疗机构的健康协调发展,满足参保人员多层次的就医需求。"

高院长抑扬顿挫的大道理讲得医保中心几个科长脸色十分难看。许科长面无表情地看了一下高院长。后来才知道,袁书记和滕主任叫职工医院来开会,事先没有和几位科长沟通,科长们是到了会场后才知道是开"批斗会"。院长们不敢冲领导发火,火力都对着几个科长。科长们没有准备,受了一顿窝囊气又没有办法还击,心中十分憋屈。

散会后,牛主任对高院长说:"你这下把许科长得罪了。"

高院长说:"不要怕,不能事事指望别人出头,当会长也要敢于担当!"

春天开业典礼时,科学院肿瘤医院给各位院长留下深刻印象:湖畔会议室宽敞明亮,正对着科学湖那面是巨大的落地玻璃墙,坐在会议室任一角落均可尽享湖光山色;国际学术报告厅装有彩色高清 LED 大屏幕;有中餐厅、西餐厅和小餐厅,就餐环境非常好。大家都建议协会年会就在周院长的岛上举办。

既然肿瘤医院会议室特别多,那就不要浪费了,都给它用上。预备会议放在物理中心小会议室开,年终总结放在国际交流部的湖畔会议室开,演出在国际学术报告厅举行,聚餐放在西餐厅。周院长又做了内部公关,让大家参观了难得一见的世界级高科技装置——人工月亮。这次协会年会第一次举办了文艺会演,节目都是各家医院自编自演的,质量不错,演出效果也非常好,现场还进行评奖。一等奖节目是金冶医院王主任领唱的歌伴舞《卓玛》,节目结尾王主任领着一众"藏族姑娘"挨个给坐在前排的领导献哈达,领导们都乐得合不拢嘴。

又是一场非常精彩的年会。由于在市内举办,今年请的领导比较多。民政局孔局长第一次参加协会年会,对协会赞不绝口,晚餐时特地表扬高院长:"你们这个协会搞得真好,明年全市搞协会评级,你们一定要参加。"

高院长说:"肯定参加,我们评个3A级应当没有问题!"

局长说:"3A哪行啊?得按5A级标准干!"

"好,就按5A标准干!"高院长大笑着。

……

每年一月份最后一个周六是金安省精神病院开放日,金冶医院已经连续六年响应号召,开展精神科开放日活动。今年的开放日恰逢春节临近,医院的准备工作显然没有以往细致,但前来参观的市民仍然不少。

精神病院开放日活动是金安省精神病防治中心倡导的,初衷是为了减少人们对精神病患者的歧视和偏见,消除公众对精神病医院的误解。虽然现代社会的文明程度大大提高了,但社会上还有很多人对精神病这一群体有很深的误解,似乎精神病人就是犯人,精神病医院就是监狱。

金冶医院坚持开展这项活动,除了上面说的大道理外,另一个重要目的是想给自己做做免费的广告。金冶医院自从建成花园式医院以后,院内外环境和病房条件都有了很大改善,康复治疗室、文娱活动室、食堂和洗浴室都是全新的。医院还学习管理新思维,拆除了所有病区的铁门,只有住院大楼的一楼设置一个隔离岗。平时患者在治疗区和生活区都可随意活动,不仔细看,精神科病房与其他内外科病房没有什么两样。

参观人员进入院区,看到是患者在香樟林下散步,在篮球场上打球,坐在美人靠上看手机。宽敞明亮的康复治疗室里,有人在写字,有人在画画,有人在下棋,有人在听音乐。医院就像是一所高档的疗养院,全没有想象中的恐怖。

开放日最重要的一个环节是医生、患者和参观者互动交流会。

"弗洛伊德说过,人人身上都有精神病的表现!"

会议室里传来一个十分熟悉的声音。说话的就是那个知名的21床陈校长。陈校长久病成良医,出院后十分热衷精神病公益事业,连续几年都被邀请来参加开放日活动。

"有人讲哲学家都是疯子,因为哲学家的想法都是超越现实的,一般人很难理解,容易让人觉得与精神病没有两样。但我认为他们之间还是有区别的,实际上天才和精神病只隔着一张纸。"

陈校长对精神病理论的研究经常让专业的精神科医生都不敢随便接话。当然陈校长也有借这个说法抬高自己的意思。

高院长配合地接话道:"陈校长说得很对,很多精神病人都很聪明,不是一般的聪明。我以前见过一个狂躁症的患者,一晚上就能写出一部长篇小说,几乎不用想,就一直写,写完了就是一篇水平很高的文章。"

精二科孙主任说:"哲学家很多时候思想是超越现实的,但是哲学家能从超越现实的想象中回到现实,但精神病不行,精神病人一旦出格,就回不到现实生活中了。这么说吧,哲学家再往前走一步就是精神病!"

"那精神病退一步会不会成为哲学家呢?"一位参观者笑着问。

"那不会,精神病人退一步还是精神病!"孙主任说道。

"那为什么呢?"

"有回刺嘛!就好比我们小时捕黄鳝用的竹篓子,有回刺,进去了就出不来。"陈校长的话逗得大家哈哈大笑。

一位参观者问道:"是不是病人出院时,你们医生在浴缸里放满水,再给病人一个水瓢和一个汤勺,让病人把水舀干,用水瓢和汤勺舀的都不能出院,拔掉浴缸塞子的病人才可以出院?"

孙主任说:"那是网上说的笑话,哪会那样。病人能否出院是要综合判断的,当然出院时医生和患者是要进行一次谈话评估的。"

正说到这,办公室小孙在会议室门口扬了扬手机,示意高院长有话说。出了会议室,小孙说:"高院长,东升公司办公室何主任问医院还有几个东升公司的精神病人在院,说后天公司领导要慰问病人。我们要不要统计一下数字报给他们?"

　　高院长说:"我来给她讲!"说着拿过小孙的手机,"何主任,我上次不是和你说过嘛,哲学家往前走一步就会成为精神病,你查一下桂原市去年哲学家可少了,如果没少,住院的精神病人还是去年的那个数。"

　　何主任也被高院长挑起了情绪,在电话里大声笑着说:"高院长哎,我是怕一查全市哲学家多了好多,你就麻烦了。"

　　"哲学家多了可不是从我这出去的,我这病人都有回刺,哈哈哈……"

第二十八章

随着二级医院一家接一家地批了下来,另一个存在多年的老问题一下子变得突出起来了——不论一级二级,也不论是央企还是省企,各家医院都办不到法人证书。

历史上职工医院都是作为企业的一个后勤服务部门设立的,主要功能是为内部职工服务,一切法律关系都是由企业担着,医院本身没有独立法人资格。多少年来,没有法人资格对职工医院也没有什么影响。后来随着职工医院逐步走向医疗市场,国家管理逐步规范,不是独立法人,很多矛盾就产生了。

比如,不是独立法人无法交纳社会保险和个人所得税,无法独立签订劳动合同。近几年卫生局又规定,不是独立法人不能领取医疗费发票,不能变更执业许可证科目等等。

最要命的是,没有法人证书银行不给开户。以前开过户的,现在不给年审,账户一律冻结。以前使用企业银行账户的医院,现在医保中心不给转款,说医保基金是老百姓的保命钱,上级年年审计,必须转到医疗机构账户,不能转到企业账户。

吕院长叫得最凶,整天嚷:"会长啊,这个医保不给转钱怎么办?""会长啊,卫生局不给领发票怎么办?""会长啊,你们家是怎么搞的,别人家是怎么搞的啊?"

高院长说:"我们家冯院长以前搞了一个似是而非的法人证,在银行和社保都开了户。但是现在也麻烦了,银行户名变不了,法人印鉴也变不了,这么多年我还是用冯院长的私章在取款。"

中铁安江局机关医院姚院长也着急。洪院长在任时把他们医院办的那个社区卫生服务中心在民政局领了个民办非企业组织法人证。这两年民政局发现了这个错误，不再给这个民非法人证年审了，不年审银行也要冻结账户。

年后第一次会长例会上，这个议题把整个会议时间都占了。最先诉苦的自然还是吕院长，除了卫生局不给他领发票，社保局不让他交社保外，他们医院这么多年辛辛苦苦积攒的上千万资金差点给企业"没收"了。他家医院一直使用企业的银行账户，吕院长也抠门，省吃俭用余下的钱不敢发奖金，说要留着盖大楼，结果钱放在账上长期不用，企业认为医院日子好过，要把账上闲置的资金全部收归公司使用。

吕院长刚把话题引到这上面，院长们个个诉说，纷纷提议："协会得有所行动了，行业维权就是我们协会的基本功能嘛！"

"那我们怎么搞呢？"高院长问。

"集体找政府！"姚院长说。

"找哪个政府呢？我们这些医院有央企办的，有省企办的，有市属企业办的，总不能找国务院吧！"高院长问。

吕院长说："这个事情还真的不好整，我到民政局问了，人家说他们只办民办非企业组织法人，你这些都是国有的，我们不能办；我到卫生局问了，人家说你们这是企业医院，不可能办事业单位法人证；我到工商局说，你们给我办个企业法人也行啊，工商局说你们是非营利性医院怎么能办企业法人呢？你要把医院改成营利性医院，我就给你办企业法人。每个部门说的都有道理，就是不解决问题！"

"职能部门都不管，那我们就找市长！"

"拉倒吧，市政府我去找过好几次，人家说，你们是央企，不归我们桂原市管！"吕院长苦笑着说。

"那我们就找省政府！"周院长一拍桌子说，"反正我们职工医院中央的、省里的、市里的都有，找市里往省里推，我们直接找省政府，他总不能推到北京吧？再说行政事务都是属地化管理，大家的医疗机构执业许可证不都是省里发的、市里发的嘛！"

中科院桂原研究院虽然是中央属事业单位，但肿瘤医院到现在也没有办到法人证。周院长原以为凭着研究院的大牌子能优先解决问题，结果也和炼钢铁的修铁路的一样，心中十分恼火。

会议结束的时候，大家形成了一个决议：会长带头，各家配合，集体找省政府反映问题。

会后没几天，高院长约了热电总厂医院王院长。两人先来到金安省编办，编办也叫事业单位登记管理局。一个副局长接待了两人，听了高院长的解释，又看了带来的材料，副局长说："像你们这样的情况以前是可以办二类事业单位法人证的，但是后来中央清理事业单位管理，把二类事业单位暂停了。你们最好写个报告，找前面的办公厅秘书处反映一下。"

这个高院长已经想在前头，报告早就打好了就在包里。两人直接去了前楼的办公厅秘书三室。三室说这个文教卫是二室分管。两人又到二室，一位领导接待了两人，大致听懂了情况，立即给编办打了一个电话，然后说："我和编办的沈局长打过电话了，现在已经下班了，你们下午再去找他吧。"

高院长感觉省政府办事效率很高，不像想象中那么难。下午三点，两人再次来到省政府，就在上午那位副局长办公室隔壁如约见到了沈局长。沈局长说的与上午那位副局长说的差不多，但是说完又补充道："你们职工医院有个桂动集团公司医院，以前就是我们给办的二类事业单位证，现在上面让暂停了。你们去找找秘书处的领导，让他们牵头召集一个协调会，到时我们参加，只要有领导点头，我们就给你们办了。"

高院长立刻感到这个沈局长非常和蔼可亲。沈局长看上去年龄也不小，老同志就是能体谅基层的痛苦。

两人又折回头找到二室的那个领导，把沈局长让开个协调会的话原样说了。领导一听，说，你们要是这么急，就把材料交到应急办去吧，这样领导会重视一些。两人只好又去应急办把材料交掉了。

后来的一段时间，高院长陆续接到许多电话，有市应急办的领导，有市卫生局的处长,有市政府办公厅的主任。国投公司产权处处长也来电话问高院长,把什么事搞到省政府了,让高院长上报了一大堆材料。

一通电话接下来,高院长基本上听明白了:因为是桂原市职工医院管理协会打的报告,省里自然把报告转到了市里;市里这么多部门都来电话,说明领导很重视;国投公司的意见是你们要再催政府办证,我们就催你们金冶医院改制,改制了想办什么证都能办到;市政府的意见是这事他们从来没有遇到过,也不知道怎么办,如果省里给省属企业医院办了,他们就照样办。绕了一圈,球还是回到省政府。

就像钓鱼一样,窝子打下去后,底下的鱼花不停地翻,但是等了半天,鱼花散尽了,一条鱼都没有咬钩,高院长很失望。

一个月后,高院长启动了第二波行动。这次约的是科学院肿瘤医院周院长和中铁安江局机关医院姚院长。

上次材料是交到应急办的,所以三人直奔省政府应急办。值班人员给了三人一份《桂原市关于省长热线转来问题的回复》。短短的回复信大意是说:"职工医院按国家政策规定,现在确实无法在事业单位管理局、民政局等部门办理法人资格证,只有等职工医院改制完成后,才能解决办证问题。"

"那一天不改制,职工医院就一天不吃饭啦?"没等高院长发火,周院长已经率先嚷了起来。

"改制不是说你想改就改的,也不是我们想改就改的,很多企业是要保留医院的。"高院长指着旁边的姚院长对应急办的人说,"他们医院在非洲还有分院,怎么改?这个回复明显就是糊弄人,官僚主义!"

三个人在应急办门外大声咋呼,引得一个楼层的人都出来看热闹。一个领导模样的人说:"你们有事去找秘书二室说,我们这是全省的应急中心,你们不能在这吵!"三人也感觉这里不是随便的地方,赶紧自己下台阶:"那我们去找秘书二室!"

秘书二室那个不知道姓什么的领导还在,又把三人劝到编办。这次接待高院长三人的叫严局长。

高院长问:"沈局长呢?上次沈局长答应我们,只要领导召集一个协调会,他就帮我们办。"

严局长说:"沈局长半月前退休了,现在我暂时负责局里工作。"

在严局长那里坐了半天也没有什么新的结果。临走时严局长给三人出了个点子:"你们再给秘书处打个报告,报告不要绕弯子,就直接写请求办理事业单位法人证,如果领导批转到我们这,我们再看看可有回旋的余地。"

从省政府回来,报告写好后,高院长感觉只盖一个协会的公章引起不了领导重视。借着开会的机会,高院长让各家院长把公章带着,都在报告上盖上章。因此,协会的这份报告除了协会的公章外,又盖上了十一家医院的公章,整张报告看上去像一个刚拔过火罐病人的肚皮,都是红红的圆印子,高院长自己看着都忍不住笑了。

又过了一个月,第三波行动开始。这次高院长和吕院长、郑院长三人一道,先到省编办给严局长看了一下报告,严局长说这个报告行,可以直接交给秘书二室的施主任。到了秘书处二室,办公室里没有人,三人屁股后面却跟着一个壮壮的男子,三人就问他施主任在哪。那人表情很严肃地说:"你们跟我来!"三人跟着男子来到一楼大门旁的一间办公室,高院长看办公室牌子上写着保卫处,马上明白是怎么回事了,不高兴地问这个保卫干部道:"我们找施主任,你把我们领到保卫处干什么?"

保卫干部说:"施主任开会去了,你们是哪里的?不能随便在政府机关楼上乱跑!"

高院长说:"我们都是各家医院的院长,和领导约好来办事的,怎么叫在楼上乱跑呢?"

保卫干部说:"你们办什么事?有什么证件吗?"

高院长把那个"拔过火罐的肚皮"拿出来递给保卫干部看:"这是我们协会的文件,什么事上面都写着!"

保卫干部不屑地拿起报告看了看:"你们这是什么文件,哪有文件盖着这么多乱七八糟章的。"

高院长说："我们先前递上来的文件只盖了一个章,但是你们不重视啊,所以我们让各家医院都把章盖上了！"

保卫干部说："你们这个事要到信访办去递材料,不能在办公楼里到处跑！"

高院长说："我们又不是钉子户,到信访办干什么！"

保卫干部说："信访办就是负责接待各种各样办事诉求的,是正常的办事渠道,你这样理解有问题。你不交到信访办没有人会接你这个文件的！"

然后保卫干部又开始登记三人的姓名、单位和电话。高院长感觉老在这里纠缠不会有什么结果,反正信访办就在省政府西边围墙外,不如过去把材料交一份,行不行再说。郑院长说："我有个老乡好像在信访办,我打个电话看她可在。"电话打通了,很巧她今天就在上班,三人当即来到了信访办。

省政府信访办是一栋独立的三层小楼,一楼接待大厅五六十平方大小,几排火车站候车室那样的铁椅子上杂乱地坐着不少上访的人。通过小窗与里面的人交流一下以后,郑院长老乡把三人引进了铁门后的办公区。老乡是个女同志,很热情地把三人的材料收了下去,又大致了解一下基本情况,说会尽快把材料递交上去,让三人回去等通知。

回去以后,高院长接到信访办几次电话,又补充了一些材料。直到夏天,省卫生厅建设处办公室小何来电话,说省信访办来电话问了全省职工医院办证的事,说这个事省里很重视,看来解决有望。过了两天尹处长也来了电话,说省里最近要召开一个协调会,分管副省长参加会议,让高院长事先准备一下,届时派几名代表参加会议。

但过了很长时间再没有接到什么通知了,高院长打电话问尹处长,尹处长说省里后来再没有通知他,他也不知道是什么原因。此后很长时间,这事再也没有信息了。

第二十九章

初夏的一天上午,一位老年患者突然死在金冶医院门诊大厅。死者是一位八十多岁的老头,早饭后突然感觉胸口痛,由老伴陪着来金冶医院就诊。门诊大厅服务台工作人员看患者捂着胸口来的,特地找了个轮椅让家属推着患者去急诊科。期间老头想上厕所,老伴就把老头推到男厕所门口,让老头自己进去方便。进去不大一会,老伴听到老头子摔倒在地的声音,连忙叫来医生。医生与老伴合力将老头抬到急诊室抢救,但老头已经死了。推测死亡原因应当与前年高院长从上海赶回来处理的那个纠纷类似,患者十有八九是死于心脏病突发。但是这次应当赖不上医院,因为所谓医疗纠纷首先得有医疗行为,然后才有可能产生纠纷,这还没看上医生就死了,哪来的医疗纠纷呢?

但高院长还是不放心,特地去急诊科悄悄地看了一下。死者躺在抢救床上,身上盖着一张治疗单,旁边凳子上坐着陪他来看病的老伴。老太太扶着床边低头轻声哭泣着。

高院长悄悄问了一下急诊科的护士:"她可叫家人了?人什么时候拉走啊?"

护士说:"老太太说她家就是附近的,已经让熟人带信给家人了!"

回到办公室,内科主任跑上来说:"死者是医院后面小王岗的居民,有三个儿子两个女儿,有一个儿子还是村干部,估计家里人肯定会来医院闹。"

一听说是小王岗的人,高院长预感到一场棘手的医疗纠纷已经不可避免。

小王岗村就在医院北边,是桂原最大的城中村。高院长有许多远房亲戚就住在村里,对那里的社会生态非常熟悉:过去村里不少人都是靠歪门邪道发财的,而且越有钱越不讲理。

高院长有一个表姨家主打贩卖生意,先是贩卖水果,贩卖水果主要靠扣秤;后来贩卖牛羊肉,贩卖牛羊肉主要靠注水;最后贩卖香烟,贩卖香烟主要靠造假。他家是村里第一批暴发户,富了以后开始在村里开发"小房地产"。什么叫"小房地产"?就是搭建违法建筑,那时候叫违章建筑。老宅、新宅、宅基地、自留地,只要是空地,都给盖上房子。先是租给外地人挣房租,后来城市改造拆迁,就找政府要高价赔偿。早期政策松,违建不违建只要会吵会闹,或者会与村干部拉关系,全部都能得到赔偿。做生意挣的钱加上几次房屋拆迁赔偿,现在资产都上亿了。

村里还有一个名人叫"摇歪子"。这个人与高院长也沾点远亲,人长得五大三粗的,个子至少得有一米九。摇歪子那双眼非常特别,眼裂不长,眼皮又厚又宽,眼珠白多黑少。摇歪子家里兄弟姊妹五六个,他是老小,他妈从小就惯他。古人说的一点不假,惯子不孝,肥田出瘪稻。摇歪子自小就好吃懒做,不学无术,初中念了一年就再不干了,整天在外面惹是生非。春天里他喜欢拿几袋茶叶,到外地人租房开的店里挨家推销。也不知道从哪弄来的送给人都不要的劣质货,他张口就找人家要二百元一袋。人家生意人吃生意亏,胆小怕事的也就买了。夏天农村人来城里卖西瓜,他上去拿一个大的捶开就吃。人家要是找他要钱,他就把他那猪眼一翻:"大老板吃你两口西瓜是看得起你,你还敢要钱?老子一板脚怂屁你(方言,意为踢死你)!"人家一看小混混惹不起,也就忍口气算了。这些事,按桂原当地话叫"吃老巴子"。摇歪子在村里"吃老巴子"是出了名的。

摇歪子还有一个恶习,就是喜欢偷盗,见什么偷什么。早些年家里来亲戚,晚上一般就住家里。只要和他拼床睡上一晚,第二天早上亲戚衣服口袋里的零钱准不见了。小王岗村后面是桂原市铝厂,摇歪子和一帮人就白夜黑夜翻墙到铝厂去偷东西。铝厂的铝虽然值钱,但是属于产品,看得严不好偷,他们就偷铁,好铁废铁都偷。国有工厂,也管不住,后来那个铝厂硬生生给摇歪子这帮人偷倒掉了。铝厂倒掉了,那块地就搞房地产开发,摇歪子就开始偷建筑工地上的铁丝、钢筋头子、钢模板,只要能卖钱的都偷,特别喜欢偷"大夹子",就是连接钢管支架用的那个铁扣件。那东西体积不大,但是重得很,一个"大夹子"能卖十几块钱。后来逐渐有点钱了,摇歪子不直接偷了,自己开了一个废品站,专门做倒卖废品的生意,就是先从个人手中把废品收购过来,集中起来再卖到工厂里。

要是光赚个差价,摇歪子才看不上那两个钱。

小偷们偷来的"大夹子",别的废品店不敢收,他敢收!他收来以后,再运到外地,卖给当地的建筑队老板,比卖废铁值钱多了。收来的废纸盒转卖给造纸厂的时候他每次都做手脚:装车的时候,他让工人铺一层纸盒子,洒一遍水,外面看都是干干的,里面都是吸满水的纸盒子。装好了就开着车子去造纸厂卖。造纸厂的验货员也不是吃干饭的,都知道这里面的猫腻。摇歪子每次送货都要带上几包中华烟给验货的人,后来就直接给钱。废铁则是被送到金冶集团下属的几个炼钢厂。卖废铁他也做手脚,当然洒水是没有用的。摇歪子又想了一个点子,每次装满废铁的汽车进厂前,他让驾驶员把发动机的水箱加满,还在车厢尾部放一个汽油桶,不是装汽油而是装满水。过完磅把废铁卸掉后,再让驾驶员找个僻静的地方把汽油桶里的水放掉,水箱水放掉一大半,留一点,不然发动机烧掉了,再回到地磅房称重去伙,这样就等于把水也当废铁卖给了炼钢厂。慢慢胆子越来越大,胃口越来越深,摇歪子感觉这一桶水最多二百来斤,不过瘾,于是又想了一个点子:每次空车回到地磅房称重时,他让驾驶员有意把汽车的前轮或后轮开出地磅托板外,这样称出来的重量只有车子真实重量的一半多一点,一下子就能多挣上吨的铁钱,十分过瘾。但是地磅房师傅整天与车辆打交道,对各种类型的货车重量心里是有数的,有时遇到细心的司磅员发现不对,司机就假装是不小心把位置开过了,再装模作样调整一下。后来摇歪子专门找那种不是正规厂家生产的或者改装的汽车来送货,司磅员就很难再察觉这里的猫腻了。

出来混总是要还的，摇歪子最终还是出事了。他和驾驶员都被炼钢厂经警队送到了拘留所。摇歪子家里人老老实实交了罚款才把摇歪子和驾驶员提前放了出来。

摇歪子弄了一些钱后，也开始搞"小房地产"。但是这时候政府控制违法建筑已经很严了，村子里能盖房的地方也全都盖上房子了。摇歪子就往空中发展，就是在他家的房子上面加高，一层加到二层，二层加到三层，远远地看，就像一个个小炮楼。挨着的两个"小炮楼"再来一个空中廊桥连上。一旦听到拆迁的风声，他还要在三层上面再加盖一个小四层，盖完了就盼着拆迁队快来拆。拆迁队要是老不来，他就着急得不行，因为他担心那个黄泥巴当水泥、三天突击盖起来的小四层架不住风吹雨淋，还没等到拆迁就自己倒掉了。只要时间来得及，房子抢盖好一般还要"装修"一下，因为装修也给补偿。墙纸是真的用草纸沾水刷上去的，也不知道是从哪买来的，反正卖纸的说包一个月内不掉。地上铺的地砖是一块钱一块买来的。不管什么材料，拆迁时都按正规装修评估补偿。院子的铁门，拆迁队刚登记完签了字，他又偷着给下掉，搬到老宅的院子重新装上登记。

相比高院长那个表姨，摇歪子只能算小打小闹，但老屋加新宅，摇歪子靠"小房地产"也富起来了。

所以高院长历来对小王岗人印象不好。在当前医患严重对立的社会环境下，人死在医院大厅，家属不可能主动把尸体拉走完事。何况是小王岗人。

患者九点钟左右死的，十点多钟已经有八九个家属坐在医院八楼的会议室了。家属本能地找出了两个理由：一是医生没有到大厅迎诊，病人病得这么重，你们医生不能光在急诊室里坐等，要主动迎上来抢救啊！二是抢救用药不对，抢救根本不起作用，否则人从厕所出来完全能救过来。

由于当年买土地的关系，高院长与村里几个干部都非常熟悉。怕家属乱来，高院长赶紧打电话给村里张主任，让他做做工作。张主任说：

"我已经知道这件事了,我与小李讲过了,金冶医院院长与我们关系都不错,到那要好好讲,千万不要乱来。高院长你放心,没事的!"

家属里明显有几个社会上的混混,胳臂上都纹着鹰啊龙啊各种图案。"纹身"们上来就气势汹汹地对着高院长猛拍桌子:"三爷死得不明不白,医院如果不处理好别怪我们不客气!"

高院长看着这几个人,仿佛拍桌子的就是摇歪子,仿佛看见一辆满载废铁的卡车正开进炼钢厂的大门,仿佛看见摇歪子和驾驶员正在放汽油桶里的水。

之前高院长已经从服务台护士那详细问明了情况,患者来院到死亡时间很短,医院的服务是到位的,没有明显的过错,高院长很有信心。但是面对他们,高院长是秀才遇到兵,有理讲不清,也没有人真想听医院的解释。

快到中午的时候,又来了一个四五十岁,妇女不像妇女、老太太不像老太太的人,来了以后就开始骂人。内科张主任与她对峙的时候,她抓住张主任的衣服就撕扯,张主任那短袖工作服几下就被扯烂掉了。后来"老太太"就抓住张主任的裤腰带不松手,张主任往哪走,她就跟到哪,还不断往张主任脸上吐口水。张主任骂也骂不得,打也打不得,十分狼狈,干脆坐在会议室桌边,低着头随"老太太"怎么骂,就是不吭声。中午吃饭时间到了,谁也没有办法离开会议室。

再这样搞下去早晚要出大事!高院长趁回办公室的时候,悄悄给协会维权分会的沈总打了个电话,让沈总马上派人来现场支援。协会当时成立的这个医疗纠纷处理与维权分会,实际上就是借助沈总这个医院管理公司平台来处理医疗纠纷。因为职工医院规模都小,内保力量弱,遇到医疗纠纷十分被动。沈总这边有律师,有专家,有保安,能文能武,所以高院长与沈总一直签有协议。养兵千日,用兵一时,不到半小时,沈总派的人就赶到了现场。沈总派来四个人,其中有两人身材高大,看着就像是篮球运动员。"篮球运动员"来了以后,现场沟通气氛好多了,只要"纹身"们一激动,"篮球运动员"就上去双手按着对方的肩膀,一边"友好"地拍着对方的肩膀,一边"满面笑容"地劝道:"兄弟们坐下来好好说!兄弟们坐下来好好说!"

"纹身"们冷静下来以后,"老太太"也就不再嚣张了,慢慢地松开了张主任的腰带。这时候高院长又不失时机地让人带着几个讲理的家属,去监控室看了当时的监控视频。视频显示患者从进医院到进厕所只有三分多钟,医院服务台工作人员服务很到位,一开始服务台工作人员还帮着推车子,患者当时也没有表现出很严重的样子。看完监控,家属心里也平静多了。

高院长还不放心,又把派出所负责金冶医院的片警叫来了。多管齐下,终于稳住了局势。最后仍然是由警察当调解员,双方一致同意:患者死亡医院没有责任,但是考虑到患者在医院去世,金冶医院表示十分遗憾并给予人道援助五千元。

结束这场纠纷,"篮球运动员"功不可没。事后高院长问沈总派来的主任:"那两个人可是篮球运动员?"主任说:"他们俩原来都是省手球队的运动员,退役后被我们公司聘来当医疗纠纷调解员。"高院长竖起大拇指,连声说:"就得要这样的调解员!就得要这样的调解员!"

……

早在九月份的时候,市民政局就正式下发了社会组织评审的通知。桂原市政府第一次开展社会组织评审活动,领导十分重视,财政特地拨出专项资金奖励成绩优秀的社会组织。3A级奖励四万,4A级奖励六万,5A级奖励八万。不花什么成本,搞上了还有不菲的奖励,全市大大小小的协会商会都踊跃报名。高院长也是第一时间给桂原市职工医院管理协会报了名。

这几年协会工作有声有色,在桂原市医疗界也有很高的知名度,但是协会运行经费却少得可怜,日常开支全部靠会员单位交纳的会费。而且会员单位也就三十来家,会费还是几十年前的老标准,每家一千元,困难的医院还可减少或免收。八万元的奖励相当于协会两三年的会费,高院长十分心动,好像协会已经评上5A级似的。

评审主要方法是查看原始材料打分,所以如何把材料准备充分,并且能打动评委很关键。高院长对照评审评分表,把能分解的任务分给协会办公室和几家医院,分不掉的都由高院长亲自做。经过一个多月的认真准备,评审材料全部整理齐全。看着摊在桌子上的一堆整整齐齐的纸质材料,高院长心中却犹豫了起来:必须想办法把职工医院管理协会的特色展示出来,这样才能打动评委,才能在众多协会中脱颖而出。

职工医院管理协会的特色是什么?是文化啊!上次打动袁书记的不就是一部文化艺术片吗?所以这次还得走这个路子。高院长决定准备一部高质量的幻灯片,现场检查时放给专家们看,一定能起到意想不到的效果。

现场评审那天,高院长、郑秘书长和办公室牛主任三人组成接待小组。专家组也是三个人,有两人是社会学方面的海归专家。没有察看纸质材料之前,高院长提议专家们先听听自己的汇报,专家欣然同意。于是高院长用精心准备好的幻灯片做了一个题为"倾心打造桂原市一流行业协会"的专题汇报。高院长从组织建设、管理规范、行业自律、会员维权、学术交流、领导肯定等八个方面逐一展开介绍,内容全部是协会开展活动的原始照片和视频。这些图片和视频都是高院长从自己多年积累的原始材料中挑选的,尤其是最后"领导肯定"那段,高院长从历次参加协会活动的领导讲话视频中,把每位领导表扬协会的那几句话剪辑下来,放在一起播放,形成了极强的感染力和说服力。画面中所有领导异口同声都说这个协会如何如何好,这些领导有卫生部门的官员,有人社部门的官员,最重要的是还有分管这次社会组织评审工作的市民政局孔局长。

图文并茂、影音再现的幻灯片和高院长的精彩解说把三位专家搞得眼花缭乱,目瞪口呆。未等高院长汇报完,专家们已经毫不掩饰赞许的态度,后来的纸质材料只是象征性翻了一下,各项指标几乎都是顶格给分。送走专家后,郑秘书长捶着高院长的肩膀兴奋地说:"会长真照!"

11月30日评审结果正式揭晓。市民政局网站上公布了评审结果,桂原市职工医院管理协会竟然位列五个5A级协会之中。后来孔局长告诉高院长："这次参加评估的协会商会共有三百多家，职工医院管理协会得分虽然很高，但是在五个5A级协会里，你们家协会规模是最小的，房地产协会一年会费就有七百多万。最初的意见是给你们定4A级，后来我一再坚持，我说5A里留一个小规模协会对广大协会也是一个激励。再说人家协会小却能打这么高的分，更说明人家工作开展得好。这个协会活动我参加过几次，凝聚力非常强，会长、秘书长很能干，最后才保住了5A。"

高院长说："那今年协会年会您一定要参加，您一定要亲自给我们授牌啊！"

在这个特大利好的激励下，桂原市职工医院管理协会2014年年会在一片自豪声中开幕。年会的文艺演出除了各家医院选送的优秀节目外，菱湖市艺术学院的老师和学生也应邀为会议助兴。协会领导还集体创作了一个小品叫《同意报销》，笑坏了参会领导和嘉宾。

孔局长也如约来到年会现场亲自给高院长授牌。高院长高举着印有五个大红A字的匾牌风趣地对台下的人群说："大家看看，5A就是5个尖子，厉害呀，只有同花顺才能打得倒啊！"

台下一阵哄笑，有人调侃道："六个头也能打倒！"

高院长说："六个头能打倒但是很难抓到啊！"

"长风破浪会有时，直挂云帆济沧海！"凭着5A级协会的自信，高院长今年总结报告的题目也换了一种风格。台上的高汇泉似乎就是一千多年前那个身着长衫、站立船头、手拿纸扇、指点江山的李大诗仙。报告也极尽浪漫主义情怀，甚至有点吹牛，说到最后高院长的文言文也蹦了出来："每遇岁末年初，吾协会年会似候鸟南归，如期而至，观今日协会，运势如东海紫气，基奠似秦关方城。兄弟团结，桂原扬名，5A协会，舍我其谁……"

高院长做完报告，主持人请参会领导讲话时，市卫生局赵处长执意要站起来说："为什么要站起来说呢？因为会长刚才是站起来说的，我这个名誉会长也要站起来说!"

台下人大笑。

赵处接着故意一本正经地说:"协会能够取得5A级确实是难能可贵的,正如高会长刚才在报告里说的那样——舍我其谁。从心理学的角度来讲,凡是吹牛的人,眼神是飘浮不定的……"

台下人哄笑!

"但我刚才看高会长在说'舍我其谁'这句话时,目光眼神是坚定的!"

台下人回过味来,哄堂大笑并发出热烈的掌声……

第三十章

中铁安江局机关医院姚院长最近急得像热锅上的蚂蚁。因为他们医院的账号被银行冻结了，只能存款不能取款，只进不出像个貔貅。前面已经说过，洪院长在任时，在市民政局给他们医院办了个民办非企业法人证，市民政局去年就下决心不再给这个错生的法人证年审了，法人证过期银行账户的年检就通不过。姚院长找银行说情又拖了大半年，今年国庆节一过，银行不再留情面，真的把账户给冻结了。姚院长隔几天就打电话问高院长省政府那里可有信息了。高院长说上访件如石沉大海，今年一年都没有收到任何信息。姚院长说，不行我们在网上再给市长信箱、省长信箱写写信，国务院也可以写投诉啊，这个不解决我们简直没法过日子了！

高院长想想也对，死马当活马医，闲着也是闲着，就把上次递给信访办的稿子找出来改了改，什么市长信箱、省长信箱、省发改委信箱，网上只要能查到的，有一个发一个。

十一月初的时候，在姚院长的催促下，高院长、姚院长和郑院长三人再次来到省信访办。三人仍然先找到了郑院长的老乡，之后一名自称王主任的男子带着两个下属接待了高院长三人。还像以前一样，高院长像祥林嫂讲二毛的故事那样，把事情的来龙去脉又从头讲了一遍。王主任说这件事难度有点大，建议高院长他们回去做个调查，看看真正要办证的到底有多少医院，并把调查情况再报给他们，他们再向上反映反映，看看能不能解决问题。高院长听到这样格式化的解释多少次了，内心已经麻木，对解决问题也不抱什么希望，回去以后也懒得再搞什么调查。

很多事情就这么奇怪,绝望之处往往是希望所在。经过一年多的发酵,事情终于迎来了重大转机!

大约十多天后的一个周五,高院长清楚地记得就是周五的下午,自己在下班回家的路上接到自称是省信访办鲍主任的电话,让高院长明天一早赶到省信访办,说省领导对他反映的职工医院法人证办理一事非常重视,下周一省领导要亲自接待高院长!

自从接到信访办主任的电话后,高院长一晚上都处于激动状态,夜里也没有睡踏实,一早起来还在想昨天的事。鲍主任在电话里说,省长下周一要接待高院长,让高院长再带一两名其他职工医院的院长陪同。鲍主任一再提醒,省长工作忙,没有时间听过多解释,让高院长把主要存在的问题事先列个汇报提纲,到时直奔主题,说明白就行。

上访两年多的法人证问题终于引起省领导的重视,而且省长要亲自接见高院长,这大大出乎高院长的意料。鲍主任还特别强调,周末他们都在为这事加班,要高院长周六上午到省信访办去一下,当面商量下周一的见面会细节。

一切来得那么突然,高院长陷于激动和忙乱之中。

周六一大早,高院长早早赶到了省信访办。因为周末不接访,接待大厅里空无一人。但是办公区里却有不少人在忙碌着,除了鲍主任外,与高院长经常联系的王主任,还有郑院长的老乡都在。

"分管省领导很重视,要我们今天把具体情况再摸清楚,白天接访会不要出现差错。"鲍主任把以前高院长递交的材料都已经找出来了,指着一张附表说,"这里的医院哪些家要求办法人证?"

高院长看着表格,凭着平时掌握的情况,认真地把需要办证的单位画上钩,总共有十五家单位。

鲍主任问:"报告上面不是说有二十多家吗?"

高院长不好意思地说:"有的医院把医院和社区中心都列上了,实际上只要办一个法人证就行了。另外这一两年过去了,有几家单位已经改制了,还有几家合并了,所以现在只剩下十五家。"

鲍主任说:"国家编办也注意到各地存在的这些问题,上个月在南京召开的全国工作会议上,国家编办领导在会上表态说要尽快解决这个问题。下周一的省长接访活动,你们这个事是主要内容,所以你们要抓紧机会,充分准备,在会上把事情说清楚,争取借这个东风一下子把问题解决掉。"然后鲍主任又与高院长仔细讨论了周一参加会议的人员、会上主要说什么、临时变化如何处理等细节问题。

周六下午和周日全天,高院长又接到桂原市许多部门领导的电话,有市卫生局钱处长、市民政局孔局长、市人社局高局长和市政府办公室主任等,大致内容就是省领导很重视医院的问题,有没有需要协助解决的事情等。

周一早晨,高院长、姚院长和郑院长三人作为省长接访会协会方面代表,早早地来到了省信访办候场。鲍主任说:"省长大约九点钟到,到了先有一个慰问信访办工作人员的程序,然后就是接访会。会场安排在二楼,到了叫你们。"等候的时候,高院长看到不少熟悉的领导从外面进来。

九点多的时候,工作人员说领导来了,让高院长他们上二楼。高院长三人进入二楼会议室的时候,省长也刚进来。工作人员介绍后,高院长三人依次与省长握了手。张省长个子高高大大,六十左右,头发有些花白,戴着一副眼镜,文质彬彬的样子。高院长环顾不大的会议室,长方形的会议桌四周坐着二十多人。省长坐在会议桌一边的中央,高院长三人坐在会议桌另一边的中央,像个对话会。

坐下来以后,省长没有客套,直奔主题发话了:"今天来参加会议的有省政府编办的、卫生厅的、桂原市的各部门领导。你们先把情况说一下,看这个事情怎么来解决。"

高院长略微紧张地翻开笔记本开始汇报:"省长好,各位领导好。我姓高,是中金金安东升股份公司医院的院长,兼任桂原市职工医院管理协会会长。桂原市现有职工医院三十多家,这些年来在政府的关心支持下,职工医院有了很大发展。但是由于历史原因,职工医院一直无法办理法人代码证。事业单位登记管理局说职工医院是企业办的,所以不能办理事业单位法人证；民政局说职工医院是国有的，所以不能办理民办非企业组织法人证；工商局说医院属于非营利性机构，不能登记为企业法人。由于国家深入推进依法治国，无法人证，银行不能开户，社保无法交纳，甚至医疗费收据也无法领取，这一切给职工医院的正常工作带来极大困难。我们希望政府能够协调有关部门，尽快给职工医院办理法人代码证，以解决职工医院生存的燃眉之急。谢谢各位领导！"

"不愧是干部，说得条理很清晰！"省长听完高院长的汇报，笑着夸了一句。

"另外两位院长可有补充的了？"省长问郑院长和姚院长。

两人也简短地做了补充。省长转脸问左边的一位工作人员："律师怎么看？"

被叫作律师的人估计是省法制办的，他说："这个问题我们事先做了调查，目前根据国家法律，医院确实不能登记为企业，国有医院也不能登记为民办非企业组织。目前这个情况不光在国有企业医院中存在，还有一些国有企业办的学校、科研机构也存在这个问题。上个月国务院编办在南京开会时也提到这个问题，也初步有了一个意见，准备按二类事业单位的形式来解决这个问题。"

省长又问卫生厅的副厅长什么意见，副厅长说这个问题我们看过了，应当与卫生部门没有关系，该发证的我们都按规定给他们发过了。

这时省长扭头问坐在他右边的一个领导说："文全啊，你看这个问题怎么解决啊？"

这位是省政府副秘书长颜文全。颜秘书长说："张省长，刚才律师说得对，国家编办已经在起草新的事业单位举办暂行办法，很快就要下发实施。我看我们可以先做试点，在金安省先做起来，这样既能解决他们的问题，也符合国家的政策方向！"

"好，我看这样办行！其他部门可有意见？"省长很干脆地说。

会场里没有人发声，说明没有异议。省长环顾一下会议室说："大家都没有意见，那么我来把任务布置一下：一、由省编办牵头，半个月内把这些单位的法人码办妥;二、省编办及其他有关部门还要就省内其他类似问题进行调研,尽快拿出办法解决教育科研等机构存在的问题;三……"

省长说完后,颜秘书长插话道:"省长,这些医院当中有一些是属于央企,按照管理权限来说,我们不能直接审批。我建议让他们去找一下中央编办,让中央编办出个函,授权我们办理法人登记,这样手续就全了。"

省长摆摆手:"这件事我看还是由你们主动联系中央编办。"

随着省长的一锤定音,接访会很快就结束了。高院长等人与省长再次握手后就出了会议室。到了一楼,编办严局长拉住高院长说:"你和我先到颜秘书长那去一下,我们来商量下一步怎么办。"

到了颜秘书长办公室,颜秘书长说:"省长着急的心情可以理解,但是具体办事程序他不是很清楚。事业单位法人是按举办层级来审批的,央企我们批是不符合国家法律规定的。你们先派几个代表到中央编办去一下,他们只要给个答复,我们马上就可以给你们办。"

高院长说:"我们去中央编办,人家会理我们吗?"

颜秘书长说:"我让严局长给你们写个东西带着,人家会接待的,这个程序是省不掉的。"

高院长只得说:"那我们就去中央编办试试看吧!"

从颜秘书长办公室出来,严局长说:"秘书长已经说了要去北京请示一下,你们就去一趟,去了以后不管那边同意不同意,我们再办都好说。你不要担心,我等会以我们局的名义写一个函,给你们带着,另外我再打电话与他们说一下,这样你们去了人家一定会接待。

"我看就你与中科院桂原肿瘤医院院长去,他们中科院名气大,人家会重视一些的。"

趁着严局长在电脑上给中央编办写信的时候,高院长打通了周院长的电话:"……省长接访会大致情况就是这样。现在严局长让我们两个代表几家中央属职工医院到中央编办请示一下,说你们中科院名气大,最好让你们中科院总部去个人陪着我们,这样人家更重视。"

周院长说:"我们中科院总部一直要求削减二级法人数量,反对我们地方分院办那么多二级法人,这事哪能让他们知道啊!"

高院长说:"那就算了,我让我们中金公司总部去个人吧,但是你得与我一道去北京啊!"

拿着严局长写好的请示函,在严局长的催促下,高院长与周院长乘坐傍晚的高铁直奔北京。由于当天大雪,高铁晚点,两人晚上十二点多才到北京。第二天早上,在中金公司人事处一位工作人员的陪同下,两人来到中央编办,也就是国家事业单位登记管理局。三人对着接待室的人说了半天,人家也不让进大楼,说把材料交给他们,由他们转交,人可以回去。

冒着这么大的雪,不远千里跑到京城,竟然不让见面,高院长和周院长两人十分着急。周院长当场与门卫争执了起来。高院长就在接待室外给严局长打电话。严局长在电话里安慰两人:"不要急,刚才人家在开会未接电话,等会会议结束我再打。"三人在接待室焦急地等了半个多小时,严局长来电话了,说刚才在电话里已经说清楚了,材料他们也看到了,他们答应尽快研究回复,你们先回来吧!

下午四点多钟,在回桂原的高铁上,高院长接到了严局长打来的电话,说中央编办已经开会研究了,同意授权金安省事业单位登记管理局为几家中央属企事业单位职工医院办证。两人在火车上就把这个好消息发到协会群里。随后的时间里,省、市事业单位登记管理局特事特办,距离省长下达的两周限时还差两天,十一家职工医院的事业单位法人证终于办妥了。院长们拿到法人证后都十分高兴。当晚,高院长在一个学术会议的晚宴上接到中铁安江局一处医院刘书记的电话:"高会长,下午我们医院也拿到了法人代码证,我和老吕正在酒店里庆贺呢,就我们俩人,会长你也过来吧,我们共同庆贺一下!"

高院长扯着嗓子说:"我这一大帮专家哪能走得掉啊!你与老吕说,把酒给我留半瓶,下次开会时喝!"

第三十一章

协会 2015 年年会又在金汤镇举办。由于各家医院刚刚拿到了盼望多年的法人代码证,院长们心情都格外激动。大家历数着这几年协会取得的一个又一个成绩:继续教育资格取得,新农合资质获批,成功问鼎 5A 级协会,历经万难办成了事业单位法人证书。尤其是刚刚与省长进行的见面会,想都不敢想的事竟然成为现实。

喜悦的心情当然要体现在文艺晚会上。十一家取得法人证的单位一家一个节目:姚院长挑选了二十多名护士,排练了一个歌舞节目,事先还专门到专业录音棚录了音;鲍院长把他们电力局的腰鼓队搬上了舞台,连人带道具开了一辆大客车外加一辆大货车;金冶医院拿出了两个当家节目,高院长又亲自上场演了一段桂原地方戏。

晚餐时,参会领导遵照纪律,坚持不饮酒,晚餐后,高院长带了一群人到宾馆旁边的小酒馆里补酒。二楼的一个小包厢里,十几个人挤坐在一张不大的圆桌周围,就像一朵盛开的向日葵。虽然刚吃的晚餐还没消化,烤鱼烤肉还是上了一大桌,白酒啤酒搬了好几箱。席间,市电力局医院副院长小彭端起一大杯啤酒,正规地敬了高院长一杯,十分尊敬地对高院长说:"会长,这次你干了一件大事,真了不起!"

"你见到省长难道一点不紧张吗?要是我肯定紧张得说不好话!"小彭接着问。

高院长借着酒劲放开胆子吹了起来:"首先要自信,省长、市长与我们一样,不过是一个工作岗位而已!"

小彭说:"说是这么说,但是真到现场难免会有一些紧张的!"

高院长拍一拍小彭后背说:"跟省长在一起的时候,你就当自己是副省长,在向省长汇报工作,这样你就不紧张了!"

"噢,似乎有道理,那现在我就是副会长,我在向你汇报工作。哎,好像是不紧张了!"

高院长接着说:"在省长跟前你就当自己是副省长,这叫自信,自信不是自大;在村主任面前你要当自己是副主任,这叫谦虚。

"看不起村干部早晚要吃亏!你不要小瞧村主任,办企业也好,办医院也好,都要与周边村民搞好关系,什么用水用电、垃圾外运、社会治安、交通秩序等等都得依靠人家来维护,得罪了村干部,人家撒手不管,哪样都够你受的。"

高院长又与小彭碰了一杯:"我们医院后面的小王岗,当初我和冯院长买他们村里地的时候,讲到二百六十万的时候再也降不下来了。晚上我们请村主任喝酒,村主任说我再敬他一杯酒,他就降十万块,我连干六大杯,最后把价格降到了二百万。"

"那还不接着多喝几杯,把那地免费拿过来!"老杜在旁边插话道。

"你去差不多!那杯子一杯都接近一两,再说村里的心理价位也到了,再喝死也没有用。"高院长斜了老杜一眼。

"那天谈得也好,喝得也尽兴。临结束,村主任胸口拍得像油篓子一样:'高院长!喝了这酒咱们就是兄弟,下回哪个伢们敢到你医院里神支武支的,你跟我讲,我叫两个人拎胯把他掼屁掉!'"

高院长地地道道的桂原话把大家逗得一阵大笑。

又一轮啤酒喝完,高院长把手一挥:"王主任,你下午那葫芦丝吹得真好,可带来了?给大家伴奏伴奏,我们来唱几首红歌!"

王主任早有准备,从包里把葫芦丝拿了出来:"院长你想唱什么?"

高院长说:"就唱我们协会的会歌——《映山红》!"

每次协会外出活动,大家最爱唱的就是这个《映山红》,曲调优美、难度不大,人人会唱,所以慢慢地大家都说这歌就是协会的会歌。

"好,《映山红》!"众人齐声附和。借着葫芦丝的伴奏,酒后《映山红》唱得十分整齐，小酒馆的二层小楼似乎都在跟着音乐节奏舞动。

第二天上午，参会人员泡过温泉澡后直接回桂原，按照惯例高院长留服务人员吃过中饭才回去。柏院长的医院承担了这次年会的部分筹备工作，柏院长和他们医院几个主任也被留下来吃饭。中餐喝了不少酒，临走时柏院长酒兴大发，提议一定要到高院长老家渚桥镇玩玩。

金汤镇回桂原时路过渚桥镇，不绕路，三四十分钟就到，三辆小车直奔渚桥镇。高院长、老杜和王主任坐一辆车，路上老杜非要吹王主任的葫芦丝，王主任就让他吹，结果怎么也吹不响。吹这个东西很有讲究，用力要轻、要均匀，用力吹反而不响。老杜自称文化人却吹不响葫芦丝，很尴尬，就一个劲地吹，搞得王主任的葫芦丝里外全是口水。后来在王主任的指导下，勉强吹出了"哆""来""咪""发"，"唆"还没有学会，车子就到了渚桥镇。

下车后酒劲未消的一行人在大街上迈着八字步，路过一个食品店时，主持人小吕的儿子要吃桃酥，几个人都抢着要付钱，提着葫芦丝的老杜一把拉开了众人，把葫芦丝对着放着桃酥的玻璃柜台认真地吹了起来，刚吹完"哆""来""咪"三个音，老板就拿起一块桃酥递给小吕儿子，一边挥着手，一边笑着说："到隔壁去吹！到隔壁去吹！"

众人笑得前仰后合。老杜收起葫芦丝，背着手学着孔乙己的口气说："我文化人吃块桃酥还要钱吗？"

柏院长捂着肚子笑着说："杜院长，人家是把你当作卖唱的了！"

紧接着众人又来到一排小吃摊跟前，柏院长说："杜院长，我想吃炸臭干子，看你可有本事再吹来一碗。"

老杜把葫芦丝一举，来了一句英文："No problem（没问题）！"

然后把葫芦丝对着炸臭干子的油锅吹了起来，"哆""来""咪""发"，他就会这四个音，反复来回吹着，炸臭干的大姐只是看着老杜笑，就是不接招。老杜就一个劲在那吹，终于打动了臭干大姐，她拿了一小盒生的臭干子递给老杜。老杜一只手拿着葫芦丝仍然吹着，另一只手把臭干子挡了回去说："我要炸好的，这个生的我不要！"

卖臭干的大姐翻他一眼说："要饭还嫌粥稀！我要不是看你葫芦丝前面的口水快流到我油锅里了，我才不给你呢，要炸自己拿回家炸去！"

这下这帮人笑得快背过气去，老杜只好把那盒生臭干还给了摊主。

……

在去年的协会年会上，因为很多家职工医院办到了事业单位法人证，院长们都很高兴，但是有一个院长例外，这人就是金安精细化工集团医院院长季鹏运。

这个金安精细化工集团虽然位于桂原市下属的菱湖市，却是一个省属大型国有企业，也有个职工医院。前几年在赵处长的支持下，高院长把金安精细化工集团医院和菱湖市另外两家职工医院都拉进了桂原市职工医院管理协会。这些年金安精细化工集团也在搞主辅分离，金精集团医院规模小，位置又偏，年年亏损，剥给谁呢？但是厂里坚持要求必须限期剥离。原来的院长一看这架势，不剥离要死，剥了更得死，就辞职走人了。企业就从车间派了一个干部到医院当院长，这人就是季鹏运。季院长不懂医，但做过多年车间主任和书记，管理经验不少。企业给季院长的任务就一个——限期把医院剥离掉。

在季院长牵头下，医院几个骨干作为股东注册了一个民营医院，名字叫菱湖精化医院。新医院租用原来医院的房屋设备独立运营，自负盈亏，这就算完成了剥离。剥离后的医院生存也十分艰难，职工意见大，企业就明地暗地给点补贴，医院就这么维持着。

去年年底听说桂原市这边的职工医院都办成了事业单位，医院的职工坐不住了，整天催着季院长去找政府，也要把自己的医院变成事业单位。季院长说我们与人家不同，我们医院都改成民营医院三四年了，怎么办成事业单位？职工们说我们还可以改回去啊！我们改制时又没有拿到企业一分钱，我们的身份还是国有啊！全院职工整天就是议论事业单位的事，根本没有心思干活，无奈季院长只得带了几个主任到桂原找高院长取经。

高院长说:"你们这个改革本身就是个四不像。医院变成民营的,没有给职工经济补偿金,说明职工的国有身份并没有转换。而且医院的资产也没有处置,新医院还是在原来的基础上经营,承包不像承包,合作不像合作。我建议你院长不要背这个锅,就把情况如实向企业反映,企业不同意,矛盾就不在你这了,让职工找企业。"

季院长回去后就按照这个思路走,结果集团领导说:"这企业改革又不是小孩子过家家,哪还有反悔的?都剥离三四年了现在还能改回来?这不成笑话嘛!"

季院长说:"过去哪有企业医院办成事业单位的,这次桂原市一下把几十家企业医院都转成事业单位,职工能不急吗?"

集团领导说:"你们这个变来变去可不是企业能决定的,当初剥离是省国资委批的,现在要改回来也得先向省国资委反映。"

季院长这边在找省国资委变医院的性质,周院长那边也没闲着,他要变医院的名称。

科学院医院升为二级专科后,医院变成了研究院的临床科研机构。经过一段时间运行,医院各项工作都很平稳,周院长又想走一步更大的棋。中国物理科学院桂原通用技术研究院肿瘤医院,名字这么长老百姓叫都叫不全,不利于传播,也很难形成品牌。简称也不好简,叫"中科院桂通肿瘤医院"?还是叫"中科院原研肿瘤医院"?更不能简称"中肿医院"吧?周院长做梦都想把医院名称中间那几个字抠掉,就叫"中国物理科学院肿瘤医院"多好,叫着顺口,名声还响!

周院长憨人有憨福,这个梦还真给他梦着了。中国物理科学院有所综合大学,办有医学院,由于规模小,至今没有附属医院,严重影响了医学院的发展,所以一直想在系统内找一所像样的医院作为医学院的附属医院。一开始并没有看中处在桂原市的这个通用技术研究院肿瘤医院,后来医院又是审批加速器,又是办理法人代码证,引起了总部的注意。他们感觉这个肿瘤医院规模虽然不是很大,但是肿瘤的诊断和治疗技术在国内属于一流的,正好与医学院开设的放射专业十分对口,如果把它作为大学的附属医院也不失为一个不错的选择。当然由于肿瘤医院不在北京，如果作为附属医院，医院名称必须做些修改，直接叫中国物理科学院肿瘤医院。医院行政上属于大学和桂原研究院双重领导，内部管理层级也不受影响。

另一方面，肿瘤医院开业后，依托中科院桂原研究院的雄厚技术力量，医院与金安省卫生厅开展了许多科研孵化项目，并且小有成果，医院名声也远远超出职工医院界，在肿瘤诊断治疗专业方面，医院已经与省级大医院平起平坐了。金安省现任领导正在把桂原市打造成滨江名城创新高地，有政协委员就提议在科学院肿瘤医院的基础上办一个现代化的国际质子医院。国际化的质子医院名称当然要响亮简洁了，省领导也认为质子医院直接挂中科院的名字最好。

中科院总部、金安省政府和周院长都梦到一起了！对于桂原研究院的领导来说，这更是一件大好事。

经过一年多紧锣密鼓的谋划，一个现代化肿瘤医院的蓝图跃然纸上。周院长宽大办公室里的墙上也就多了一张巨大的肿瘤医院新院区总体规划图，茶几上也多了一本厚厚的肿瘤医院设计效果图。再来了客人，周院长不再带他们看那几个宝贝了，而是对着墙上的总体规划图，兴奋地描述着现代化质子医院的宏伟设想：新院区计划投资二十一个亿，建筑面积十三万平方米，建成以后将成为金安省医科教研一体的现代化医学转化中心。转化中心分为研究中心和临床中心两块核心区域，临床中心是华东最大的高科技概念性专科医院。

至此，周院长的肿瘤医院成了职工医院的形象代言人。高院长和协会其他院长都对此引以为豪，对外介绍职工医院时，都把肿瘤医院放在首位，仿佛那就是自己的医院一样。

金冶医院与他们两家都不同，高院长不想改医院的名称。三年前医院升级专科医院时，省厅最终核准的医院名称是桂原东升脑病康复医院。高院长说这个新名称还不如原来的金冶医院好，金安省开头总比桂原市开头大。再说周边老百姓都熟悉了金冶医院，别的名称老百姓不认。在高院长一再要求下,省厅最后同意把金安冶金集团公司医院作为第二名称保留了下来。医院改名近三年了,老百姓还是叫金冶医院,就连高院长对内对外也还是说金冶医院。

高院长也不想改医院的性质。金冶医院托管在桂原市国投公司的时候,几次想卖未卖成。国投公司也提议职工共同出资把医院买下来。高院长和班子成员都认为医院资产这么大,职工根本出不起这么多钱。最后东升公司答应把医院要回去,高院长更是死了这条心。

中金金安东升公司的新区经过六年多的建设,已经初步建成当初设计的规模,主要产品均产销两旺。一直萦绕在袁总脑海中的健康产业梦想又得以浮出水面。经过袁总等公司主要领导提议、中金总公司批准,桂原市国资委在金冶医院划入六年后,又将金冶医院划回到了中金金安东升公司。经过这几年的企业破产重组、医院托管、改制再改制,职工已经见怪不怪,没有什么感觉了。但高院长和张院长多少有一些兴奋。流浪的孩子终于找到了家,金冶医院回家后,将成为东升公司的主业,将成为中金大健康产业的核心组成部门,意味着医院将迎来一次重大发展机遇,这正是高院长等几届医院领导班子苦苦追求的结果,怎么能不兴奋呢?

第三十二章

　　历史仿佛与东升公司开了一个玩笑。金冶医院刚回到东升公司不到五个月,2016年3月,国务院发布了重磅文件,要求加快剥离国有企业办社会职能。文件规定,国有企业自办的医院,需在2018年年底前基本完成分离移交工作。

　　历史也与金冶医院开了一个玩笑,二十多年前金冶医院还是叫冶金厂医院的时候,企业就在搞主辅分离,如今二十多年过去了,医院不但没有分离掉,还逐步从小到大,从一级医院变成二级医院,从一个医院变成两个医院,从一个企业后勤服务部门变成了国家事业单位。金冶医院生命力真的很顽强。

　　当然高院长心里也明白,这二十年正是公立医院迅猛发展的阶段。全国各地公办医院大楼一栋接一栋盖,大型设备一批批地投,医生收入也一年一年地涨。金安医大附院和金安省人民医院的床位数最初都只有三四百张,现在都有两三千张。金安医科大学的附属医院一个接着一个建,建了一附院,再建二附院,建了三附院又建四附院;省人民医院的分院一个接着一个搞,搞了南院区,又搞东院区,搞了北院区,又搞菱湖院区。市级医院也不甘落后,所有市属医院都升为三甲了,新建的住院大楼走廊都有五六米宽,门诊大厅都可以当广场用。

　　原以为金冶医院划回东升公司就会迎来发展机遇,但是国务院的这个文件无疑又彻底堵上了这扇门。而各路资本在嗅到新一轮改革机遇时,也纷纷抢占市场,金冶医院不时迎来所谓的战略合作者洽谈剥离重组之事,高院长都是应付着不敢深谈。企业刚收回医院,医院院长又提剥离重组,袁总不骂院长脑子进水了吗?

但是医院没有投入,仅仅指望每年积攒的那几个小钱滚雪球能滚到哪天?引进资本不一定非要出售医院啊?现在中央不是号召混合所有制改革吗?上次东升公司干部会上,领导也说中金公司正在推动这方面的试点。高院长想,如果医院搞混合所有制试点,既能解决投资问题,也不涉及剥离问题,或许是个解决医院发展难题的好思路。高院长苦思冥想,鼓足勇气,花了半个多月的时间,终于写出了一篇"万言书"——《关于金冶医院发展的思考与建议》,主要内容如下:

股份公司领导:

十八大以来,党中央致力推进"四个全面"战略布局,全面深化国有企业和医疗卫生领域改革。与桂原市其他企业医院一样,金冶医院也面临着从未有过的复杂形势和严峻挑战。我们只有顺应形势、抓住机遇、科学谋划、勇于创新,才能实现金冶医院可持续发展。为此医院管理层本着充分调研,科学预判,实事求是的原则,对金冶医院下一步发展战略和策略提出如下思考与建议,供公司领导决策时参考。

一、金冶医院的基本情况

……

二、金冶医院的战略发展定位

……

三、金冶医院的竞争力分析

……

四、医疗卫生市场宏观形势和桂原市企业医院总体情况

……

五、金冶医院发展面临的主要矛盾

1. 政策环境对企业医院提出的要求。

国有企业主辅分离改革已实施多年,新的一轮国有企业剥离

"三供一业"和办社会职能又摆上了政府的日程表。虽然中金总公司同意东升公司收回金冶医院,但注入发展资金可能性不大。政府鼓励社会资本举办医疗机构力度越来越大,政策越放越宽,很多大型企业集团和外资正大举进入医疗市场。新办的医疗机构起点高,管理规范,对企业医院形成巨大压力。而企业医院不公不私的尴尬身份又使企业医院越来越边缘化,对发展十分不利。

2. 医院发展无增量资金投入,威胁到机构生存。

股份公司一直以来对金冶医院实行责任制管理,给予医院充分的经营自主权,医院自身也能实现盈利。但当前时代,靠自身积累发展几无可能,逆水行舟,不进则退,甚至不进则亡。没有增量资金的投入,医院发展难以为继,甚至威胁到机构的生存。

金冶医院2013年创办的二级康复医院,房屋面积不足,病房拥挤,而且与东风社区卫生服务中心共用大院和部分科室,严重制约医院的发展。东风中心位置偏离所在街道,辅助功能设施不全,业务扩展空间受限。这些问题的解决都需要通过扩大医院规模来实现。

3. 内部运行机制亟待变革。

与秦州南城医院合作开展的神经康复医疗业务,经过六七年的运行,经营效果良好,但合作协议今年年底即将到期,再按以前模式运作已不合政策趋势;精神科虽然在行业内有一定的竞争力,专科优势也比较明显,但受制于医保支付等政策,收入增长也停滞不前,再扩大病区也无房屋;市场营销的财务支出与国有企业财务管理存在冲突。这些都要求医院在内部管理机制上必须进一步创新变革,顺应国家政策变化,既要把握市场先机,又要回避政策风险。

六、发展策略分析

作为东升公司的医疗产业板块,金冶医院如何利用内外部资源实现医院发展壮大,始终是摆在公司领导和医院管理层面前的一个重大课题。我们认为解决这一难题应从以下几个方面入手,才能找到正确的答案。

1. 创新思维是化解发展难题的金钥匙。

当今世界复杂多变,第四次工业革命及全球化的发展趋势推动着技术创新和管理创新。中国的全面深化改革也进入全新阶段,医疗卫生改革的深度突破前所未有。"鼓励社会力量与公立医院共同举办新的非营利性医疗机构、参与公立医院改制重组,支持发展专业性医疗管理集团""支持以公办民营、民办公助、公私合营等多种形式兴办医疗机构"等全新的管理理念出现在国务院和金安省的医改文件上。我们认为只要破除传统观念束缚,大胆创新,勇于探索,东升公司也一定能办出国内一流的法人医疗机构。

2. 最大限度发挥企业医院的优势是壮大金冶医院的关键。

从经济成分来分,医疗机构分为公立医院、民营医院和职工医院三类。公立医院有资金、技术和政策等很多资源,具有天然优势,民办医院和职工医院短时间内很难撼动他们的地位;民营医院不具备公立医院技术和品牌优势,但是有资本投入,有灵活的管理机制,能充分利用国家政策,扬长避短,实现效率最大化;职工医院介于两者之间,优势和劣势都比较突出。如何最大程度发挥职工医院的优势,最大限度克服职工医院的劣势,是金冶医院在未来竞争中发展壮大的关键因素。

3. 充分利用金冶医院的优质资源,积极寻求外力支持。

金冶医院作为桂原市企业医院中的佼佼者,自身拥有许多优质资源,具备很大的开发价值:(1)拥有两所业务相对独立的医疗机构,两个机构均为独立法人,证照齐全,医疗保险资质齐备,对于想进入医疗市场的社会资本来说,这是十分有价值的"壳资源";(2)医院规模适中,有一定的专科医疗技术,连续十年盈利,经营业绩良好,发展空间大;(3)医院员工国有身份已买断,改革实施阻力小;(4)医院是桂原市企业医院龙头单位,业界口碑良好,有一定的社会影响力,各级主管部门比较重视。

医院主要缺乏的是优质资本和先进的管理模式,我们必须主动对外宣传自身的优势,积极引进外来资本等管理要素,实现强强联合、优势互补,利用桂原市大力开发北部新中心的千载难逢的历史机遇,实现金冶医院及东升公司医疗健康产业的大发展。

七、具体方法建议

综上所述,对金冶医院发展问题提出如下具体建议:

1. 努力拓宽渠道,积极寻找合作伙伴。

由股份公司或医院成立专门组织或确定专人负责,扩大对外宣传,积极寻找合作伙伴。可不分所有制,不分控股参股,以信誉良好的大型企业集团为首选,以点带面,进而推动东升公司医疗健康产业向纵深出击。

2. 创新内部管理机制,实行市场化改革。

在康复医院全面推行市场化的管理机制改革,提升医疗机构的经营活力,即临床科室全部实行全成本核算责任制管理,面向社会公开选聘有技术懂经营有市场的学科带头人。最终形成医院是"飞机场",医生团队是"飞机和机组"的管理模式,有效激发所有参与者积极性,最大限度提高经营效率。

东风中心实行员工全面绩核考核,员工收入与绩效考核深度挂钩。建立科学的淘汰机制,形成员工能进能出、干部能上能下的人力资源管理体系。在部分科室和家庭医生领域尝试市场化运作,积极创办连锁型社区卫生服务机构。

逆水行舟,不进则退,甚至不进则亡。

特此建议!

洋洋洒洒写了一大篇,高院长的意思无非两点:一是医院要有资金投入,二是要变革医院运行机制。

高院长趁开会的时候把信交给了袁总。袁总显然也知道国务院的最新文件,一周以后把高院长叫去谈了一次。高院长说:"国务院最近又下了文件,国有企业医院要限期剥离。这样的话,中金公司很难同意再给医院投入。但是金冶医院这么多年没有投入，仅靠自身力量很难发展。现在国家不是提倡混合所有制改革吗？我们能不能引进民营资本，让他们投资建设医院，东升公司仍然控股，这样不就解决了医院发展资金的问题吗？也回避了剥离不剥离的事。"

袁总看着手里拿着的这份报告，皱着眉头抽着烟，并没有说话。

高院长又试探着说："前些天市卫生局推荐了一个上市公司，叫金牛股份公司，他们愿意与我们公司合作建设医院，他们只要参股就行。这个公司在医疗界很有名气，他们的老总就是很有名的王胜利。"

袁总把文件放到一边，看了一眼高院长说："这个文件我知道！关键是你们领导班子的意见，尤其是你。东升公司把医院刚要回来，我又打报告再把医院划出去，总公司会怎么看我？当然这也不是主要的，当初要回来有要回来的理由，现在划出去也有划出去的理由。但是你们要想好，所谓的混合所有制是不存在的，要改中金这边就会全部退出，不会再留有股份。"

高院长说："袁总，说心里话，这么多年跟着您跟着东升公司，您也知道我的性格和想法。我们班子并没有私心杂念，医院完全出售给民营资本的话，员工反对，我们也反对。我们班子更不想自己买医院，我们纯粹是从医院发展的角度考虑问题的。如果不能走混合所有制的话，这个事就当没有提！就当没有提！"

……

金冶医院在国投公司托管了六年，同期高院长的协会会长也干了近两任。这几年协会在高院长的带领下，一班人十分团结，协会工作也取得令人瞩目的成绩，但高院长并没有一丝一毫居功自傲。按照协会章程，会长最多任两届，高院长这人历来招子亮，会长担子早有移肩新人的打算。不论从年龄、能力和人品来说，还是从所在医院的规模来讲，肿瘤医院的周院长都是最合适的人选。高院长提前一年就在协会各个场合吹风，但是周院长每次都打哈哈不接茬，后来高院长生拉硬拽给他扣了一顶常务副会长的帽子,意在敦促他早日接班。

七月份,年度第二次会长例会在鲍院长的医院召开。会议讨论换届的事,周院长仍如往常一样推辞。晚上就餐时高院长又一次提起新会长的人选,周院长说:"老高干得很好,为什么要换?大家说是不是?"那天协会十位领导全都在座,大家声齐附和。东道主鲍院长举起酒瓶子说:"今天我们就算正式表决了啊,下次不准再提换会长啦!"

"对,就这么定了,会长、秘书长接着干!"吕院长补了一句,"你老高这几年把协会声势搞这么大,调子起那么高,人家再干,怎么往下接了啊!"

以后高院长就不再提交班的事了,再提就有点小家子气了。本来就是一个服务大家的差事,只有奉献没有索取,谁把这个当回事呢?再说多了就是自作多情。当然要说没有收获也不对,这么多年与各位院长的感情之深那是拿钱买不来的。现如今别说找人办事,就是请人吃饭,没有一定的交情,你就是山珍海味人家也不来,但是高院长招呼一声,吃个饭,打个牌,大家还是十分给面子的。这几年在服务大家的同时,自己也寻得不少开心的事。协会的文化有一多半都是老高打造的,六年间一共推出了十二个文化热词,哪一个文化热词后面都有一大段协会自己的故事,仅这一点就让老高非常有成就感。每当外人说到协会时,高院长都非常自豪地向别人展示协会文化的图片和视频,就像周院长介绍他的加速器一样,里面都是满满的幸福感。

谁也不能怀疑高院长让贤求能的诚意,但是高院长也不能冷落了大家的一片好心。

十二月底举行的年会上,协会如期进行了换届。高院长抖擞精神做了一个六年的协会工作总结。赵处长因为政策原因,不再担任协会名誉会长,另请了金安医科大学的校董钟主任担任名誉会长,另外增补了金安医科大学校医院柳院长为副会长,其他原班人马一个未变。

新年过后的第一次会长例会在桂动医院召开。桂动医院几年前不成功的资产重组一直困扰着医院的发展。乞讨事件后调来的王院长本身性格温和，加上前任的经验教训，因此在医院管理方面又走到另一个极端——医院管理求稳怕乱，不思进取。医院经营基本回到重组前的老样子，医院依旧亏损严重。安西总院集团于是不再把主要精力放在桂动医院这边，除了派出的几个财务人员外，院长有时很长时间都不来医院一趟。桂动集团在医院职工的提议下，任命副院长何宇琛代理院长行使职权。王院长来了几次，发现山中已换大王旗，干脆再也不来医院了。

何院长上任后，团结医院老班底形成合力，一改安西总院集团那种管理风格，针对职工医院的薄弱点采取针对性的改革措施，同时加强与股份公司的联系，在为企业服务、为企业职工家属服务方面大做文章。还专门学习上海一家外资体检中心的模式，建立了一个在桂原市都非常知名的现代化体检中心。除了承担桂动集团每年近四万人次的员工体检外，医院还组建了经营团队，在全市范围内联系体检业务，体检中心业务开展得红红火火。全院职工由于经历了民营医院管理模式的洗礼，也十分珍惜现在的工作岗位，加之不再由民营医院领导，心里的气也顺了不少。上下同心加上管理到位，医院经营逐渐走上了良性循环，去年已经实现扭亏为盈。何院长很有成就感，主动要求年后的会长例会一定要放在他们医院开，让大家看看他们医院现在的面貌。

会议结束后，院长们在何院长的带领下饶有兴趣地参观了医院的体检中心。整个体检中心占据了两个完整的楼层。进入一层服务大厅，像到了机场的候机厅一样，环境非常整洁。巨大的空间被木制花格屏风分隔成许多半封闭的空间；大厅角角落落随处可见见缝插针摆放的绿植；办公桌椅和门窗隔断的颜色全部采用桃木红颜色，给人居家一样的温馨感；每个检查室的旁边都有一个优雅的受检者等候区，里面安置着精致的沙发和茶几，还有书架、电视等设施。服务人员随时为受检者提供点心和茶水。沿回字形的走廊走上一圈，所有体检项目包括 X 光等大型设备检查均可完成。

因为是下午，体检人员很少，大家来到上一层的数据中心。数据中心被封闭的玻璃墙分成四个独立空间，着装整齐的工作人员都在电脑前忙碌着。何院长介绍说："我们的检查结果第一时间出来后及时汇总到数据中心的服务器中，主检医师能从网上调阅全部数据。检查结果我们也是第一时间发到受检人员手中，受检者也可以登录网站输入密码及时查看自己的体检结果。"

"另外我们与金安医科大学合作开发了一套软件，不光对个人体检结果能做详尽分析，还能针对体检所在单位的整体情况做出社区诊断，对指导单位做好劳动者的健康保护和针对性改善人群生活方式都很有益处。"何院长边说边操作着电脑演示给大家看。

晚上就餐的时候，院长们纷纷向何院长请教，为什么医院面貌在短短两三年能发生这么大变化。

何院长丝毫没有掩饰自己的自豪心情，大着嗓门说道："我没有特别高深的理论，不是什么单位都是一股就灵！我们过去的大股东安西总院集团过分追求利益，欲速则不达！

"我没有别的本事，我就是团结能人干大事，团结好人干实事，团结坏人不坏事。我们董事长经常讲：'什么叫智商？智商就是让自己快活的本领。什么叫情商？情商就是让别人快活的本领。'"

吕院长说："何院长看来已经从医院管理专家升格为哲学家了。"

周院长说："再往前走一步就到老吕那去了！"

何院长笑着说："你智商再高，挣的钱都是给你自己花，别人跟在你后面什么也得不到，人家就不跟你干，甚至对着干。所以凡事都要利益共享，不能光想着自己的利益。一个好汉三个帮嘛！"

高院长猛一拍何院长的大腿："我看你何院长智商高，情商也高！"

何院长咧着嘴笑着："会长过讲，我哪有那本事。俗话说勤能补拙，我认为廉也能补拙，本事小点没有关系，把自己的利益看淡点，大家也就能体谅你。我这人在岗位上从不偷偷搞个人的私利，这一点我们桂动这边的班子做得都不错。"

高院长说："那是那是，班子搞自己的私利，员工心就散了，医院根本搞不好。"

第三十三章

又是一年春暖花开的时候,冬去春来万物复苏。

高院长找来杜院长:"老杜,这个星期天我们去钓鱼怎么样?"

杜院长说:"老高,好久没有看到你有这样的闲工夫了,我不喜欢钓鱼,你要去我就陪你呗。"

高院长是在水边上长大的,从小就喜欢钓鱼,刚到金冶医院的时候,精神科与内科合在一起叫大内科,科主任叫侯满。侯主任钓鱼按行话说叫"成癖",一到周六下午就盘算着星期天到哪去钓鱼。高院长的钓鱼瘾有一半都是侯主任传染上的,有空闲时间看的不是业务书,都是从省图书馆借来的钓鱼书。什么长钓腰,方钓角,春钓滩,秋钓潭,夏钓阴,冬钓阳;钓鱼钓到虾,劝君早搬家;鱼的视力有多远,鱼的听力有多强,鱼的记忆力有多久,鱼用什么器官品尝鱼饵等等。理论学一大堆,实践能力却不行。

侯主任不看书,专门向钓鱼高手打听独门秘籍。有一次听钓鱼高手说用蛆钓鱼比用蚯蚓好,上钩率高还不要频繁换饵。城市里到哪去弄到蛆呢?侯主任好不容易找到一个屠宰场扔垃圾的地方,猪毛猪皮一扒拉,里面全是胖蛆。周六下午,侯主任拉着高汇泉去掏蛆,很快扒拉了一盒子。那阵子天气还比较热,钓鱼高手说蛆要包好放冰箱冷藏间里,否则第二天死了效果差。高汇泉是单身汉没有冰箱,侯主任就把装蛆的盒子外面包了两层塑料袋,悄悄地放在他家的冰箱里。哪知道第二天早上起来,侯主任家里到处爬的都是蛆。大概是塑料袋没有扎严实,夜里蛆全部从冰箱缝里爬了出来了。厨房、卧室、卫生间,地上、墙上、被子上、扫把上,哪哪都是蛆。气得他老婆大骂了侯主任好几天,最后硬把那个冰箱也给换掉了。

后来高院长当上精神科主任,又当上副院长、院长,慢慢也就没有时间钓鱼了。前些年为了迎合少数领导和专家,高院长不得不经常到渔庄陪客人钓鱼。

渔庄也像大浴场,钓鱼、吃饭、打牌一条龙服务,钓上来的鱼论斤付钱。高院长不喜欢在养鱼塘里钓鱼,说这不是钓鱼是买鱼,没有意思。钓鱼的乐趣除了鱼,还有渔,更多的是体验钓鱼的过程,是那种对结果无法预知而产生的兴奋感。渔庄的鱼钓上来无非是鲫鱼、青鱼两三种,大小都一样,没有任何想象空间。就像看足球比赛,一开始就告诉你比赛结果是巴西队2:0胜德国队,第一球是上半场角球进的,另一球是下半场快结束时快攻进的,你还看吗?看的是比赛的过程,过程没了,光有结果有什么意思?你到集市上买几斤鱼送给客人,人家要吗?但是把客人弄到鱼塘边,皮晒脱好几层,头晒得像个茶叶蛋,最后一条鱼也没有钓到,人家能乐意吗?所以钓鱼既要有过程还要有结果,两者缺一不可。

与高院长不同,老杜不喜欢钓鱼,他有两大喜好,一个是酒,一个是车。去年花了上百万买了一台越野车,底盘下面能钻过去人,排气管比普通小轿车的车顶都高,高院长叫它拖拉机。老杜没事就和一帮车友出去遛车,专门找河滩、山坡、沙漠、沼泽开,说这就是时尚,要的就是刺激。高院长说,你这就是哲学家叔本华讲的无聊。有一次协会到安西山区的一个水库宾馆搞培训,老杜夜间硬拉着一帮小青年去河滩上遛车,结果车子一下子掉到沙坑里,怎么折腾都开不上来,赶上夜里水库放水,一小会工夫,河水就把车子淹掉半个。后来是打110才把一车人救了上来。由于长时间泡水,车子发动机报废,当地无法维修,又从桂原找了专业的拖车公司把车拖回桂原维修,花的钱那是老鼻子了。所以高院长从来不敢坐他的车。

高院长为了清静,没叫其他人。两人开车来到西郊一个山脚下的河汊。春天的野外到处都是绿油油的,扑面而来的都是植物的清香和泥土的腥味,淡淡的阳光晒在身上很舒服。

高院长在河滩上摆开他的专业家伙：手竿、海竿、鱼护、鱼抄、马扎、工具箱、遮阳伞。这几年中央出台八项规定，再也没有人去渔庄钓鱼了，高院长这些家伙也快"生锈"了。高院长调好工具，下好钩，抄了抄河水洗了洗手，坐在马扎上等待鱼儿咬钩。杜院长在高院长的指导下，也拿了一根竿子在旁边学着钓。

高院长："老杜，这个鱼就和人一样的。小鱼就像小孩，吃东西抢着吃，生怕给别的小孩抢去了，但是胃口小，吃又吃不掉多少，所以你看那浮子老是上下不停地动，就是沉不下去，一定是条小鱼。"

杜院长："那是过去的小孩，现在的小孩端着碗撑着哄着都不吃！"

"那是没有饿着，饿他几顿看看！我们小时候山芋皮都吃不上。"高院长说着不耐烦地猛提一下竿，果然钩上了一条小鱼。

"大鱼就像大人，吃东西不急不慢地，浮子上下轻轻动几下，然后就慢慢地拖走了，这时提钩，稳稳的是一条大鱼。"高院长换了一条蚯蚓把钩子再抛到水面。

"大人一来，小孩就被赶跑掉了，也像人一样，大鱼一来小鱼就跑掉了，所以小鱼老是在底下捣乱的时候，肯定没有大鱼。"高院长用布擦了擦手，又坐到马扎上。

"你说这鱼也是的，就为了贪这一口吃的，就把命搭上了。你们钓鱼的人也残忍，在人家吃的饭中隐藏一个钩子。"杜院长在旁边调侃道。

"所以叫你不要贪吃贪喝啊！"高院长说。

"老高，最近市里反腐很厉害，好几个医院的院长都出事了，市六院院长受贿八十多万，省脑科医院的副院长受贿说有一千多万，还有几个民营医院的院长一道进去了。"

"你从哪听来的？一千多万恐怕是夸张了吧！"

"到处都在传，我认得的几个医药公司经理都被纪委叫去问话了，送两瓶贵一点的酒都要被叫去核实。"

"现在是真反腐，都搞成什么样了，不反真的不行了！那些拿了黑钱的人现在睡不着觉了。不过老杜你放心，我们没有事，我们职工医院院长都没有事。你打听打听,不光现在,往前数十年,桂原市可有哪一家职工医院的院长、主任被抓过?"

"嗯,还真没有听说过!"

"真不是吹牛,这是我们协会的文化好,我们不和人家比业务收入,不和人家比医院盖了多少大楼。我们协会每年开年会都不到大酒店,我们不和人家比阔气,我们比文化!我们的文化人家花再多钱也学不去。"

"哎,算了吧,牛吹得有点大了!职工医院都是小医院,收不到回扣,收不到红包,不是文化,是压根儿就没有机会!"

"老杜,你这样讲我不同意,医生没机会,院长、主任难道没有机会?每年采购那么多药品,买那么多设备,心思稍微一歪,那些不法商人就把你打倒了!你不能否认职工医院文化的正面引导作用啊。"

"作用是有的,不像你讲得那么大。不过我是佩服你老高的,别人不敢说,至少这么多年你没有收过我的钱!像你这样的院长不多。"

"这样不吃亏啊!所以我们有心情在这钓鱼啊,要是屁股不干净,这阵子还能睡好觉?你我都不是圣人,但是君子爱财要取之有道,我们搞稳当点,我院长多干一年不也多挣一年年薪嘛!

"实际上腐败就是利益分配出了问题,反腐就是要纠偏。改革开放三十多年,中国人普遍富起来不假,但是有些人是通过什么富起来的?是通过诚实劳动吗?有坑蒙拐骗的!有制假售假的!有贪污受贿的!不是通过勤劳致富,甚至财富都不敢见阳光,老百姓当然不满意了。没有不透风的墙!就拿医院来说,如果院长搞私利,职工可能不知道,副院长肯定知道,副院长不知道,财务科长肯定知道。别人知道你在搞私利,人心不就散了吗,班子心散了,那还怎么带领员工奋斗?医院怎么会搞好?说大道理,我们要守法守纪;说小道理,咱们要把集体利益放在首位,不能让一起奋斗的兄弟姐妹们失望,不能搞自己的私利……"

"赶快提,大鱼来了!"

杜院长看到高院长的浮子慢慢地全部沉了下去,立即提醒道。高院长不急不忙地一抖竿,一条大白鲫就出了水面。高院长把鱼放进鱼护里,鱼在鱼护里乱跳,水花四溅。

"我听说金安一附院有个科室被纪委查了,在查医生的回扣。纪委设了一个账号,让有问题的医生把这两年收到的回扣都交到那个账号里。"老杜接着说。

"医生要靠技术堂堂正正挣钱,要拿阳光工资,不能再像以前那样靠灰色收入。"高院长说话的时候眼睛仍然盯着浮漂,"但是医生目前的收入确实与付出差距过大,全世界的医生都是高收入人群。"高院长回道。

"大医院这两年把医生的收入提了很多,省人民医院把专家挂号费全部给医生提了,罗主任他们一上午专家号都能提一千多元。"

"那也解决不了根本问题!"高院长回道。

"那怎么解决?"

"社会化!要想医生收入合理,只有放开医生执业,取消事业编制,把医生的公家人身份转变成社会人才行。这样才能激发医生的工作积极性,才能使优秀的医生得到社会的认可,取得合理的报酬。哪朝哪代医生都是自由执业者,西方医院的医生与医院是合伙人关系,你要是在西方医院看病,会收到两张发票,一张是医院的费用,一张是医生的费用。

"国家已经这样做了,医院事业单位编制马上要取消了,医生的执业注册也放开了,文件已经出台了,以后医生执业注册选择省份就可以了。注册在哪个省,医生在那个省的所有医院都可以坐诊看病。同时国家大力鼓励社会办医,只要你有技术,民营医院给的收入很高啊!想要高薪可以去民营医院,民营医院就缺医生。"

"如果一边想要高薪,一边又舍不得丢掉大医院的铁饭碗,那就难了。既想当大官,又想发大财,那怎么行?"高院长看了看老杜说。

"上次一个私人医院挖罗主任,给一百五十万年薪都没挖动。你讲得太简单,不光是钱,他一离开省人民医院什么都不是,学术、职称等什么影响大了。"老杜摇了摇头说,"中医看和尚,西医看庙,可知道?"

"你讲的情况目前确实存在,政策得慢慢消化,但最后一定只有这条道走得通。我思考过这个问题,国家不可能通过下文件的方式把医生待遇提到很高的水平。你想想看,如果政府下个文件,医生的工资必须是多少,那没有本事不看病的医生也拿那么多工资吗？要那样,护士就不干了,护士工资要不要涨？医院其他人员工资要不要涨？医院涨了,医学院老师要不要涨？医院学校涨了,其他事业单位怎么办？公务员怎么办？

"我在想,我们医院今后可以做这方面的尝试。我们把医院做成一个平台,吸引有本事的又想取得合理报酬的医生或者医生团队到我们这里来行医,就像现在你分管的神经康复科一样。我们对医生的收入完全采取市场化,政策定得宽宽的,业务做多大,收入就有多高。这样既能解决医生收入问题,又能带动医院发展,还能给国家医改找出一条新路,是吧？我在网上查过资料,这种医院管理模式叫作飞机场模式。医院就是飞机场,医生团队就是航空公司和机组,医院把服务搞好,机组把飞机开好,客人既是冲着航空公司和机组来的,也是冲着机场来的,优势互补,利益共享。我在网上看到山东省已经有好多这样的医生团队了。大医院的医生与其整天抱怨,还不如下决心走向市场。"

第三十四章

与金牛集团合作被否后,高院长一直在思索医院下一步怎么办。都二十一世纪互联网金融时代了,像金冶医院这样多年没有投入,完全靠自己挣钱滚动发展根本行不通。

医院剥离的事这次好像不是说说而已,中金总公司已经几次发通知要求东升公司上报未剥离的医疗教育机构和三供一业情况。而就在上周,郑秘书长还传来了一份国务院国资委刚刚下发的国资发改革[2017]134号《关于国有企业办教育医疗机构深化改革的指导意见》的文件。

过后没有几天的一个上午,高院长办公室里来了两个年轻的外地人,来人自我介绍是北京一家投资公司的,专门来桂原市洽谈企业医院资产重组事宜。高院长接待过不少这样找上门的商人,基本都是民营企业。上次金牛集团的事被否后,高院长感觉与民营企业搞资产重组在中金公司肯定行不通,所以也不想多费口舌,直接说医院没有资产重组意向。两人十分无趣地准备离开,其中一个小伙子不甘心,递给高院长一份复印的文件说:"国务院刚刚下了文件,你们这样的国有企业医院必须要剥离!"

高院长瞅了一眼,正是郑秘书长从网上传来的国务院国资委134号文件,于是淡淡地说:"那上面也不是说一定都要剥离,特殊情况的企业医院,也可以保留!"

小伙子说:"那倒也是!"两人有点沮丧地收起文件。

就在两个小伙子收起那份文件转身要走的时候,高院长又嘟哝了一句:"就是剥离我们也不会剥离给民营机构!"

小伙子一听,立马眼里放光:"我们不是民营的,我们是国有企业,我们是央企！"

高院长一听是国有企业也来了精神："国有的？你们是哪个单位的？"

两个小伙子立即坐回到高院长对面的椅子上，像是找到了多年的老朋友，与高院长详细地聊了起来。

原来两人供职的单位叫环宇医疗集团有限公司，是知名央企中国健康投资集团公司控股的一家香港上市公司。公司的主业就是医疗机构投资管理和医疗技术合作与咨询。自从去年国务院出台国有企业医疗机构深化改革指导意见后，这家公司感觉这是一次扩大公司产业规模的极好机会，因此派出大量人员在全国各地洽谈收购企业医院事宜，力求在这轮改革中拔得头筹。

环宇公司的规模和品牌远超东升公司，且主业就是医疗机构投资管理，金冶医院要是能与这样的公司合作，不就什么都解决了吗？员工愿意，这是国企，更是央企；东升公司也愿意，都是国有企业，资产处置简单，也不用担心国有资产流失；医院管理层更愿意，与他们合作就等于回归主业、融入产业了，资金和技术都有保障了，何愁医院不能发展？另外高院长最看重的是对方的上市公司性质。国企干了这么多年，高院长对国企的弊端十分清楚，工作岗位虽然稳定，但是效率很低，尤其是像中金东升公司这样没有垄断资源的国有企业，在市场上生存十分艰难。而国有控股上市公司戴着小红帽，却有着高度市场化的运作机制，市场竞争力比纯国企强多了。

"我们这次来桂原，主要就是挨家挨户摸底桂原市职工医院。"高个子小伙子拿出一张有点微皱的 A4 纸给高院长看，上面打印着三四十家企业医院的名字，明显是从网上找的，信息有点陈旧，有几家早就交给政府了，还有不少早就关门了。

他指着偏下面的一个医院说："上面那些医院我们都去过了，就是这家医院位置较偏，地图上看就在你们这边。我们准备最后看看这家就回北京了，结果出租车带我们找了半天也没有找到这家医院。最后司机说前面有个桂原脑病康复医院也是个职工医院,你们可以去看看,结果我们就找到您这儿来了!"

高院长说:"你们要是早找到我就可以少跑很多冤枉路,这些医院院长我都熟,我们都是兄弟,他们单位的情况我都了解!"

"院长您为什么这样熟呢?"另一个小伙子问道。

"我们都是桂原市职工医院管理协会的,经常在一起开会,我还是会长,怎么不熟呢?"

两人更兴奋了,高个小伙又指着纸上刚才指过的那家医院:"那您给我们看看这家医院在哪里?"

高院长仔细一看,医院名称叫"金安冶金集团公司医院",笑了一下,从抽屉里拿出一个公章,往那个纸上一盖,公章的名称就是"金安冶金集团公司医院"。

"这个医院就是我们医院。那是过去的名字,我们医院升级为二级专科医院后,名称就改叫桂原脑病康复医院。那个名称我们还保留作为医院第二名称,所以公章也没有注销。"高院长得意地说道。

高个小伙子说:"哦,真巧!要是碰不到您,我们还准备往北找呢,这下不要找了!"

两人抓紧时间回北京汇报工作。这边金冶医院班子也认为是个好机会,抓紧向东升公司汇报。也可能都是央企的原因,东升公司紧接着也接到中金公司转发来的134号文件,而且中金总公司要求东升公司按文件规定期限落实。

因为是首家愿意重组合作的桂原市职工医院,环宇公司上下非常重视。两周后环宇公司派出了十余人组成的考察小组正式来金冶医院洽谈,医院方面也给予了热情接待。双方相谈甚欢,合作意向更加坚定。也许是缘分,环宇公司的范总平时国内国外满天飞,难得有一小段空闲时间,项目组抓住机会,特地把范总请到了桂原。范总与袁总两位都是做事业的人,双方一见如故,十分投缘,资产重组的事情很快得到双方公司管理层的批准。

环宇公司很快拟定了一份足足六十多页的重组方案初稿请高院长提意见。高院长看过以后,感觉框架还不够大,广度不足,又认真地提出了很多修改意见。经过几轮的修改,最终的重组合作方案正式形成:

一、环宇公司以现金收购金冶医院100%资产,金冶医院资产按评估价值计算。

二、环宇公司收购金冶医院后,将按照三级专科医院的标准易地重建金冶医院,医院与北京知名专科医院合作,增挂北京知名专科医院分院牌子。东风街道社区卫生服务中心以现址为核心,按照国家规范建设连锁型社区卫生机构,对外复制社区卫生服务模式。

三、环宇公司以金冶医院为桥头堡,充分利用央企的雄厚资源,立足于桂原市企业医院,放眼于金安省内社会办医。积极参与金安省各类医疗机构重组兼并,最终形成一定规模的医疗集团,创建自主品牌。

四、本着创新发展的理念,积极探索新型大健康产业并抢占先机。实现公司从医疗产业向大健康产业的扩展。以医疗为核心,健康、医养结合,医疗、金融等产业多头并进,实现环宇公司转型发展的宏伟战略。

2017年底,环宇公司收购金冶医院100%股权的资产重组协议正式在中金东升公司贵宾接待厅举行。至此桂原市职工医院第三轮改制首家破冰。

2017年协会年会是在院长们焦虑和兴奋的心情中迎来的。短短一年多的时间,桂原市职工医院已经悄然发生了巨大变化:金冶医院完成了重组改制;中国水电建设集团桂原医院已经和另一家央企签订了剥离重组框架协议,还有许多企业医院改革重组也进入关键阶段;市电力局医院的施工现场一片繁忙,按照三级医院设计的主楼已经完成桩基施工;中科院肿瘤医院的新院区建设正酣，造型别致的两栋主楼挺拔的身姿在夕阳下就像两尊巨大的雕塑，五百多亩土地上即将出现一片现代化的建筑群。

年会在渚桥镇的一家特色酒店举办。酒店的天井就是一个会议大厅，大厅四周墙壁上挂满了宣传标语和协会的文化热词。

一进会议大厅，迎面是一副长对联，两幅红色条幅自大厅顶部一直垂到地面。

上联："不忘初心，牢记使命，为实现中华民族伟大复兴的中国梦不懈奋斗！"

下联："自强不息，坚忍不拔，为开辟职工医院创新发展的新局面顽强拼搏！"

大厅东边挂着两条稍短一点的条幅，标语就是高院长的协会年度总结报告题目：

"长风破浪会有时，直挂云帆济沧海。

"菱歌终得知音识，扬帆远航正当时。"

大厅西边也是两幅对称的条幅，展示的是协会核心文化：

"诚信守善，坚忍不拔。

"自信自强，协同发展。"

大厅四周错落的吊顶下面，挂着许多红灯笼，每盏灯笼下面悬挂着一个词条，这些词条是协会历年自创的文化热词：

同意报销

国舅

老师

大善人

没收作案工具

抚瑶琴

二十一床

不作死就不会死，不认怂就不会怂

鼬死他

　　倒拔蛇

　　会场布置得就像婚礼现场,请来的嘉宾和各家医院参会代表济济一堂。会前空闲时间,高院长遇到了参加会议的金精集团医院季院长,问起他们医院重回企业的事。季院长说,经过医院职工的不断施压和企业的极力争取,医院居然真的又改回来了。医院名称又改回为金精集团医院,也办成了事业单位法人,那个所谓的菱湖精化医院又给注销了。医院也不独立核算了,职工终于又吃上了企业的大锅饭了。季院长说话间露出十分开心的样子。

　　高院长开玩笑地说:"还真给倒回来了,不容易!你这和哲学家变成精神病不同,那个有回刺,你们这个没有回刺,否则就回不来了。"

　　季院长满脸堆笑说:"还不是会长指点得好,否则还不知道怎么搞呢!"高院长用手拍着季院长的后背说:"看来跟着协会这个组织是跟对了啊!"

　　会议正式开始,重点内容仍然是高院长的年度总结报告。高院长像往年一样激情四射地做着报告,不过今年显然有着不同的含义。报告结尾,高院长提高了调门:

　　"同志们,俗话说机会往往伪装成困难来到面前。新一轮企业医院深化改革是职工医院发展的重大机遇,我们有信心迎来桂原市职工医院发展的春天。希望全体职工医院的同行们,秉承职工医院的传统文化,自信自强,坚忍不拔,紧握时代脉搏,创新发展模式,为开辟桂原市职工医院创新发展新局面而顽强拼搏。最后我以唐代大诗人刘禹锡的一首《浪淘沙》与大家共勉:莫道谗言如浪深,莫言迁客似沙沉。千淘万漉虽辛苦,吹尽狂沙始到金。"台下爆发出热烈的掌声……

　　……

　　春节过后,高院长接到一封医院开业典礼邀请函,是家民营医院,股东之一是高院长多年的老朋友周老板。周老板原来是做医疗器材的,生意做得比较成功,这两年联合广东一家医疗投资公司在桂原市南部搞了这家医院。医院名字叫桂原华夏康复医院,是按三级康复医院设置的。

高院长对医院的开业典礼一向兴趣不大,本不准备去,后来想这个医院是三级康复医院,与自己是同行,作为院长有必要了解医疗市场行情变化,再说环宇公司收购金冶医院后,首要目标就是要择地新建一所三级康复医院,去这家医院看看,对将来建院也有帮助。

桂原华夏康复医院占地三四十亩的样子,一高一矮两栋楼房大约三万平方米,两栋大楼的外立面几乎挂满了祝贺开业的红色条幅。门诊装修精致,病房宽敞整洁。康复治疗科室占据了住院大楼的四五个层面,高档设备虽不多,但普通设备应有尽有。房屋加设备投入应有好几个亿,作为民营医院也不容易了。

典礼现场很热闹,有几家股东单位领导的讲话,有医院领导班子的致辞和表态。医院还特地请来了一个艺术团,演员演技虽不专业,但表演很卖力,现场一片热闹的景象。

高院长被周老板硬留下来吃晚餐。虽然有不少医疗界人士,但大多都是民营医院系统的,高院长基本上都不认识。高院长被安排在几个公立医院领导那一桌。坐下以后,高院长发现原卫生局建设处的钱处长也在座。记得第一轮反腐败时,钱处长就出事了,据说判了两三年,估计是缓刑,不然不会这么早就出来了。但高院长想:在过去那种环境下,腐败的成本比较小,一些人的胆子自然大了起来。所以与这些人相处,高院长把工作与生活分得很清,工作归工作,朋友归朋友。

钱处长看上去明显老了一大截,说话的官腔却还没有变,至少在这些他曾经具有优越感的院长们面前没有变。说话的口气有些做作,可能是想掩饰某种不自信吧。

席间大家都夸华夏医院大楼建得气派,设备高档,将来一定前景光明。钱处长对高院长说:"老高,你们医院还没有改制吗?干脆改成民营的算了,你看这几年民营医院发展得多好。要不就交给大医院搞。原来市里规划的二级医院都要逐步取消的,只留三级医院和社区卫生服务中心,你们企业医院不大不小,夹在中间将来没有出路。"

高院长微笑着说:"钱处长,国有、民营,交给大医院、交给小医院,都不是院长能做主的。哲学不是说嘛,存在即合理,既然这么多年没有倒掉,说明它生命力顽强,它的存在还是有市场的。都搞成公立大医院,医疗市场不就形成垄断了吗?中国电信那么大,现在不是一拆为三了吗?"

"它那是企业,不一样。医院不是企业。"钱处长不以为然。

坐在高院长左边的是一位市一院退休的内科专家,被聘到这家医院当主任。他对高院长说:"你们医院我去过,搞得不错,原来那个冯院长很能干。"

高院长说:"是的,现在的楼房就是冯院长那时盖的,不过医院现在已经升级成二级康复医院了。"

钱处长插话道:"他们办二级医院的时候,局里老是不同意,让他们整体转型社区卫生中心。局里从整体规划考虑也是对的。"

听到这话,高院长那些不愉快的往事全给勾了起来。什么规划?办康复医院你们说规划,人家后来办肿瘤医院你们怎么不规划了?要不是职工写联名信,金冶医院早就被你们卖给私人老板了。

"后来我给许局长说,给他们批了算了,又不要局里投一分钱。局里后来没再拦着了。"

找你多少趟百般刁难,后来我找到省厅你们拦不住了,怎么又变成你钱处长的功劳了?

高院长强忍着怒火,盯着钱处长认真地说:"职工医院是时代的产物,有强大的生命力,不是一纸行政命令,或者哪个领导说句话就能取消的。它像一股清澈的溪水,看似柔弱,但蕴藏着极强的生命力,涓涓细流最终会汇成大河奔向大海,任何人为的力量都阻挡不住!"

钱处长听出来这话中有话,停下筷子看着高院长。

高院长瞥了一眼钱处长,借着酒劲也不顾钱处长面子里子了,意味深长地咏诵起宋朝大诗人杨万里的诗句:"万山不许一溪奔,拦得溪声日夜喧。到得前头山脚尽,堂堂溪水出前村。"

钱处长翻着眼镜片后面一双眯缝眼瞅着高院长,若有所思地问:"照你这么一说,我们就是那拦着溪水的坏人了?"

高院长停住了吟诗,转脸看了看钱处长,伸出右手缓缓地拍了拍钱处长的胳膊,一字一顿地说道:

"你不是一个坏人,但你也算不得一个好人,面对孕育万物的大自然,我们都只不过是看客而已,你说是不是?"

说完,高院长端着酒杯到邻桌去给周老板敬酒,敬完酒后向周老板扯了个谎就提前走了。

高院长并不是因为钱处长现在落魄了看不起他而说出这样的话,但钱处长说话时那副颐指气使的样子,着实让高院长看不惯。尤其是提到办康复医院那些往事,重重地刺激着高院长的神经。高院长实在按捺不住自己的情绪,就像那年医保中心许主任说精神科医生没有用的时候,高院长也是情不自禁地发泄了一通。江山易改秉情难移,高院长改不掉,钱处长看来也没有改掉。

第三十五章

五年后的一天。

环宇健康金安有限公司的会客厅里坐满了宾客,东道主正在接待邻省的一个参观团。高院长以公司领导班子成员和医院院长双重身份参加了接待。

董事会秘书兼办公室主任秦华有条不紊地切换着幻灯片,老练地向客人们介绍着公司的改革发展情况:

"我们公司成立于五年前,也就是国有企业医院第三轮深化改革之际。公司建立的初衷是为了重组桂原市职工医院。通过这几年的运作,环宇公司不但实现了帮助职工医院回归主业、融入产业的初衷,而且逐步涉足生物制药、转化医学、医疗金融等大健康产业,初步建成了集医药康养于一体、覆盖全生命周期、融合医疗健康全产业链、具有品牌影响力和区域辐射力的综合性医疗健康产业集团。"

"这张幻灯片展示的是我们公司内部组织结构图,目前我们公司有十六个独立运行主体,他们都是独立法人。其中有九家是医疗机构,另外七家属于非医疗机构。他们分别是……"秦主任指着幻灯片上的方框图逐一介绍着。

"在公司内部管理方面,我们完全按照市场化运行要求,在二级法人治理体系下,公司的所有经营管理工作都按照分级管理、逐级授权、自主经营、权责对等、自负盈亏的原则开展。医院、康养中心、药品研发中心、金融机构等企事业单元,在经营属性上都是平行关系,只有规模体量大小及业务领域的区别,没有运营政策及资源配置的亲疏。

"环宇健康成立五年以来,我们高度重视优质资源的对接与共享,实现了公司体系内信息化系统的同步覆盖,构建了统一垂直、集中共享的协同发展模式。通过导入'三管两放'运营管控思维,即管战略、管规范、管经营,放政策、放资源,从各个方面给予各个独立主体足够的支持与帮助,充分激发、释放经营主体的运营活力。

"我们的目标是要建立一个以医疗为核心,以大健康为基本领域的多元化健康产业集团,以医疗+健康双轮驱动为战略,以做强医疗产业为前提,以带动健康产业为根本,积极拉动产业链的延伸和拓展,最终促进公司的全面发展。"

听完了秦主任的例行介绍后,参观团的一位女同志提问道:"请问高院长,你们健康管理公司下面有多少个独立运行的主体?都是医疗机构吗?"

高院长说:"这个问题实际上刚才秦秘书长已经说过了,我在这里再重复一下。环宇公司目前九家医疗机构中包括一家三级综合医院,两家三级专科医院,一家二级医院,五家社区卫生服务中心,另外七家机构分别是三家专业康养中心,一家信息化医药配送中心,一家创新制药研发中心、一家生物药厂和一家医疗金融服务公司。

"这里要特别说明一下我们公司的两个特色机构,新科技药品研发中心和精神卫生防治中心。新科技药品研发中心与中国核物理研究院合作,成功地研发出核疗抗肿瘤新药。这种药品的核心是粘质沙雷氏细菌壳抗原与C_{14}原子结合体,结合体在人体内能准确与突变的肿瘤细胞结合,并不断发射放射线,最终杀死肿瘤细胞。药品已经经过四期临床验证,即将取得国家批准文号,这一药品的诞生将在抗癌史上具有划时代的意义。

"由于这种药品的衰减特性,药品生产出来必须四小时内使用掉,所以这种药与普通药品不一样,不能存放,不能通过医药公司流通,必须随生产随使用。我们计划再建设一所核子肿瘤医院,专门为使用这种药品的患者服务。

"另外一个特色机构就是待会大家要参观的桂原市环宇精神卫生防治中心,这也是一个国家级科研项目。我们这个精神病防治中心的特点是:住院患者全部实行开放式管理,防治中心尽可能模仿患者的工作与生活环境,让患者住院就像在家里一样,家人可以长期在中心陪护,治疗效果比传统的封闭式治疗有很大改进,患者的生活质量也高得多。"

"我看到网上宣传说,你们医院管理模式比较先进,请高院长给我们详细介绍一下可好?"一位参观人员提问道。

高院长停顿一下说:"我们的管理模式叫环宇模式。当然各家医院有自己的情况,任何一套模式都要适合自身的情况。鞋子好不好,合脚才是最重要的。"

"这种模式对我们这些需要尽快提升医院内涵的职工医院来说非常适合。目前我们的医疗机构中已经有六大学科集群逐步形成,精神科、神经康复科、骨科、肿瘤科和心血管内科等十多个专科已经成为省市级重点临床专科。重症精神病的开放式治疗、植物人苏醒、肿瘤治疗、心血管疾病康复、口腔医学已经成为医院知名品牌。市场化的薪酬绩效机制快速吸引有能力、想创业的医生团队加盟,为医院短时间内大幅提升技术水平起到了决定性的作用。"高院长很自豪地补充道。

"高总,您认为医疗机构的公益属性与企业追求利润的核心价值是否存在冲突?就是说企业的根本目的是要赚钱,而非营利性医院又不允许赚钱,如何解决这两者的矛盾呢?"又有一位客人提问道。

"不想当将军的士兵不是好士兵,不能挣钱的企业也不是好企业。钱是无罪的,君子爱财,取之有道,合法合规挣的钱多说明为社会做的贡献多。医院的社会属性和经济属性就像白天与黑夜、手心与手背,是一个事物的两个方面,是相互依存、相互促进的。没有经济属性,医院都不能生存,何谈为社会做贡献;如果只想着挣钱,不考虑社会效益,也会失去患者信任,最终也是挣不到钱的。"

高院长似乎意犹未尽,秦主任看时间不早了,悄悄地在高院长耳边说:"高院长,我看时间不早了,他们还要去精神防治中心参观,我们的座谈是不是就到这？"

高院长说："好，限于时间的关系，我们座谈就到这吧，大家还要去参观，参观的时候可以再聊！"

环宇精神卫生防治中心位于桂原市东郊，通过桂原市去年刚建成的新三环高速路，半小时后车子就到达了。

这里原本是郊县的一处丘陵，五年前桂原市在这里建了一个很大的健康产业园，环宇公司的生物制药科研基地和精神卫生防治中心被纳入了园区建设。

园区入口处是个小山梁，汽车一进入园区大门，整个园区全貌尽收眼底。所谓的园区就是两座不高的山峰之间的一片凹地。远远望去，两侧的山坡植被茂盛，高大的楼房矗立在半山坡和平地上，别墅样的矮楼和规划整齐的小村庄半遮半掩在绿色的树林中。依稀可见山脚下有流淌的小溪，新修的柏油路四通八达。虽然地处城市近郊，但这里的环境依然十分优美。

精神卫生防治中心就位于左边山坡下的一片平地。防治中心没有大门，只是用植物做了一个概念性的分隔。中心分为集中管理区和开放式管理区两部分。

集中管理区主要针对新入院和病情比较严重并具有一定社会危险性的患者，与传统的精神病院住院部类似，不同的是这里设有高压氧治疗室。

与秦州南城医院合作的神经康复项目取得成功后，高院长一心想尝试高压氧治疗精神病。后来精神科成立了以高院长为首的科研小组，经过近十年五百多例患者的对比治疗，证实高压氧在治疗精神分裂症等重症精神病方面有明显的效果，金冶医院的两篇论文也在中华医学会精神科分会年会上获得了二等奖。因此新建精神卫生防治中心的时候，高压氧作为一个特色治疗手段被正式应用。

秦主任领着参观人员边走边解说："我们开放管理区建有三种类型的房屋，一种是类似别墅样的独立院落，一种是城市居民小区样的楼房，还有一种是农村常见的农家小院。患者可以根据自己原来的居住条件和经济情况选择住院病房,住在我们这个所谓的病房里就像住在自己家里一样,屋内生活设施和生活用品样样齐全,刀叉等有危险的物品专门保管,只有陪护人员能取得到。"

"那医疗费用一定很高吧?"人群中有人问。

"治疗的费用与其他医院差不多,房子的费用单独收取,像那边那些居民楼,一套一个月只收两千元。医保只报销基本床位费,不足的部分是自费的。但也不多,你在城里租一套房子也要两三千块钱吧,全家都住在里面呢。

"患者像在家一样自由生活,医生上门巡视指导用药,陪护人员负责监督。'居民'之间可以串门、做客。患者在这样的治疗环境下不脱离社会,也不脱离日常生活,十分有利于康复,也有利于康复后融入社会、融入家庭。特别是重症精神病患者!"

高院长走在参观人员后面,与几位显然也是精神科医生的参观者交谈着:"精神病治疗有一种叫森田疗法,就是不要过分关注自己的病,采取放松的心态和自然的方法,反而容易取得缓解。我们就是受这个理论启发而开展这个项目的。

"这种精神病开放式治疗,西方一些发达国家早有尝试。金冶医院借助环宇公司的海外合作伙伴支持,首次把这种创新方法引进到国内。中心开业还不到一年,学术上还没有一个准确的结论,但从患者和家属的反映以及医务人员的感觉来看,治疗效果还是值得肯定的。"

客人们都对这种开放式管理十分好奇,有的人说这个防治中心有点像特殊的疗养院。高院长说:"对!我带大家到'居民'家中看看。"

众人来到一个全是四五层楼房的"居民小区"里,高院长在二楼按了一家门铃,一位中年男子打开了门把大家迎了进去。房间像普通的居民套房,只不过面积不大,有七八十平方米。患者是位四十多岁的女性,陪护的是丈夫。参观人员进去的时候,患者正在厨房里择菜洗菜,面对来人有点腼腆。丈夫介绍说:"以前在别的医院住院,不给家属陪,人就像关在牢里一样,病越治越重,家里人都认不得了。来这里住了还不到两个月,我感觉她好了很多,就像平常在家一样,就是与人交流还差些。这里的治疗条件很不错。"

"你这住院费用可贵?都是自己承担吗?"

"这里比其他精神病院也不贵多少,药费治疗费什么的与别的医院差不多,就是多了一套房子的租金。房租报不掉,其他医疗费都能报销。"

"医生每天两次固定上门,有事情随叫随到,服务很好!"丈夫脸上露出一丝微笑。

"像这样住宅楼一样的房子占多数,属于普通病房。"高院长指着窗户外边的山坡说,"那边那个像别墅一样的独户房子要贵些,经济条件好一些的患者都愿意住那里。这楼后面还有更便宜的房子,是农居样的房子,每家后面有一个菜园子,农村来的患者喜欢住那里。"

"我再带你们去看一个人,他病治好了不愿意走,非要在这里疗养。"高院长说。

高院长和秦主任领着一群人来到一处建在山坡上的独户小楼。围墙是通透式的,院内院外都是茂盛的绿色植物,但很少有开花的。秦主任解释道:"我们选择屋内屋外的植物也有要求,尽可能选择观叶植物,开花多的植物尽量不选。因为鲜艳的花朵对精神病患者有刺激作用,容易诱发精神病发作。"

"油菜花开,精神病发!"参观人群里有人应了一句。

围墙大门上镶有一个门牌:枫林里2号。高院长叫开了门,开门的是个老太太。大家随着老太太进入楼内。

楼房占地面积也不大,一层有大厅、厨房、卫生间、娱乐室,二楼是卧室和书房等,与别墅比还是简陋了许多。"居民"是老两口。

高院长介绍说:"这位患者,哦,现在不能叫患者,应当叫陈校长。陈校长就是附近镇中学的校长,喝酒喝出来毛病,病好了不愿走,非要把家搬到这里来,说这儿环境好,就在这养老。"

这时候他老伴插话了："他回到家里吧,人家就叫他喝酒。后来知道他有病不敢叫他了,但他看人家喝又忍不住。现在我们俩都退休了,儿子、媳妇都在北京,平时也不回来。他说这里有山有水多好,关键还没有人找他喝酒,非要来这里住。我拗不过他,就陪他来了呗。"

　　"我家老陈又不忌讳这个毛病,跟医生护士、熟悉得很,出门、进门也不受限制,跟在家一样!"老伴补充了一句。

　　高院长笑着说："老陈,最近棋练得怎么样了?"

　　陈校长把手里的书一举："你看,这不在看棋谱嘛!"

　　"那好,那好,也不能老看啊,酒喝多了会出事,棋入迷了也出事啊!"

　　"是的。老高,你也得悠着点,注意保重身体,别哪天把病人都看好了,你这大夫倒进来了啊!"

　　参观的人都被陈校长这句话逗得哈哈大笑……

结稿于 2019 年 4 月 14 日